2022
中国少数民族
文学之星丛书

放　生

陈萨日娜　著

作家出版社

图书在版编目（CIP）数据

放生／陈萨日娜著 . -- 北京：作家出版社，2022.11
（中国少数民族文学之星丛书·2022 年卷）
ISBN 978 – 7 – 5212 – 1997 – 5

Ⅰ . ①放… Ⅱ . ①陈… Ⅲ . ①中篇小说 – 小说集 – 中
国 – 当代 ②短篇小说 – 小说集 – 中国 – 当代 Ⅳ . ①I247.7

中国版本图书馆 CIP 数据核字（2022）第 160624 号

放　生

作　　者：陈萨日娜
责任编辑：史佳丽　李亚梓
特约编辑：翟　民
装帧设计：孙惟静
出版发行：作家出版社有限公司
社　　址：北京农展馆南里 10 号　　　邮　　编：100125
电话传真：86 – 10 – 65067186（发行中心及邮购部）
　　　　　86 – 10 – 65004079（总编室）
E – mail: zuojia@zuojia. net. cn
http: // www.ZUOJIACHUBANSHE.COM
印　　刷：唐山玺诚印务有限公司
成品尺寸：152 × 230
字　　数：183 千
印　　张：15.25
版　　次：2022 年 11 月第 1 版
印　　次：2022 年 11 月第 1 次印刷
ISBN 978 – 7 – 5212 – 1997 – 5
定　　价：48.00 元

编委会名单

主　任：邱华栋

副主任：彭学明　黄国辉

编　委：刘　皓　赵兴红　翟　民　党然浩

以民族的情意，打造文学的星辰

——"中国少数民族文学之星"丛书总序

邱华栋　彭学明

　　"中国少数民族文学之星"丛书是中国作家协会少数民族文学发展工程的一个新项目，于2018年开始实施，由中国作家协会创作联络部具体组织落实。出版"中国少数民族文学之星"丛书的目的，是重点培养少数民族文学中青年作家，打造少数民族文学精品，为那些已经在少数民族文学界和全国文学界成绩斐然、广有影响的少数民族中青年作家再助一力，再送一程，从而把少数民族文学最优秀的中青年作家集结在一起，以最整齐的队伍、最有力的步伐、最亮丽的身影，走向文学的新高地，迈向文学的高峰，让少数民族文学的星空星光灿烂，少数民族文学的长河奔流不息。以文学的初心，繁荣民族的事业；以民族的情意，打造文学的星辰。

　　入选"中国少数民族文学之星"丛书的作家，必须是年龄在50岁以下的、在少数民族文学界和全国文学界广有影响的少数民族作家。不管是否出版过文学书籍，只要其作品经过本人申请申报、各团体会员单位推荐报送、专家评审论证和中国作协书记处审批而入选的，中国作协将在出版前为其召开改稿会，请专家为其作品望闻问切，以修改作品存在的不足，减少作品出版后无法弥补的遗憾。待其作品修改好后，由中国作协统一安排出版，并进行广泛的宣传推广。

中国是一个多民族的大家庭。每一个民族都沐浴着党的民族政策的光辉、感受着党的民族政策的温暖，都在党的民族政策关怀下，蓬勃发展，欣欣向荣。在这个伟大的新时代，我们正创造着中华民族的新辉煌。每一个民族的发展与巨变，每一个民族的气象与品质，都给我们提供了生生不息的创作源泉。我们每一个民族作家，都应该以一种民族自豪感，去拥抱我们的民族；以一种民族责任感，为我们的民族奉献。用崇高的文学理想，去书写民族的幸福与荣光、讴歌民族的伟大与高尚；以文学的民族情怀，去观照民族的人心与人生、传递民族的精神与力量。

我们期待每一位少数民族作家，都能够到火热的生活中去，到广大的人民中去，立心，扎根，有为，为初心千回百转，为文学千锤百炼，写出拿得出、立得住、走得远、留得下的文学精品。不负时代。不负民族。不负使命。

目 录

序

陈东捷

第一次见陈萨日娜是在2018年，当时她作为创作高研班的学员在鲁迅文学院学习。当时鲁院邀请多家文学期刊和出版社的负责人辅导学员的作品，陈萨日娜恰巧分在了我所在的小组。几个月的时间很快过去，其间有过几次小组讨论的机会，也零星看过她一点作品，但对她的整体创作并没有过多的了解。印象中的陈萨日娜虽然来自内蒙古草原，却没有想象中奔放的性格，言语不多，文静中略显羞怯。

陈萨日娜要出版小说集，依然羞怯地请中国作协的朋友嘱我作序。我不能推辞，最近利用业余时间集中阅读了她发来的中短篇小说，才知她安静的外表下，其实隐藏着非常丰富的内心世界。她笔下的草原并不平静，跳跃不安，充满动感。多篇小说从不同的侧面描写了草原上的人以及其他生灵在时代变化中的生存状态和精神状态，真实而复杂多变。

在经典文学艺术作品中，草原大多美丽、辽阔又饱含诗意的感伤，这些作品意象的叠加甚至一定程度上固化了人们对草原的认知和想象，形成了观照草原的外部视角。显然，陈萨日娜在创作中没有受到这外部视角的过多干扰，而是忠实于自己的经验和情感现实，采用的是内部视角，也就是说从草原内部出发去表现草原。在她的笔下，诗意的感伤被大大弱化，更多的是基于草原生活本身去呈现生存的真实状况和伦理。她的小说中有美丽的风景、有美好的亲情和爱情，同时也有痛苦和伤害，而这些迥异的元素往往纠结在一起难以拆分。在《黑雪》中，几个家庭迫于生计，蜗居在逼仄的出租房里，冒着石头滚落的危险捡拾矿山丢弃的煤块，终于有一位叫苏和的同伴被埋身亡。虽然大家携手相助，但善良和友爱在生活的困苦和危险面前显得如此无力。在《流泪的狐狸》中，猎人父亲对狐狸的伤害带来一连串诡异的事件，也给瘫痪在床的女儿带来了驱之不去的噩梦，直到深感无望的爱情到来，才完成最终的救赎。草原上的善恶美丑、幸福与伤痛犹如硬币的两面，共同组成了生活的整体。正如在《云在搬家》中，青格尔只想拍摄完美的草原，刻意回避残酷的事实，他的父亲告诫他的那样："你爱草原吗？怎么爱？你爱草原的哪一点？爱就得接受她的缺点和不足。""不要逃避，你也逃避不掉。"这应该也是作者以文学的方式处理生活的态度。

在对待草原家乡的情感态度上，陈萨日娜的小说中同样呈现出矛盾的心态。草原青年有摆脱单调的生活、向往外部世界的理想，如《一朵芍药　一片海》中，诺敏被闯入草原的南方艺术青年吸引，遭始乱终弃后幡然醒悟，渴望有一双翅膀飞翔着融入家乡的土地。《情缘》里，毕业后无奈在家乡做小学英语教师的塔娜渴望进城。如愿进入市电视台后方知机会源于一场交易，经过痛苦的挣扎后依然回到家乡重拾教师职业，并在责任的回归和强化中获得了内心的平静。

总体来看，陈萨日娜在小说创作中体现了非常认真的创作态度，她对当下草原生活的书写丰富且真实可感，为草原题材文学创作提供了新鲜而充满个性的文本，显示出良好的创作潜力。我们期待她将来有更多更好的作品呈现给读者。

2022 年 7 月

一朵芍药　一片海

生存还是死亡？这是个问题。

——莎士比亚

一

太阳还在犹豫着要不要上路的时候，山脚下唯一的一座新盖的砖房里突然传出一声歇斯底里的尖叫声。这声音很有穿透力，穿过小砖房，穿过狐痕山，穿过芍药谷，回荡在整个诺敏牧场。被这声尖叫惊到的有一群羊、三十多头牛、两匹戴着马绊的马、两条叫安达和杜日波的狗、一只领着四只小鸡仔的灰色的母鸡和两个人——两个人是诺敏和阿古拉。发出尖叫的是娜仁。她穿着一身棕色的内衣，光着脚站在冰冷的水泥地上，食指直直地指着还有自己体温的裤子。那里有一条拇指粗的小黑蛇伸缩着小脑袋，睁着一双小眼睛，挺着柔软的身体，扭着细细的尾巴来回乱窜。

阿古拉嗖地掀开被子赤着上身光着脚丫跳下地。阿古拉年轻的时候能赤手空拳打死一匹狼，能一把抱起两岁的牛，能一连撂倒二十多个博克，但他可以对着长明灯毫不犹豫地发誓今生最害怕的就是蛇。有人见过他骑马放羊的时候被一条匆匆忙忙上山的蛇吓得摔下马背爬行。此刻，他额头上那紫色的三角形伤疤被吓得变了形。

娜仁怕所有地上爬行的东西，尤其是蛇。她用完绳子从来不会忘记把它整整齐齐地挂在木头杖子上，如果可以，她恨不得把所有的绳子都染成红色。因为她见过黑色的、白色的、黑白相间的、绿色的、黄色的蛇，从没见过红色的蛇。出门的时候，她从来不忘换上高筒靴。

诺敏跳起来一把掐住了小黑蛇的脑袋，动作如老鹰般敏捷又精准。小黑蛇被诺敏掐着脑袋，动弹不得，像一根黑绳一样悬在空中。诺敏就那么拎着它大摇大摆地径直走向阿妈。娜仁连连跳着脚后退，捂着耳朵闭着眼睛尖着嗓子喊："杀了它，杀了它！"以前，每当诺敏提出想去看看外面的世界，娜仁就会心脏绞痛，浑身哆嗦，甚至直接晕过去不省人事，但是面对这种突然的惊吓她可从来没有晕倒过。

蛇被狠狠地甩在木头杖子上，一下、两下、三下。它晕过去了，伸展了身体，像一根被随手扔掉的马鞭。

"杀了它，杀了它！"屋里还在传出娜仁声嘶力竭的尖叫。跟一条蛇睡在一个被窝，着实让人吓疯。院门口放着一把铁锹，诺敏拿起铁锹用力砍下。"让你闯进来，让你闯进来，让你闯进来……"小黑蛇变成了两截、三截、四截，每一截都沾上了尘土。

灰色的母鸡奔拉着翅膀跑过来啄住其中的一截，摇晃着脑袋用力撕扯，嗓子里还发出咕咕咕的叫唤声。它身后是四只刚破壳不久的小鸡仔，还保存着鸡蛋的形状。前年春天，村里来了卖小鸡仔的车，娜仁用几张羊皮换了二十只鸡仔，病死了好几只，漫长的冬天冻死了好几只，最后只剩下了经常跑进牛圈，睡在牛背上的三只鸡，这灰母鸡是其中的一只，如今它已是四只小鸡仔的母亲，一心想保护它的孩子们，只要谁露出伤害它孩子的嫌疑，它就敢扑上去，管它对手是牧羊狗还是馋嘴猫。

尖叫声跟小黑蛇的心跳一起终止了。诺敏看了看母鸡和小鸡仔，用食指刮掉了鼻尖上的汗珠，然后把目光转向了天空。天气晴朗，天空深邃得逼人。诺敏常常希望这深邃的天空吸走她以及她所有的悲伤和回忆。她的两万亩牧场就在她身边，向着太阳望过去，眼睛扫过一片翠绿的平坦，再越过一个小腹般稍微突起的山丘，就会到达两座突然凸起的山，那是狐痕山（"狐痕"是乳房的意思，两座山像女人的乳房，所以叫狐痕山）。诺敏的目光停留在狐痕山。脚步如果跨过狐痕山就能看到芍药谷和阿尔山河。正是芍药花盛开的季节，跟往年一样，漫山遍野的芍药花迎风飘舞，婀娜多姿，花香扑鼻，美不胜收。美的东西总能吸引人。怒放的芍药花会吸引很多旅客。诺敏舔了舔嘴唇。去年夏天，芍药花吸引来了一个生活在大海边的男人。

"你怎么把它给杀了？"娜仁光着脚跑出来，眉头紧皱着，眼神里有着尖锐的责备，还有惊慌和恐惧。诺敏不理会，那个男人在跟诺敏说话："你的牧场跟你一样丰满。"他说完眨眨眼睛。有那么一段日子，诺敏觉得他的眼睛像极了他所描述的大海。

"你怎么把它给杀了？"娜仁拽着女儿的袖子再次大声说。

"你不一个劲儿地喊着杀了它吗？我哪次不是听你的话？你每次不都有办法让别人听你话吗？"

"不能杀蛇的，我以前没告诉你吗？遇见蛇要喊杀了它了它，但是蛇是不能杀的，不能杀，懂吗？它们会报复的……"那双海洋般的眼睛消失了，诺敏突然感到很烦躁："什么杀不杀的，不杀为什么还喊杀了它？喊着杀为什么还不能杀？都闯进被窝里了还不杀？"

娜仁看着女儿突然变苍白的脸，不敢说话了。娜仁的脸也变得苍白，"它是黑色的，不是白色的，嗯，是黑色的，黑色的……"娜仁咕哝着，浑身哆嗦。娜仁相信魂灵，相信投胎，相信报应。她无端地想起了那个小东西，有鼻子有眼有手有脚，就是没有呼吸，一个灵魂被山神截住的可怜的早产儿。她走进屋，拿起奶桶，用勺子舀起牛奶洒向天空："腾格里阿爸保佑！各路山神水神保佑！保佑我的孩子吧！孩子还小什么都不懂！"娜仁还想起了怀诺敏的时候做的那个梦，但这个时候她忌讳把那个梦说出来，她觉得这不吉利。

二

娜仁对蛇不仅仅是恐惧。

她在房子西北方挖了个洞，把分成几截的小黑蛇埋了。她头皮发麻，后背发凉。这条蛇不是第一个闯入者，也绝不会是最后一个闯入者，因为去年秋末她看到过那个洞，离这儿不远，太阳升起来的时候那里会冒白气。娜仁正是被白气吸引去的，伸着脖子往洞里一看，差点没晕过去，里面全是蛇，粗的、细的、长的、短的、白的、黑的……娜仁苍白着脸，慌慌张张地回来告诉阿古拉。俩人哆哆嗦嗦着谈论了一阵，一致决定不能告诉诺敏，还不知道谁是闯入者呢，这样井水不犯河水就好，实在不行他们就找个能让诺敏接受的理由搬走。

埋完小蛇往回走的时候，娜仁感到心口疼，呼吸困难。她捂住胸口，望了望整个诺敏牧场。她一直想不明白诺敏以前总想出走的想法，这么美的草原、这么美的牧场，还有那么多牛羊怎么就拴不住她的心呢？宽阔的诺敏牧场让娜仁安定下来，一股暖流从她内心深处涌出来，慢慢覆盖了她的忐忑和疼痛。如果可以，她真想一头倒在这片牧场上，跟它融为一体，永不分开；如果可以，她真想把心脏切开，把这片牧场装进去，永远怀揣着它。很多时候，她对诺敏也是这种感情。她擦了擦眼角，一转头就看见了阿古拉。

阿古拉正往狐痕山走去。他没有骑马，用两只胳膊肘钩住横放在后背的木棍，稍微前倾上身，翘起臀部往山上走。浓密的野草时不时地绊他一跤。十年了，他走在这片牧场仍没有安稳感。去年，把家都搬到这里了，还是没有归属感。不论把自己和牧场放在前后哪个位置都没有那种感觉。自己亲生的孩子都不见得属于你，更何况是蓝天下的一片土地呢。这些年，他一直在怀着一种恐惧和内疚等待着一场危险。他不知道这个危险是什么，但感觉一定会降临。额麻麻可不是好惹的，额麻麻是这儿的为数不多的老住户，懂医术、懂易经，去西藏学过医，把着整个牧区的脉，总有外地人开着豪车千里迢迢地来向他请蒙药。在很久以前，他就心安理得地独自占有着塔拉牧场（现在的诺敏牧场）。在盖现在这个住房的时候，嘎查书记劝他选别的地方盖房子。额麻麻问为什么选别的地方。书记说草原那么宽阔为什么一定要盖在离村部这么近的地方呢。额麻麻微笑了："孩子呀，别说是嘎查，就是在旗政府院里盖房子也没有人能阻止我。"

额麻麻的儿子阿日斯楞（狮子）也是个人如其名，凶猛暴躁的家伙。他怎么会善罢甘休呢？阿古拉不由自主地摸了摸那三角形的伤疤。苏亚拉那小子比他那狮子阿爸友好多了，阿古拉刚这么一想，被一个草丛绊得差点啃土。

还不到九点，但是在草原上，一个牧羊人是永远躲不掉炽热的太阳的。汗水从阿古拉的帽檐下流下来。他摘下帽子，挠了挠汗水流过的地方，又下意识地摸了摸那三角形的伤疤。这个伤疤就是抓阄得到诺敏牧场那天，阿日斯楞给他留下的。

娜仁走到门口，把一条草绳子捡起来收好。羊群在不远处吃草。诺敏的马在狐痕山上。娜仁知道女儿还在那儿，女儿从没有在她面前流过泪，她的心抽紧了一下。"可怜的孩子！"娜仁说。一阵风吹来，吹出了她的眼泪。

娜仁经常看电视，恨透了电视剧里的各色坏人，那些做坏事的人的招数那么多，怎么可能防得住？娜仁还总是不知不觉地联想到自己的女儿突然遇见那种坏人，然后被骗，被欺负，被……想想就六神无主，痛苦不堪。娜仁偶尔也去旗里，车声、人声、各种叫卖声弄得她耳朵嗡嗡的什么也听不见，听觉受影响了，脑袋也跟着迷糊，混混沌沌，走路都是云里雾里似的，还是待在自己的牧场最幸福最踏实。

娜仁端着一盆酸奶走到外面临时搭的炉灶旁边，发现忘了拿勺子。最近，她变得健忘了，刚刚还想说句什么还没说出口，瞪着眼睛愣是忘了，就是想不起来，越想不起来越觉得这句没说出口的话是那么重要，于是越努力去想，她也就总皱着眉头自言自语。勺子拿来了。娜仁把酸奶倒进锅里。过了好长时间锅里没动静，她才发现还没点着火。她长长地叹了口气，蹲下来，点着了火。干牛粪很快就燃烧起来，娜仁出神地望着舞动的蛇一样的火苗又想起了那个梦。

"救命！救命！"娜仁正背着用柳条编织的背篓在捡牛粪。声音是从她头顶传来的。她抬起头看见一只老鹰叼着一条小白蛇在空中飞翔。小白蛇通体雪白，在阳光下闪闪发光，那是娜仁见过的最美丽的小精灵。娜仁弯腰捡起一块石头扔过去，老鹰被砸到了，扔下小白蛇惊慌失措地飞走了。那条小白蛇从空中飘下来，伸着美丽的小脑袋绕着娜仁爬了三圈，然后钻进了她的裤管里。这是娜仁怀上诺敏时做的梦。

娜仁还在出神地看着，牛粪烧完了，火苗不见了，她也没再添牛粪。锅里的酸奶已经都流开了，奶豆腐是做不成了。

三

诺敏跳下马背，脚步有点踉跄，她歪着脑袋慢慢地走几步，然后慢慢地蹲下，肩膀松松垮垮地耷拉着。她面前是开满白色花瓣的块头很大的芍药花丛，花丛旁边是一个小土堆，土堆下躺着她的孩子。几只白色的小蝴蝶在白色的花瓣上默默地飞来飞去。她跪下来，用四肢撑着身体往前挪了一点，紧挨着小土堆软软地坐下来，伸出左手开始轻轻地抚摸那块儿还没有长草的黄色的土堆，好像那是婴儿光滑稚嫩的胖屁股。

诺敏用右手轻轻盖住左手。诺敏有点恍惚，他就在眼前，用一双大海般的眼睛看着她。芍药花开得多好啊！完全不亚于去年。那天，她的四百多只羊很淘气，总是不愿意老老实实地待在山脚下吃草。当时，诺敏是有怒气的：跑什么跑？还能跑出这片牧场不成？一年四季也没见你们跑出过围着的铁丝网。阳光火辣辣地晒着。她策马赶上羊群。那辆军绿色的越野车就停在铁丝网的那边。他背对着她，军绿色的 T 恤后背被汗水浸湿了。他面前是一个木质的画架，画架上摆着很大的一个画板，画板上是诺敏牧场的轮廓。

诺敏抽出左手盖在右手上，掌心很温热。看到他，她没有下马，就那么居高临下地看着："这是我的牧场。"她是用蒙古语说的。他回头微张着嘴巴，睁着一双懵懵懂懂的眼睛看着她，拿着画笔的右手稍微抬了抬，但是没有离开画板。"这是我的牧场。"她重复了刚才的话。他笑了，笑容是尴尬的、讨好的、懵懂的，一口整齐洁白的牙齿却很自信地露出来。"这是我的牧场。"她改用汉语说。她的汉语说得不好，但他听懂了，笑容变得明朗愉快起来。他的目光在牧场、画和诺敏之间畅游了几下："你的牧场跟你一样丰满。"这句话有点突然，从没有人这样夸过她和她的牧场。太阳火辣辣地照着，她的脸变得滚烫。漫山遍野都是怒放的芍药花，漫山遍野都是扑鼻的芍药花香。他还在打量着她的脸、她的身材、她的蒙古袍、她的蒙古马。她不是一个忸怩的姑娘，但是居然有点局促。她转移了视线。一条草绿色的蛇在匆忙地往上爬，眼看就要钻进画架旁边的芍药丛里。她从靴子里掏出一把蒙古刀，拔出刀鞘，嗖地扔过去，蛇变成了两半。他的笑容凝固了，睁大眼睛盯着那变成两半还在扭动的东西。看他有点傻气的表情，诺敏咯咯地笑起来。"蛇在上山说明今天下暴雨。"她止住笑跳下马背，大步流星地走到他身旁捡起蒙古刀。"跨过这座山就是我家。"她说着跳上马，像一阵旋风般向塔布嘎山疾驰而去。在她马蹄的灰尘下是目瞪口呆的他。

诺敏站起来，双手沾满了她牧场的土。她脚下正是那条草绿色的蛇变成两段的位置。那天下午的雨下得很猛。她在一片唰唰唰的雨声中听到了敲门声。敲门这个举动很新奇，以至于她以为是下冰雹了，冰雹在砸门。在牧区可没有人敲门，只会站在院门口或者更远一点的地方喊一嗓子就会有人出来看狗。她开门看到浑身滴水，狼狈不堪的他。"还好安达和杜日波今天不在家，不然你会更惨。"她说着忍不住咯咯笑起来。他也跟着傻傻地笑起来。她给他找了她阿爸的干衣服，他一个劲儿地说谢谢谢谢。

雨停了，太阳露出来了。一条完整的彩虹门架在翠绿的狐痕山和塔布嘎山上。如果这个时候谁从那扇彩虹门出来，那一定是从天堂里出来的。他把车开到了她门前。

阿古拉和娜仁从苏木回来的时候已经日落西山了，跟他们一起回来的还有身材高大的安达和杜日波。杜日波是一条懒狗，除非不得已不愿动弹。安达是条懂事儿的狗，能从主人的动作表情中分辨出来者是敌人或者是友人。安达看阿古拉跟他握手，围着军绿色的越野车跑了几圈后就对他不存在什么敌意了。娜仁的脸色苍白，看起来虚弱无力。诺敏问她怎么了？娜仁有点吃力地笑了笑："中午不知道怎么了，突然浑身无力，晕过去了。"

"差点吓死我了，突然晕过去不说脸还变绿了，就跟草一个颜色。"阿古拉说。

"草绿色？"诺敏想起了那条被她砍成两半的草绿色的蛇。

那天夜里，阿古拉杀羊招待远方的客人。他新奇地看着杀羊的全过程，问题像羊粪一样多："为什么杀羊的时候在它胸口上放狗尾巴草？""为什么刀子刺进去了它叫都不叫一声？""为什么……"他像走进童话里的小孩，对什么都充满了好奇。阿古拉能听懂一些汉语，但是不会说。娜仁一句汉语都听不懂，他说话的时候娜仁只会频频点头，笑得满脸皱纹，嘴里用蒙语附和几句。他的那些问题，只有诺敏用不带调子的汉语回答一些。第二天、第三天、第四天……那辆军绿色的越野车始终停在诺敏门口。他跟她学蒙古语；他跟她学骑马；他跟她学甩鞭；他跟她学放羊。这个来自海边的男人对草原的一切无限迷恋，他恨不得体验所有跟草原有关的生活。他和她骑着马奔跑在诺敏牧场。安达像尾巴一样形影不离地跟着他们。他们一起放羊，他画画，她唱歌。他画草原、画羊群、画炊烟、画山路、画蒙古马、画马鞍。他还画了她，一个满脸绯红的蒙古女孩。他不画画的时候她会问一些幼稚的问题。"大海很大吗？""大海？一眼望去无边无际。""像草原吗？""大海有时候会咆哮，海浪一浪比一浪高。""像山峰吗？"他知道的东西可真多呀，都是她闻所未闻的。她无限神往地看着他，如果阿妈不总在她提出去外面看看的时候恰如其分地晕倒的话，她也许能亲身体验那些神奇的世界呢。他说话的时候看着她。他的眼睛是笑着的，里面有大海，她不会游泳，她觉得自己要被淹没了。

四

苏亚拉的羊群就在诺敏所在的狐痕山脚下。苏亚拉从一丛芍药花阴影下探出脑袋看了看太阳，伸伸懒腰站起来。他的眼睛亮了。他能看到站在山顶上的诺敏。苏亚拉在村里度过了一个特别漫长的冬天和春天。额麻麻身体一天不如一天，却一天比一天更惦记塔拉牧场。"苏亚拉，我的乖孙子，阿古拉就那么一个女儿，娶到他女儿，塔拉牧场不就又回到咱们手里了吗？"额麻麻在搓着药丸儿的时候、翻着易经的时候，从他那老花镜上面看着苏亚拉叨咕。"爷爷，您是不知道啊，他那个女儿啊，就是一匹烈马，我可不要一匹烈马。"苏亚拉嘴上这么顶回去，但是心里有点怪怪的，说不上甜蜜，也说不上酸楚，反正五味杂陈。阿日斯楞在场的话胡子眉毛就都竖起来了："谁要他的女儿？臭崽子，你娶他女儿试试！阿古拉那个窝囊废，我就是把塔拉牧场再抢回来，或者一把火烧了也不让他踏进我家半步！"苏亚拉瞅瞅他阿爸，鼻子里会哼一声。

苏亚拉弯腰捡起一块石头朝羊群扔过去。回牧场好几天了，这算是最近距离地看到诺敏了。羊群领会了主人的意思，调转了方向。羊群要经过一小片平坦的草地，蹚过缓缓流淌的阿尔山河，钻过倒刺铁丝网，才到达自己的牧场。每天，苏亚拉拿饮羊当幌子，越过边界线，来到阿尔山河，顺便蹭一下诺敏的牧场。五百多只羊，每只羊吃一口也算是赚到了，可是，诺敏怎么不来赶走他的羊群呢？怎么就不跑过来跟他吵架呢？她就在山顶上看着他呢呀。难道，她没看到他？除非她瞎了。每次，羊群安然无恙地钻进自己的牧场时，苏亚拉心里总有怅然若失的感觉。哎，塔拉牧场以前还是他的牧场呢。现在，长长的倒刺铁丝网和水泥杆把这片天然一体的土地硬生生地分隔开了。铁丝网这边是诺敏的牧场，铁丝网那边是苏亚拉的牧场，铁丝网是两个牧场的分界线，就像上小学的时候，诺敏用刀子划在他们书桌上的那个分界线一样，谁都不能逾越。苏亚拉的个子大，需要的空间也相对大一些，所以一不小心就越过分界线，诺敏毫不客气，打开削铅笔的刀子，把刀尖指向苏亚拉的胳膊。苏亚拉的胳膊肘会被刺痛，有时候甚至流血。苏亚拉不是一个随便什么都能忍的人，但是对诺敏也算是能忍则忍。当然也有忍无可忍的时候。那么，一场"战争"就爆发了。

羊群熟练地从铁丝网下钻回了自己的牧场。等羊群全部钻过去后，苏亚拉弯腰从铁丝网中间的空隙里钻过去，衣服后背"嘶啦"地一声惨叫，铁刺划破了他的衣服。"我早晚把你连根拔掉！"苏亚拉对着铁丝网咬牙切齿地说。当头羊再次把羊群领向铁丝网的时候，苏亚拉大喊一声呵斥住了。随着这声呵斥，他狠命地喊了几声。他讨厌被诺敏无视的感觉。他就在她面前，但是她看不见，这比她骂他讨厌他还难受。苏亚拉的马在不远处吃草，望远镜也在马鞍上。他骑上马就奔向了塔布嘎山顶，从那里能更清楚地看见狐痕山。

塔布嘎山像直角三角形，一面的坡度不大，另一面却像用斧子砍过一样陡峭。苏亚拉站在那陡峭的山顶望着狐痕山，诺敏还站在那里。昨天、前天、大前天，他都在望远镜里看见诺敏跳下马背，蹲在一丛芍药花旁边。那是一丛很茂密的芍药，每个枝头盛开着白色的芍药花。诺敏马尾般的长发总会被风吹乱，但是她不理会被吹乱的头发却总是去擦拭被风吹出来的泪水。苏亚拉恨那个男人，他真后悔当初没有打断他的腿，后悔没有扎破他的车胎。诺敏身下是美丽坚挺的狐痕山。一阵风吹过来，漫山遍野的青草随风摇摆着，苏亚拉闭上了眼睛。只有女人的秀发才有的一种香味在他鼻尖久久回旋，等他睁开眼睛的时候，整个草原突然变得空旷辽远，一曲蒙古长调悠然地从他嘴里飘了出来。

五

　　他走的那天，苏亚拉也在。

　　苏亚拉和诺敏有过一段和平相处的日子，甚至可以说是和谐美好的日子。诺敏出来放羊的话苏亚拉可以越过铁丝网找她说说话，或者在自己的牧场里唱蒙古长调，他相信诺敏在听。有时候，苏亚拉故意在诺敏饮羊的时候把自己的羊群赶过去，这样两群羊就合在一起了。羊群喝完水能回归到各自的群，但是有那么两三只傻羊不愿回自己的群，这就给苏亚拉提供了找诺敏的合理的机会。诺敏偶尔也会去塔布嘎山找苏亚拉磨嘴皮子。她愿意站在塔布嘎陡峭的山顶，遥望整片天空，整个草原和山脉："有一双翅膀就好了。"她每次都会展开双臂，摆出一副飞翔的样子。

　　这天，苏亚拉坐在塔布嘎山上无所事事地摆弄望远镜。他看见一只羊突然从一个草丛里跑出来，伸着脖子听了一会儿动静后飞快地跑过去钻进了另一个草丛里。这是一只被蠕虫折磨的山羊。它摇着短短的小尾巴，跺着蹄子，没心情吃草，只要见到草丛就钻，主人一不留心它就会掉队。这只羊有可能是诺敏家的，也有可能是苏亚拉家的，管它是谁家的呢？苏亚拉把望远镜揣进怀里，跳上马就奔向了诺敏家。

　　苏亚拉看见诺敏的羊群就在不远处，阿古拉坐在羊群旁边。他绕道绕过了阿古拉和羊群，径直来到了诺敏家。娜仁在外边做奶豆腐，奶香飘满了整个小院子。苏亚拉跟娜仁打招呼，吃了一块热奶豆腐。

　　军绿色的越野车停在院门口。那个人进进出出地忙活着。

　　苏亚拉进屋，诺敏低着头抱着胸蹲在地上。她眼前是他的画板、旅行包，还有一些画，画架已被他拿到车上了。她静静地看着他又拿走了画板，然后是旅行包，然后是那些画。那双卡其色的帆布靴子不停地踩踏着她的心脏在房子和车子中间走动。最后，在她面前只剩下了空空的水泥地。苏亚拉看见西屋的柜子上放着一幅水彩画，画里是骑马的诺敏，诺敏的白马伸着美丽的脖子，孤傲地看着前方。

"那边有一只羊……"苏亚拉说，手指还指了指那只羊钻进去的草丛的方向。诺敏蹲在原地，默默地看着眼前的水泥地。他空手在房子和车子中间走了几回，看了看表，蹲下来："我得走了，开很长时间呢。"诺敏没说话，嗖地站起来，跑出去。马在拴马杆上，她跳上马就奔向狐痕山。她的眼泪又不能融入海里，为什么要让他看到她的眼泪呢？

苏亚拉在狐痕山顶追上了诺敏。怒放的芍药花谢了，结下了一个个饱满的种子。芍药谷呈现出孕育着新生命的母亲的慈祥和宁静。阿尔山河唱着一成不变的歌流向远方。诺敏捡起石子儿向苏亚拉扔过去。

"我以为你会跟他一起走，我今天是来跟你道别的。"苏亚拉的语气带着讥讽。

"离我远点！"

"哦，对，人家开着越野车嗖一下就来看你。你只要坐在这儿等着就好了。"

"离我远点！"

"他不会回来的，你这个蠢姑娘，海边了不起吗？说几句没人听懂的话了不起吗？开一个越野车了不起吗？画几个破画了不起吗？看你那魂都弄丢了的样子！"

诺敏站起来，眼里是鄙夷、愤怒，苏亚拉的每一句话都像针一样深深扎进她心里，扎得千疮百孔，她从来没有像现在这样憎恨他。她逼近他，想说句世界上最狠最难听的话，但是嘴唇哆嗦着，浑身哆嗦着，就是想不起来该说什么。"滚出我的牧场！你这条恶狗！以后不准你踏进我的牧场半步！"过了许久诺敏终于喊了出来。

"他不会回来的。"苏亚拉说着上了马,"人家只是玩玩,只有你这个蠢姑娘才当真。"

苏亚拉走远了,声音却久久散不去。诺敏坐下来。那丛芍药就在离她不远的地方,周围是绿毯般柔软的草。他就在那里吻了她,在一个梦一样的夜晚。他的手探索着她身上的山川河流,一股海洋的气息拂过她的每一寸肌肤,她感到一阵阵山洪向她漫过来,不,是海浪,是一波又一波的海浪向她侵袭过来。周围的和遥远的一切都被淹没了。月亮扯一朵云彩捂住了眼睛。

塔布嘎山上飘来苏亚拉的长调。

六

夏天渐渐远去,原本苍翠欲滴的草原一天比一天消瘦蜡黄。

草原的秋天短得像兔子尾巴。在短暂又忙碌的秋季过后,草原迎来了漫长的冬季。苏亚拉熄灭炉火,赶着羊群、牛群,扔下空寂的塔布嘎山回到了村里。村里的棚舍更适合牛羊群度过一个安全舒适的冬季。

"好几天没看到电视了。"娜仁在一个没什么特别的晚上点燃了蜡烛,"要不我们回村里过冬?村里有电,还热闹。"娜仁说话的时候并没有看阿古拉和诺敏。她皱着眉头盯着蜡烛,用一根火柴棍摆弄着烛芯。几天前,风力发电机坏了,阿古拉还没拿去修。

屋子角落里,一只新生的小羊羔眯着眼睛躺着。蜡烛静静地燃起来,照亮了三个人的脸。小羊羔看到烛光,就颤颤巍巍地站起来抖抖身子,跌跌撞撞地走过来,嘴里还咩咩地叫着。"你来得可不是时候啊,可怜的小东西。"娜仁说着扫了一眼女儿。

牧区的接羔期在万物苏醒的春天。那时候,牧民的羊圈里,每天会新增好几十甚至上百条生命。那些湿漉漉的小生命都是在期待、祝福和希望中降临的，在羊妈妈充满怜爱的舌头下哆嗦几下，奶声奶气地喊一声，挣扎着站起来，本能地去寻找阿妈的奶水，不过半个小时就能熟练地活蹦乱跳了，好像它们一直都在这个世界上。为了让所有的母羊都赶在接羔期下羔子，牧民会精算好时间，在一个特定的日子把精挑细选的公羊放进羊群，但是一些早熟的小公羊羔子还会惹事儿，导致一些母羊在不是时候的时候下羔子。

小羊羔在微弱的烛光照到的地方躺下了。

"我不回村里。"诺敏说。娜仁把摆弄烛芯的火柴棍反过来，把火柴头送到烛火上，哧的一声，火柴燃起来了，周围突然亮了很多，在这一亮光中娜仁瞥了一眼诺敏的肚子，上次给女儿埋掉那些带着脏血的卫生纸好像是在很久以前。火柴燃烧完了，周围又暗下来，一股硫黄味在屋子里弥漫开来。娜仁从火柴盒里重新抽出一根火柴，挑动烛芯。她的手在颤抖，脸在烛光下红得像火烧云，云层下是她极力控制和压抑的心情。她真想给女儿几个巴掌。她想骂她，揍她，但是稍微隐忍一下，另一种心情就占上风了，女儿太可怜了，她还是个孩子啊。她每天看着她去山上，一待就是半天，她在思念那个畜生。她看过一些女孩子上当受骗或被拐卖之类的电视剧，害怕女儿受到伤害，千方百计地阻止她去外面的世界闯荡，没想到终究没有躲过伤害。谁能理解她的痛苦和煎熬呀。这么一想，娜仁就有把女儿紧紧地抱在怀里的冲动。回村里过冬？不，这不是娜仁的真实想法，她只是说说而已。她没脸回村里去，在这个没有人烟的地方突然出现的一条小生命可以有各种可能，去旗里捡到的、亲戚家寄养的，甚至是娜仁她自己生的，至于这些说法是不是荒唐，村里人是不是相信，娜仁就管不了了。

"这儿的棚舍不比村里差，北边又有特尼格尔山挡着，过冬没问题，搬来搬去够麻烦的。"阿古拉说。他有自己的想法。他不想回村里隔三差五地撞见阿日斯楞。"其实苏亚拉那孩子挺不错。"阿古拉说着瞥了一眼女儿。

"我要去找他。"诺敏面无表情地说着,手不自觉地摸了摸肚子。

"去哪儿找他?"阿古拉的火气突然上来了,眼神飞快地扫过娜仁。娜仁手里的火柴棍烧着了,火苗一直烧到她手指,然后在她手指上熄灭。

"总能找到的。"

娜仁踉踉跄跄地走向炕,伸出双手够到炕沿,但是身体已经软软地倒了下去。

七

诺敏一家人的孤独、悲伤、秘密封锁了诺敏牧场的冬天。接羔子的时候,苏亚拉没来,阿日斯楞夫妇赶着羊群来了。因为每天都有上百只羊下羔子,所以羊群一般都不走远,阿日斯楞和阿古拉碰面的机会也很少。苏亚拉来牧场的时候已经是芍药花争相怒放的季节。

这一天,苏亚拉在阿尔山河饮完羊群后径直走向狐痕山顶。每天在望远镜里出现的场景现在就在他眼前:一个小土堆、一丛开满白色花的芍药、吹乱诺敏头发的风,还有漫山遍野的芍药花。太阳火辣辣地晒着。苏亚拉钻进了那丛开满白花的芍药下。他从那里仔细观察着周围,这里除了一个新增的小土堆,没别的什么异样,他实在想不出诺敏每天来这里干什么。太阳照在他暴露在阴影外的腿脚很是惬意。苏亚拉享受着这份惬意睡着了。头羊把羊群领到了苏亚拉周围,一些淘气的小羊羔跑过来发现了小土堆。这可把它们高兴坏了。它们兴致勃勃地在小土堆上蹦蹦跳跳,玩得不亦乐乎。

苏亚拉是被疾驰的马蹄声惊醒的。他从芍药丛下钻出头时诺敏已经来到了跟前。

"滚开，你们这些该被狼叼走的畜生！"诺敏声嘶力竭地喊着，跳下马背扬起马鞭发疯似的追打那些小羊羔。惊慌的小羊羔们四处逃走。两只不幸的小羊羔被马鞭打到了，口吐白沫翻着白眼本能地挣扎着想站起来逃离这个危险的地方。诺敏完全失去了理智，红着眼睛扬着马鞭一个劲儿地抽打其中的一只可怜的小羊羔。刚刚还在活蹦乱跳的小白球变成了一个血肉模糊的东西。它不再咩咩叫了，不再活蹦乱跳了，甚至不再动弹了，只是紧紧地挨着大地，过几天，它就完全融入大地了。

"够了，你这疯女人！"苏亚拉看不下去了，跑过去抢走了她的马鞭。诺敏没有反抗，她已经筋疲力尽了，软软地跪倒在小土堆旁边痛哭起来。苏亚拉站在那儿看着她。她的肩膀在颤抖，她的全身都在颤抖。保护欲可能是男人与生俱来的。苏亚拉不自主地伸出手放在她肩膀上，如果可以，他想把她抱在怀里，紧紧地抱在怀里，慢慢地让她安静下来。几只苍蝇围着小羊羔的尸体在嗡嗡转。

"我需要再拉一层铁丝网吗？"诺敏终于平静下来，扒拉掉苏亚拉的手说。

"这个我都想拔掉呢。"

"滚出我的牧场！以后你的羊群再敢踏进我牧场，小心我割断它们的喉咙。"

苏亚拉捡起两只小羔羊（一只在奄奄一息，另一只早已断气了），上了马，走了两步，又拉住了马缰：

"阿希玛阿妈给我说她的外甥女。"

诺敏不再痛哭了，跪在那儿，用手轻轻拍打着小土堆，像在哄睡被吵醒的孩子。

"可是我不喜欢她!"

诺敏还在轻轻地拍打着小土堆,似乎不明白阿希玛阿妈给他说她的外甥女和他不喜欢那个女孩跟她有什么关系。

一阵风吹过来,吹乱了诺敏的头发。苏亚拉看着诺敏,他知道这次不是风吹乱了她的头发,在她疯狂地追打小羊羔的时候她的头发就已经乱了。他恨透了被她无视的感觉。

八

娜仁喘不过气来了,似乎有什么东西堵住了胸口。她走出屋子,面向西北方向张大嘴,努力呼吸。风是彩色的,像雨后的彩虹。这彩色的风突然变成螺旋状旋进她的喉咙,搅动她的五脏六腑。她弯腰干呕起来。她不停地干呕着,小腹里有什么东西在翻滚,她就那么干呕着,眼泪都出来了。在泪眼模糊中,娜仁再次看见了那阵彩色的风。风是从她喉咙里旋转着出来的,中间蜷着一条通体雪白的蛇。彩色的风在她眼前不停地旋转,白色的蛇静静地看着她,一滴银白色的眼泪滚下来,滚到娜仁脚下,娜仁蹲下去,眼泪却飘起来了,慢慢变大,慢慢裹住了蛇和彩色的风,慢慢飘走了。

娜仁醒来,心口还在疼。她翻起枕头,吐了三次唾沫。天亮了。她起来穿好衣服,下地,洗手,在佛龛前的香炉里点了三根卫生香,双手合十,在柜子上磕了三个头,嘴里祈祷几句。娜仁拎着奶桶走出屋,一只黑头小绵羊摇头晃脑地从院子角落里跑过来。"我梦见了彩色的风、雪白的蛇,她们从我身体里钻出来,一滴眼泪载着它们飘走了。"灰色的母鸡也奋拉着翅膀,领着四只小鸡仔跑过来了。娜仁对它们重复了刚才的话。挤奶的时候,她又把这个梦说给了花白色的母牛。按理说,梦说了三遍就可以破了，但是她的心口还在疼，眼皮又连续跳了两下。娜仁没心情挤奶了。她匆匆忙忙地向西北方向跑过去。还没到埋葬那只小黑蛇的地方，她就停下了脚步。她已经看见了几截苍白、细小的蛇骨暴露在阳光下闪着阴冷的光。娜仁的头皮发麻，嘴唇发青，浑身发冷。

阿古拉还在牧场里走来走去。娜仁跌跌撞撞地跑过去。她跟阿古拉说了那个通体雪白的蛇的梦，还透露去看望额麻麻的想法。额麻麻知道得多，懂医术，去过西藏，还懂易经，娜仁笃定，只有额麻麻能解释和破解这个梦。阿古拉挠着额头上的伤疤又忐忑不安了。他那魁梧的身材，只有在暴怒的时候才显得和性格有点协调，更多的时候他是优柔寡断和软弱的。他不知道诺敏牧场是他的福还是祸。他可从未忘记过那次打架。他那颗忐忑不安的心从未安稳过。老实说，得到这片牧场后他高兴了几天，高兴得有点得意忘形，头上的伤疤给这份兴奋增添了一种英雄的情愫，他甚至觉得自己是为土地而战的勇士，可是过了几天，兴奋劲儿过去了，整个牧场都压在他心上了。"我又不是把它抢来的。"他会这样安慰自己，但他还是会想起阿日斯楞的羊群走在这片牧场时的悠然自得，想起从小到大额麻麻对他们家的照顾，额头上的伤疤也凑过来雪上加霜，在他看来这个伤疤正说明了一个解不开化不掉的恩仇。阿日斯楞就在村里，他的羊群就在隔壁的牧场，但是他始终没有勇气去面对他们，向他们迈出一步是何等的困难。

"他们会把我们赶出来的。"

"那也要走这一趟。"

"要不你一个人去吧。我把你送到村口。"

娜仁的眼泪突然流下来了："你能不能像一个男人？这些年你心里安稳过吗？就没想过解开这个结吗？今天我也不奔着解开这个结去，我只想找额麻麻破解这个梦。"

"他不给看怎么办？"

"额麻麻一生行医，不会因为恩怨不管这个的。我不让她外出的苦心她不明白，还总怨我，我为她去找额麻麻你不明白，还推三阻四，你不知道那个梦扰得我多痛苦，我只有这么一个孩子，只要为她好我什么都做！"

九

阿古拉和娜仁喝完早茶就出发了。诺敏留在家里放羊。草叶上的露珠在阳光下闪烁着，整个诺敏牧场像铺满珍珠的宝藏。羊群今天并不想远足，很快就投入了鲜嫩的青草中。诺敏骑上马奔向狐痕山。

站在山顶，芍药谷的风景尽收眼底。芍药花怒放，空气里弥漫着清新的花香。塔布嘎山坡上不见苏亚拉的羊群。诺敏看向塔布嘎山峰，那比狐痕山高多了。站在那里能看到整个草原，整片天空，甚至能看到通往大城市的火车烟筒里冒出的浓烟。

诺敏下马，牵着马走向小土堆。不知为什么她走得很快，但是也不骑上马，心情有点像久别家乡的人走近了家乡看到了家乡那样迫不及待。她就那么急匆匆地走着。那一丛开满白花的芍药把小土堆保护得严严实实，不到跟前根本看不到小土堆。她疾步走着，走得匆忙、疲惫又忐忑。不知为什么，她的心在疼。突然，她看到了那件白色的蒙古袍，那是她最心爱的蒙古袍，是为了参加一次那达慕特意定做的，是用来精心包裹孩子的，如今它挂在那开满白花的芍药上，像一面白色的旗帜。诺敏的呼吸停止了，眼睛睁大了，嘴巴张大了，缰绳从她手里滑掉了。她想喊一声，像一匹失去孩子的母狼一样哭嚎，但是腾格里似乎收走了她的声音，她喊不出来。她软软地跪下来，用四肢艰难地爬行，小土

堆就在她眼前，但已不是以前的小土堆，而是从那个小土堆里挖出来的
土，松松的，还散发着泥土的味道。她能喊一声也许会好一点，或者痛
哭一下也好一点，但是她没有，她没出声，没有流下一滴眼泪。她就那
么跪着，不知过了多久，她直挺挺地站起来了。她看见了几辆越野车，
有军绿色的、有白色的，还有黑色的。她朝着那辆军绿色的越野车跟跟
跄跄地走过去。她得告诉他他们的孩子没了，出生的时候被山神截住了
灵魂，如今尸骨都被挖了。有人向她走来，问了句什么。她看着他的眼
睛："我没从你眼睛里看到大海。"又有人挡住她的路跟她说话。"孩子
没了，现在尸骨都被挖了。"诺敏笑着。

"这个地方应该保护起来！"

"这里是多好的自然旅游区呀！"

"住这儿的牧户肯定要搬走。"

"这些怒放的芍药花呀！"

那些人指手画脚，七嘴八舌地说着。

"住这儿的牧户肯定要搬走。""住这儿的牧户肯定要搬走。"诺敏像
刚学说话的孩子一样跟着他们说了几遍。诺敏恍惚记起刚刚拥有诺敏牧
场的场景。

……"塔拉牧场是我们的了，是我姑娘的了，以后它就是诺敏牧
场了。"阿古拉跳下马，走向家门的时候大声喊着。他脸上的血迹还没
干，头发里全是草屑，衣服也破烂不堪。他一把抓住吓傻了的女儿，一
个劲儿地亲吻，胡子拉碴的下巴弄疼了诺敏的脸。"阿爸，谁打你了？"
诺敏挣脱他的怀抱，睁大眼睛问。诺敏的脸上也沾了血。她用手去摸阿
爸额头上的伤口，那里还在流血，她的手上也就沾了血。"塔拉牧场是
我们的了。""阿爸，谁打你了？""以后它就叫诺敏牧场了。""阿爸，我
给你倒洗脸水。""至少在未来的三十年里它叫诺敏牧场，是我姑娘的

土地。"……

诺敏不知道阿爸、阿妈听到这消息会怎样，也不知道额麻麻、阿日斯楞、苏亚拉听到这个消息会怎么样。塔布嘎山上突然出现了苏亚拉的羊群。诺敏跌跌撞撞地向塔布嘎山走去。两只脚沉重得像是长在了土地里，每一步都像是从土地里连根拔起，但是她还在走。她没有脱鞋没有挽裤脚直接蹚过阿尔山河，钻进了苏亚拉的牧场。苏亚拉不在羊群边。诺敏爬上了塔布嘎山顶。她和苏亚拉的牧场只隔了一个铁丝网，她和他之间、她和孩子之间、她和阿爸阿妈之间、她和苏亚拉之间、她和外界之间、她和大自然之间隔的是什么呢？

她站在这座陡峭的山峰，看见了整个草原、整片天空。她的牧场、她的砖房、她的羊群，一切都是那么微小，它们跟整个草原是浑然一体的。她也想融入这片土地，就像她的孩子一样。她的芍药花开得多么艳丽啊！漫山遍野都是。"芍药花还有个名字叫别离草，我在网上查的。"这是他告诉她的。她根本看不见她的小土堆。一滴晶莹剔透的眼泪滚落在她脚下的土地上。一只老鹰在空中孤独地盘旋。几朵白云在她面前悠闲地飘移。"有一双翅膀就好了！"诺敏张开双臂。在她眼前是一片汪洋大海。

黑 雪

心里堵得慌，总觉得要发生什么。是因为太热吗？我漠然环视了一下屋内。我租的是一个月二百块钱的用简易的模板隔开的一间房。屋子的总面积不过十几平米。我们用工地上捡来的木板把这屋子隔成两个部分。里面的七八平方米充当卧室，外面的三四平方米成了厨房。哈日浩特的初冬寒冷得无情，但是我们不缺煤。熊熊燃烧的铁炉像个永远吃不饱的野兽，吞噬着黑色的固体，散发出烧灼般的热度，也排解出很多没有烧尽的黑灰色的煤灰。

孩子已经睡着了，手里还拿着呼德买给他的五毛钱的塑料水枪。刚刚因为用它喷得满屋子水，被我打出来的几滴眼泪还挂在他脸上。我凑近儿子亲了亲他毛茸茸的额头才发现脸上不只有泪水，还有汗水。孩子满脸、满身都是汗水，枕巾已经湿透了。我跑过去开了门。马上就有一阵刺骨的寒流夹带着煤味闯进了屋子。我忙又关上了门。我也不敢灭掉炉子。这间房是用石头砌成的。石屋徘徊在外边的寒冷和煤块的热度之间，热就热得猖狂，冷就冷得彻底。如果灭掉炉子，明早的我们很有可能成为冰雕。

隔壁屋里传来巴图雷鸣般的打鼾声。他昨天捡煤的时候腿受伤了，所以今晚没出去捡煤。他破烂不堪的三轮车停在我们门前狭窄的胡同里，一副进退两难的样子。月光被煤屑过滤了，光线里多了几分忧郁，洒在大地的时候也洒下了很多煤屑。我看了看手机，已经十一点了。这会儿呼德和哥哥他们也该在汗流浃背地捡煤了。

隔壁的手机响了，虽然没有盖过巴图的打鼾声，但是在这冷漠的夜里显得有点慌乱。巴图的打鼾声没有中断。手机铃声倔强而急促地响。几十秒钟后传出巴图迷迷糊糊的懒散的声音："嗯？"过了五秒，巴图的声音突然变得清醒、变得激动起来，估计身子这会儿也坐正了："什么？你说什么？苏和被煤埋了？啊？啊？我的天啊！我的佛祖啊！"紧接着，隔壁屋子的门被莽撞地推开了。那辆进退两难的三轮车发出了足以让整个夜色都战栗的声音。冰冷的夜晚突然就喧闹了。月亮像听不得喧闹的神经衰弱的老人一样躲进了云层背后。巴图的三轮车呼啸着呻吟着驶出了胡同，驶出了这条街。

三轮车的呻吟声碾压着我的神经驶过去了。我的心里始终不能平静下来。我精神恍惚地坐了一会儿，一时不知如何是好。巴图歇斯底里的喊叫总是在耳边回响："苏和被煤埋了？苏和被煤埋了？苏和被煤埋了……"我站起来。我又坐回去。我给炉子添煤。我掀开儿子的被子。儿子身上的汗水渐渐地蒸发了。我身上的汗水却越来越多，好像儿子身上的汗水都移到了我身上。

不知时间过了多久。巴图的三轮车踩踏着整个哈日浩特的夜空喧嚣又无措地驶进了胡同里。我飞快地跑出去。月光投在巴图那张煤炭般黑色的脸上，悲凉已经淹没了他那双忧郁的眼睛。我向前走去，心在怦怦怦乱跳，弄得我的脚步也变得深浅不一。我害怕走近车厢，害怕看到残酷的可怕的东西，但还是颤颤巍巍地一步一步地靠近。

巴图一步向前拦在我面前，用大巴掌蒙住了我的眼睛："回屋去！"

他的声音在颤抖。一滴温热的泪水滴进我的头发里。我的心跳在那一刻似乎突然停止了。生命真的有这么脆弱吗？昨天下午他还那么天真无邪地向我笑，跟我耍嘴皮子。还用那双纯真得有点傻气的眼睛看着我说，将来娶一个像我这样的媳妇。可是现在他却无声无息地躺在这冰凉的月色下……接着又传来一阵三轮车声，但是感觉那是在天上飘的，就像雷声，很远很远的雷声。

呼德和哥哥回来了。他们跳下三轮车的时候冰冻的大地发出咚咚的响声。那琴、海日汗、朝鲁、胡布秦……胡同里住着的人接二连三地回来了。只有呼和夫妇没有回来。不过也没有人注意他们。他们围着三轮车默默地站着，一时谁也不说话，谁也不动弹。昏暗的月色给每个人的脸上罩上了一层苍白的阴沉和无奈的肃穆，还有寒冷的悲哀。没有人注意我的伤悲，也没有人拦住我。我走向前，看到了车上的一幕。全身的血液一下子都涌到了脑袋里。耳朵一阵轰鸣、眼前一片漆黑——车上，苏和那稚嫩的脸哪里去了？或者他们都弄错了，这不是苏和。苏和有一张怎么晒都晒不黑的黄色的脸，可是如今那张脸上全是血！鲜红的血跟漆黑的煤屑掺杂在一起变成了黑褐色的让人眩晕的东西……"啊——啊——"我尖叫、我哭号，刺骨的寒流似乎就在那一瞬间惊慌失措了。天空中飘来几朵孤独的乌云，洒下几片零零碎碎的雪花。雪花飘舞着、哀鸣着，缓缓地落在苏和僵硬的尸体上。那雪花是煤色的。

太阳慢吞吞地从东方露出了脑袋，又怕着凉似的拽一层厚云，将自己裹住。苏和的阿爸来了。他是个身材高大、颧骨很高、脸色黝黑的驼背老人，乍一看像去了皮的晒干了的桦树。他头戴一顶毡帽子、身穿一件自己缝制的羊皮袄。老人裹着护膝的膝盖在靠近三轮车的时候抽筋了，一个跟跄摔了下去。哥哥和呼德赶忙去扶。老人倔强地推开他们，自己缓缓地却坚定地站起来。

老人是开着四轮车来的。那琴和巴图小心翼翼地将苏和抬上四轮车。苏和的脸清洗过后用干净的白布盖上了。衣服还没有换，双手像放不下什么似的僵硬地垂着、掌心微张。粗糙的掌纹和坚硬的指甲缝里全是洗不掉的煤屑。

老人上了驾驶座，弄了半天未能启动车子。他的双手一个劲儿地颤抖，喉咙里像住进了猪崽一样呼噜噜响。巴图把老人扶下来的时候我才清晰地看见老人满眼满脸的泪水和鼻涕。巴图像跟谁较劲儿似的，咬牙切齿地使劲摇着摇把子启动了车。哥哥和呼德也上了车。

我目送着他们离去，耳朵突然听不见任何喧闹了。四轮车从我面前驶过，然后那琴的破三轮车也从我面前驶过，我却听不到那些声音了，整个世界好像都寂寞了，静止了。眼泪又开始滑落下来。

屋里传来儿子哇哇大哭的声音。我机械地折回屋里。儿子似乎是被噩梦惊醒了，睁大着眼睛一个劲儿地哭。我抱起儿子，找玩具给他玩。他一把抓住呼德放在炕上的捡煤时戴在额头上的照明灯，使劲扔在地上。儿子似乎解恨了，呵呵呵地笑起来。小家伙的梦境难道跟这个照明灯有关吗？跟照明灯有关就跟捡煤有关。老人们常说小孩和狗能感知鬼魂。他真的感知到了什么，所以梦见了吗？我皱着眉头，胡思乱想。那琴的老婆乌日娜抱着孩子进来了。乌日娜有着一张小麦色的瓜子脸，小巧的鼻子上有几颗小米粒大的雀斑。平时，她那细小的眼睛总是微眯着，像在笑。可现在，她的眼神飘忽不定，脸色变得灰白。一头乌黑的长发凌乱地搭在肩上。

平常男人们不在屋子里，女人们也不愿待在那狭小的空间。

我给乌日娜倒了一碗奶茶。她像害怕被别人抢走似的，一把夺过我手里的碗，一口气喝完后又给我递过来空碗。

"等那琴回来，我们就回去。"乌日娜的眼神依然飘忽不定，但是语气很坚定。我的头深深地低了下去。乌日娜可以回去。阿日昆都楞草原永远是她的家。那里有她的父母，有她的羊群，有她的蒙古包。在那里他们整天过着千篇一律的生活、整天看着如出一辙的风景腻了、无趣了、厌烦了，就出来了。城市的美丽、城市的繁华、对城市的种种美好的向往牵动着他们的每一根神经。于是他们来了。好奇过了、向往没了、现实来了，一度恐慌徘徊后仅剩下强烈的不甘心。不甘心两手空空地回去；不甘心融入不了城市的繁华；不甘心重新接受千篇一律的日子……可是，有什么比生命更重要呢？

　　可是我们回哪儿呢？我们的家乡白音敖包草原是个古老美丽的草原。傲牧仁河像蒙古少女献上的蓝色的哈达，千折百回、风情万种。那碧波万顷的草原上鲜花盛开、莺歌燕舞。清澈的蓝天，远处的青山，近处的蒙古包，还有满山的牛羊勾勒出一幅绝美的水彩画。是啊，那里曾经住着我们的父母，放牧着我们的羊群，盖着我们的蒙古包。可是如今那里已经被划为天然保护区，供游人欣赏的旅游区。我们从寂静的草原搬到了繁华的城市。

　　乌日娜连续喝了三碗奶茶后回到自己的小屋开始收拾东西。两个小家伙跑到狭窄的胡同里面对面地蹲着不知在玩什么。

　　呼和夫妇回来了，载了满满一箱煤。夫妇二人脸上有着丰收的喜悦，苏和的事情对他们的影响似乎不大。他们在这里捡了几年的煤，难道这种事情经常发生吗？他们这是习以为常了吗？就像医院里的对生死病痛看惯了那样。今天的煤锃亮锃亮的。比往日里呼德他们拉来的煤好很多。他们把煤卸在胡同尽头的煤堆上，回屋吃了些炒米拌酸奶后又出去了。望着他们的背影我真想吐唾沫。

　　呼德他们回来的时候已经是凌晨三点。呼德带着一身冷气走进来，什么也不说倒头就睡。哥哥喝了一碗奶茶后去了那琴的屋子。不久，隔壁屋里传来巴图醉酒后的蒙古长调，悲凉、伤感、迷茫……屋子里冰冷冰冷的。我竟然在睡觉之前忘了往炉子里添煤。呼德紧紧地抱住儿子。儿子蜷缩着身子一个劲儿地往呼德的怀里钻。我出去找来松塔点着了煤。屋子里顿时就暖和了。我又走进巴图的房间。巴图的屋子乱得一塌糊涂，两个人的衣服、袜子、帽子扔了一地。擦拭得一尘不染的佛龛立在西北角，跟这个屋子里的一切格格不入。巴图信佛。离开草原时，他怀里紧紧抱着的就是这尊佛。他把这尊佛从蒙古包搬到了出租屋里。我用眼角瞥了一眼这尊佛像，心里五味杂陈。屋里的空气是冰冷的。巴图蜷缩着身子抱着酒瓶睡着了。就一天多的时间里，他消瘦了很多。黑炭般的脸、粗黑的胡子茬，还有那蓬乱的头发……他活像野人。我给他点着了炉子。火很快就驱散了屋子里的冷气。巴图的身子慢慢舒展开了，只有眉头间的皱纹像永远也解不开似的，拧成了一个大疙瘩。

第二天，下雪了。早上起床的时候雪花像胆小的小女孩一样在空中犹犹豫豫地颤抖，但是过了一会儿雪花就下大了。我们帮着那琴和乌日娜把行李和生活用品搬到三轮车上。装行李的时候我们特意给乌日娜和她的儿子留了个既挡风又安全的空位置。三轮车上满是乌黑的煤屑，哥哥细心地在车厢里铺了层干草。乌日娜今天穿上了刚来哈日浩特那会儿从批发市场买的黑色羽绒服。雪花在悄悄地下。大人们谁也不说话，两个小家伙也没有睡醒似的，无精打采地任大人摆布。我悄悄地看一眼呼德。呼德呆呆地盯着三轮车前面被雪花覆盖了的地面。那双看似空洞的眼神里蒙着一层雾气，雾气中飘着比留恋更为清晰的东西，羡慕？嫉妒？无助？

三轮车震耳欲聋的噪音呵斥住了疯狂的雪花。车子践踏着洁白的雪花，慢慢地驶出了胡同。乌日娜坐在干草堆上，紧紧地抱着儿子，对我们每个人强颜欢笑。在车子驶过胡同，拐过路口的时候我看见乌日娜在擦眼泪。我们挥别他们，回过头看见了巴图。他站在门槛里，手里提着一个酒瓶，眼里住进了这座城市的冷漠。

　　苏和被埋的那座山禁封了，但是这片大地上有的是新开采着的煤矿。这一整天除了呼和夫妇，没有人上山捡煤去。呼德让我炒几个菜，自己出去提了一箱白酒回来。呼和夫妇的第一车煤拉回来的时候，屋里的男人们冷眼旁观，鼻子里哼哼着没有人搭理他们。等他们回自己的屋子吃完炒米，再发出震耳欲聋的声音驶出胡同的时候，巴图狠狠地从牙齿缝里吐出了一口唾沫。

　　煤块在炉子里欢腾地燃烧。屋里特别热。男人们脱掉外套，拼命地喝酒。呼和夫妇的破三轮车再一次粗喘着吃力地驶进胡同的时候，我十多平米的屋里横七竖八地躺满了空酒瓶子。胡同里传出高低不一，参差不齐的喊叫声。他们都喝醉了。巴图本来就黑褐色的脸现在成了紫檀木的颜色。他起先是举起手乱比画着，扯着嗓子一个劲儿地喊叫。又一杯酒下去后他突然倒在桌子上大声哭起来。哥哥也喝醉了，已经靠着行李睡着了。呼德用一双死鱼眼看着眼前的酒杯发呆。

　　第二天下午一点的时候，哥哥和呼德很默契地拿出了照明灯、塑料袋、水、羊皮袄等捡煤用的必需品。

　　"我也去！"我说。

　　"你去干什么呀？那又不是什么旅游景区。"哥哥没好气地说。我用求救的目光看看呼德。

　　"你去了孩子怎么办？"呼德有点为难。

　　"孩子可以托付给海日汗的媳妇！"呼德看了看哥哥。哥哥没有说话。呼德示意我准备准备。我马上把孩子抱到海日汗的屋子里。然后自己准备了一些干粮和水，拿了羊皮袄。

　　哥哥的三轮车一路呼啸、一路惊扰着城市的风景和人物，来到郊区一座山脚下停了。那座山以前有没有绿意我不知道，现在只看见几辆铲车和钩机在山顶上漫天飞舞的尘土中嗡嗡地来回开动。山很陡，从我们这个角度看，它像一座悬崖。下边是个天然的深沟。铲车一会儿轰隆隆地开来，在悬崖边上停住，把废土、石块儿往下倒。哐啷啷——又是一阵嚣张的尘土。眼看山顶很快被铲平了。我想起了愚公移山。

这座山是今天新开采的煤矿。开采煤矿的过程并不复杂。先动用钩机挖掘，然后用铲车把那些掺杂土和石头的表层的煤层铲下来，再开到悬崖边倒掉：呼啦啦——哐啷啷——气势磅礴、阵势强大，甚至惊天动地。在漫天狂舞的灰尘中黑乎乎的煤块和巨大的石头呼啦啦地往下滚。呼德他们捡的就是这种被倒掉的煤块。铲车退去了，灰尘并没有平息。那些捡煤的人像游击战士一样争先恐后地从四面八方跑过来。有的拿塑料袋，有的拿篮子，有的索性什么也不拿。他们把那些锃亮的黑色的煤块往铲车埋不到的地方扔。

我跟着人群跑上去。山坡很陡，而且全是大大小小的石头。我跑几步被一块石头绊倒了。呼德一把拉我起来，用命令的口吻说："一边待着去。"他边说边往山坡上跑。哥哥已经在那儿了。哥哥把捡到的煤块使劲往一边扔。呼德跑上去，把那些煤块又倒腾一遍，挪到铲车埋下的可能性比较小的安全地带。

轰隆隆——铲车的声音又一次传到了头顶上。

"快撤！"

"快撤！"

人们七嘴八舌地、声嘶力竭地喊着，跑着。我慌乱地往山下跑，哐啷啷——铲车把那些石头、煤块倒下了。那些硬体像千军万马，沿着陡峭的山坡一路追随我狂奔。"苏和是这样被埋掉的吗？"心里突然就冒出了这个念头。本能驱使着我拼命地往前奔跑，没有方向、没有任何念想……

"你傻啊？找死啊？"有人狠狠地责骂我，同时用力拽住我，拖着我飞快地往侧方向跑。他是呼德。我的意识和力气全散架了，我软软地倒在呼德怀里。眼角的余光中，那些坚硬的石头和煤块掩埋了我刚才跑着的方向。

"记住了。不能往下逃。要往两边逃。我看你还是找个安全的地方坐着吧。真不该带你来。"呼德看着山顶上威武的铲车说。铲车的声音慢慢地从头顶上挪走了。人们又争先恐后地跑向悬崖……

天慢慢地黑了，全黑了。哥哥和呼德拿出了照明灯戴在额头上。这回整个山坡上亮起了很多照明灯。尽管人们的体力已经耗费了很多，但是人们说话的声音尽量放到最大，好用声音寻找同伴。人们用耳朵辨认着铲车的远近。用铲车的灯光辨认着它的方向。

夜色越来越浓了。哈日浩特冬天的寒冷不是吓唬吓唬那么简单的。我蜷缩在背风处，用羊皮袄紧紧地裹住身子，但是腿脚不一会儿就开始冻僵发麻。山坡上的照明灯还很欢腾很忙碌的时候呼德跑过来了。

"要回去了吗？"我嗖地站起来高兴地问。

"今晚的煤质量不错，而且煤块也多。我们还要捡一些。"呼德从车上拿来羊毛毡子给我铺上，然后拿自己的羊皮袄给我披上。

"千万别睡着。知道吗？记住了！"呼德又跑回去了。

山坡上的照明灯像无数个萤火虫一样来回晃荡着、飘舞着。他们互相照亮互相告知。

呼德把我推醒的时候，太阳已经出来了。他们把昨晚捡的煤又一次倒腾，挪到车子能开进去的道儿边。

"哇，你们捡了这么多啊。"我揉着眼睛喊。

"哼，最大的一堆被埋了，不然的话……"哥哥看了看我，眼里尽是惋惜。已经筋疲力尽的他们咬着牙憋足劲儿把车子装满了。装完一车后煤还剩下了很多。

"你们先走，我留在这儿守煤，顺便帮巴图把那些煤给他装上车。"呼德说。

车子像个跛脚的人一样颠簸着走出了山路，又吃力地爬上了柏油路。哥哥的眉毛里、睫毛上、鼻孔里、胡子茬里都是灰土和煤屑。他机械地前倾身子，用力眯着眼睛努力看清道儿。他一会儿用力睁大眼睛，一会儿甩甩头，甩头的时候头发里的煤屑跑出来，在阳光下嚣张地起舞。

"娜仁，我快要睡着了，你跟我说说话。"哥哥说。我坐正身子，用力张开打得难舍难分的上下睫毛，有一搭没一搭地说话。突然，车子歪了，我和哥哥的身体都歪向右边。我惊叫着握紧手能触到的东西。车子开出了柏油路，直往道边的沟里冲。哥哥这回完全醒过来了。他赶紧紧急刹车。虽然沟不深，但是弄出满载煤的车子，我和哥哥还是吃尽了苦头。

海日汗的媳妇像受难的人看到了救世主一样跑过来，把儿子一把塞进我怀里后头也不回地进屋了。儿子满脸泪痕，手里拿着呼德买给他的五角钱的水枪。我真想好好地抱抱儿子，哄哄他，但是我还是把他放在了地上，叫他自己玩。我要做饭。我真得给哥哥和呼德做一顿热腾腾的饭菜。

自从苏和出事后，巴图整个人都变了。以前我最讨厌巴图的打鼾声。我们的租房紧挨着，墙的隔音效果也极差。所以晚上我常常被巴图的打鼾声吵醒。有时候我用木棍用力敲打墙，试图让他的打鼾声收敛一些。有时候我索性跑进去推醒他。平日里我曾佩服苏和睡觉的质量。那么大的动静里他居然能睡得如此沉。苏和常常跟我开玩笑说："私自闯进两个大色狼的屋子，后果自负哦。"我每次都会赏他白眼。苏和这个没心没肺的家伙不吃这一套，他会笑笑说："看我呼德哥今晚怎么收拾你。"可是苏和走后巴图突然不打鼾了。或者说他根本就不睡？没有巴图的打鼾声，静谧的夜晚总感觉缺少了什么。巴图说要为苏和守孝，七七四十九天不理发、不刮胡子。几天后他那忧郁的大眼睛陷进了眼窝里，鹰钩一样的鼻子突出来，整个脸躲进了粗黑的胡子里。天啊，巴图成了野人了，连每天都擦拭的佛龛他都不管不顾了。他不做饭，每次吃饭的时候我们都叫他来一起吃。巴图也不客气，狼吞虎咽地吃个精光。

　　那天巴图又喝醉了，不能出去卖煤。我自告奋勇地帮巴图卖煤。天在下着雪。哈日浩特的雪总是那么为所欲为，想下就下，想下多少就下多少。街上，路人明显少了。哥哥和呼德把两辆三轮车停靠在农贸市场的背风的地方。那里除了呼和夫妇的煤车外还有几辆满载煤的破车。他们穿得厚厚的，动作笨笨得像企鹅。几个男人不胜无聊爬上煤车盘腿而坐开始打扑克。"卖煤了啊，卖煤了，价钱便宜啦。"呼和夫妇抱着胸轮流喊。

　　雪花慢慢覆盖了大地。行人的身后印下一连串清晰的脚印。一个衣装单薄的老人摇摇摆摆地走过来了。凭他走路的姿势就能断定他不是城里人。他不停地来回走着，眯着眼睛检查每辆车子上的煤。他最后停在巴图捡的那车煤跟前问价钱，我说三百就卖了。

　　"你们这煤的质量不行啊，不好烧，还这么贵……"

　　"二百六一车啊，二百六一车——"呼和的老婆从一边喊。

　　那个老人用一种险些被骗的眼神看了看我后又转到了呼和夫妇那儿。几番磨嘴皮子后，那个老人从兜里掏出了二百五十块钱，交给了呼和夫妇。那辆破旧的三轮车呼啸着载着他们三个人走了。哥哥甩掉手里的扑克牌跳下了车。牙齿咬得咔咔响。

　　"算了，别跟他们一般见识。"呼德拦住了哥哥。

过来买我们煤的都是一些装扮绿色、长相天然的农村人。哈日浩特的人不烧我们这种捡来的煤，他们甚至不烧哈日浩特出的煤。尽管他们住的是拥有中国最大露天煤矿的城市。就像用进口货来攀比身份地位金钱一样，他们烧外地煤，比如大同煤。听他们说大同煤好烧，哈日浩特的煤适合那种大企业。来买我们煤的人一个个能讨价还价，把价格往死里砍。最终我们以一车两百元的价格卖掉了煤。

这一天哥哥他们开着空车神色慌张地回来了。

"警察在抓人，罚单，不让捡煤……"呼德解开了我的疑问。

"这几天情况不对，我们还是避一避吧。休息几天再说。"哥哥对巴图说。

"他娘的！"巴图烦躁地破口大骂，使劲踢了一脚自己的三轮车。三轮车嘎吱呻吟着颤抖了几下，最终站定了。

他们闲待了一天。巴图紧锁着眉头进进出出，见什么骂什么。呼德倒是安安稳稳地睡了一觉。哥哥没闲着，一会儿出去修一修三轮车，一会儿又弄一弄照明灯。到了晚上十点的时候哥哥开始给三轮加油，又拿出了照明灯、塑料袋。巴图眼睛亮了，马上就启动了车子。

一连几天，呼和夫妇也是晚出早归，载回来的煤少得可怜。几天过后，他们失去了耐性。那天，他们在下午一点的时候，开着破三轮车趾高气扬地从狭窄的胡同里驶出去了。巴图瞪大了眼睛，眼神里毫无遮掩地表现出了一种崇拜。

呼和夫妇在第二天，先后拉来了两车油亮油亮的煤。胡同里的人们看了眼馋了。次日，呼和夫妇一走，呼德他们也跟着走了。

黄昏的时候，巴图驾着空车垂头丧气地回来了。踏进屋子他也不说话。我站起来，端详着巴图的脸。我害怕巴图张嘴，我害怕从巴图的嘴里溜出噩耗。我双手摸索着找到了背后的炕沿，并牢牢地扶住了它：

"说吧。"我听见自己的声音那么无力和不安。

"他们被警察抓走了。"

我轻轻地闭上眼，深深地呼出一口气。这不算噩耗。我马上爬上炕，从行李中拿出哥哥和呼德卖煤攒下来的五千块钱，抱着儿子，上了巴图的车。

"恐怕不能开黑三轮车，现在交警抓得厉害。"巴图说。

巴图抱着我儿子，走出胡同。我们拦了一辆出租车直接开往派出所。

我们从派出所出来的时候太阳正懒洋洋地从东方爬起。走出派出所的大门，我们不约而同地停住了脚步。整个冬天早出晚归辛苦捡煤挣来的钱没了。呼德和哥哥相视一笑，有点凄凉。人的可悲就是不知道下一秒会发生什么事情；命运的可怕就是早早为你安排了下一秒的事情……

"好想家啊。"呼德的声音很低沉，目光却越过我和儿子，望向了远方。这时，我看见他的嘴角边挂着一种自怜和自嘲的微笑。当呼德的目光从远方回到我和儿子身上时，有两滴冰冷的露珠在他的眼窝里闪动。呼德艰难地滚动着喉结硬生生地咽下了那晶莹的露珠。寒流冰冻了空气中的煤屑，使这座煤城看起来有点漠然。

巴图拦了一辆出租车。我们挤上去。车子开动了。城市的街道迅速往后退。我们各自怀着各自的心事，不敢把目光投在彼此敏感的神经上。于是每个人的目光都投向了窗外。

"师傅，停车。"哥哥突然急促地喊。

师傅紧急刹车。哥哥跳下车，放开步子向前跑。我望着哥哥的背影。他什么时候变成了驼背？

哥哥在一辆装满水泥的卡车跟前停住了脚步。那里有一帮身体健壮、声音爽朗的汉子在卸水泥。他们浑身上下都是水泥，连鼻孔、耳朵里都是。哥哥先跟卸水泥的人打听了些什么，然后突然跑上大卡车，先后往自己的背上放了三袋水泥……

出租车里的呼德和巴图愣了一会儿，突然被针扎了似的跳下车，跑到卡车上，有点机械地往自己背上扛起了三袋水泥。我瞪大眼睛、张着嘴巴看着他们来回穿梭的身影，鼻子突然就酸得生疼，不知是泪水还是鼻涕，滴在手臂上。儿子不知想到了什么突然拍手大笑，他温暖的小身子像小兔子般在我怀里窜来窜去……

情　缘

一

我从来没有觉得自己有什么错，大学已经毕业了，为什么不分配工作？既然考试分配，为什么要敞开后门？思想上的偏激使我的内心无法得到平静，感觉谁都欠我的。我不再迷恋家乡神秘安静的月色，不再去聆听阿爸深沉悠扬的马头琴声，也不再去沉浸篝火燃烧出的热情与疯狂。我喜欢上了舞厅。只有那劲爆又狂野的节奏，才能给我一种解脱的快感。

第一次，我是跟着卓娜去的。舞厅真是年轻人的世界。那些把头发染成花花绿绿的男孩儿围在一起大声地说着笑着，有的不停地嚼着口香糖，不时地发出"当当"的响声；个别的像在野外放羊似的大声吹口哨。他们无非就是想引起女孩儿们的注意。这种场面让我感到新奇又热闹。

舞曲一开始，卓娜就被拉走了。我一个人静静地坐在黑暗的角落，目光胆怯地跟随着舞者的脚步。

第二首曲子刚开始，一双天蓝色的旅游鞋和同色的牛仔裤挡住了我的视线。我慢慢地抬头往上瞅，他个儿很高，在黑暗中看不清他的脸。

"可以请你跳支舞吗？"

我顺从地站起来，把右手轻轻地放在他伸出的大掌心上，不料，他另一只手稍一用力，使我整个人倒向他怀里。我努力挣扎，想为自己争取一点空间，但我纤细的身体未能摆脱他强有力的双臂。我的脸顿时通红，呼吸都有些困难，一种被侮辱的感觉让我浑身不舒服。

"我能一手把你举起来。"他吊儿郎当的样子让我恶心。但我没把这句话说出口。

"你不信？"他的样子更加放肆。我强忍着快要爆发的脾气，仍没出声。

"要不要我试试看？"我用力甩开了他的手，转过身想离去的那一刹那，他另一只手又重新把我拉了回去。

"舞曲结束以前走掉是不礼貌的。"

"你在跟我谈礼貌？"我瞪大了眼睛。强压下的火山终于爆发了。

"怎么？在大学生眼里像我们这样的人很低俗，不配跟你谈礼貌，是吗？"

"连尊重别人你都不知道，又从何谈起礼貌？"我的声音抬高了八度。

这时舞曲已经结束，人们围着我们当了热心观众。我推开他的手，气冲冲地跑出了舞厅。

家乡的冬夜虽然寒冷，但很安静。乳白色的月亮挂在天上，犹如额吉做的奶酪。寂寞的草原漠然地望着她心爱的夜空，似乎已厌倦了这种无止境的等待。只有敖包像个忠心的蒙古勇士一样，一心守护着草原。

敖包——倾听过无数蒙古姑娘内心柔情的敖包——同时也见证纯洁爱情的那神圣的敖包，是否能理解我内心的悲伤？想到这儿，半年前的那个雨天又呈现在眼前。

……雨点像牧人的皮鞭，无情地抽打着我单薄的身子。但我的心、我的感觉却已麻木。浑身的血好像已冻结。就在几分钟前，我是这世界上最快乐的百灵鸟。我给他带来了惊喜。然而，我看到了自己永远都不会相信的一幕：就在离我不到一百米的凉亭里，我最心爱的男人苏里特和我大学四年亲密无间的好友乌音嘎在接吻。他们抱得那么紧，吻得那么热烈、忘我……大地在摇晃。腾格尔直向我压过来，而我的脚像灌了铅一样，站在原地不能动弹。

雨越下越大。刚刚为他换上的纱裙此刻显得太单薄了。我浑身在发抖。雨水掺着泪水，顺着脸流进嘴里。拎着高跟鞋的右手已冻得发麻。

我赤着脚无力地走在大街上。偶尔路过的行人像躲开疯子一般离我远远的。

脖子上的金项链亮得刺眼。我用力把它拽断，使劲抛向远处的草坪。这时眼前却出现了苏里特英俊的脸和深情的眼神。一起度过的美好的片段历历再现……我突然疯狂地向扔项链的方向跑去，跪在那儿，用双手扒拉着每一根青草。这条项链是苏里特利用假期，打苦工挣钱为我买的。毕竟那时候他是爱我的，为了表示他纯真的爱情而送给我的。

那儿——在那儿。我的眼睛像看到猎物的花豹眼睛。我用短跑运动员冲刺的速度冲到那儿，捡起项链。这时我才发现项链的旁边有一双特大号的名贵的皮鞋。我顺着皮鞋往上看，看到了皮鞋的主人。一张古铜色的轮廓清晰的脸、高而挺的鼻子、像外国人那样稍微凹进去的眼睛……蓝色的雨伞像是为我撑起的一片蓝天，避开了雨点的敲打。

我重新戴上了项链，然后慢慢站起身，转身挪步。

"喂，你的鞋。"这声音是带着磁性的。这时我才发现自己仍赤着脚。我急忙转回去，从他名贵的皮鞋旁边捡起自己的凉鞋穿上。我膝盖上、脚趾上沾满了泥，很是难看。拉拉裙摆，想掩盖那沾满泥泞的膝盖，结果只是徒劳。只想赶快逃离这个鬼地方，却在转身离去的那一刻，脚下一滑，摔倒在地上……他把我扶起来，把伞递给了我。我没要，也不再试图掩饰我的狼狈，想哭，却已无泪……

二

我静静地看着轻轻飘落的雪花，心里有种说不出的伤感……

回忆起四年的大学生活，一切都那么茫然、模糊。在大学，读遍了世界名著，讨论过人世间的哲理，心中充满着美丽又伟大的理想。却做梦也没想到，在城市的大街小巷到处碰壁后，又回到偏僻的山村当了一名英语代课教师……

苏里特——又一次划过我的心窝。他在哪儿呢？在做什么呢？此时的他肯定坐在城市的豪华咖啡厅，听着优美的名曲，陶醉在我那有钱的朋友乌音嘎甜美的笑容中。也许他已经在乌音嘎父亲的公司当上了什么经理。我不愿再想他。我穿上了白羽绒服，换上了红色长靴，顺手拿了红帽子和围巾出了门。

"孩子，饭已经好了。你要去哪儿？"阿妈听到门声，从厨房跑出来，担心地问。

活日嘿，我那像白雪一样纯洁，像奶牛一样善良的阿妈。我毕业回来一年多，她从来没有埋怨过一句。反而默默地关心我，小心翼翼地哄着我。她从来不在我面前谈起工作，好像在我们家，工作是一种敏感的话题。她怕我经不住打击，做出什么傻事。不会的，阿妈，我们并不是时代的牺牲品。现在不分配工作的大学生何止我和我的阿哥？阿妈那年代的"铁饭碗"现在已经消失，只有能力和才华是永远打不碎的饭碗。

"阿妈，我出去走走。"

"塔娜，我都做了你最爱吃的饭菜。我的孩子……"

"砰！"阿妈的唠叨被关在了屋里。我毫不犹豫地走出了热气腾腾又充满温馨的家。

外面的世界好美。草原像平静的海面。雪花姑娘——腾格尔的美丽天使。她们是多情的，她们用轻盈的舞姿，倾诉着无限柔情。她们是勤劳善良的，一会儿用她们的美丽装饰着大地，一会儿用她们温柔的细语安慰我，累了，默默地落在肩上，悄无声息地化掉……但我的心还是无法被吸引。小时候，总抱怨阿爸阿妈疼阿哥胜过我；上学后，面对他们望子成龙、望女成凤的心，曾有过无数次的叛逆行动。但在内心深处，我还是很想为他们争气的。可是……

雪，骤然下大了。刚才还那么温柔迷人的雪花，突然变得冷酷又粗暴。它们争先恐后地挤满我的脚印。我抬头看了看四周，已分不清哪里是天，哪里是地。比嘎拉丹爷爷的胡须还灰白的这个世界里，只有雪在疯狂地舞动。真像舞厅闪光灯下劲爆节奏中跳舞的年轻人。

我走了多长时间？到底走了几公里？现在在哪儿？一种不祥的感觉让我毛骨悚然，我迷路了！在这荒凉的草地，白茫茫的大雪中失去方向说明什么？我急忙掏出手机想求救，只是手机没有半点信号。我赶紧转身寻找刚才的脚印，试图找个出路，已经模糊不清的脚印无情地告诉我，那是妄想。

我已看不到任何脚印。雪封锁了一切记号。它像魔鬼一样向我袭来，想将我活吞。从来没有过的恐惧层层包围了我。死亡这个无底的黑洞似乎在眼前敞开。怎么办？我不想死。我还这么年轻。我的路还没有开始。一直以来，只知道索取，却从来没有尊重孝敬过的阿爸阿妈，连梦里都喊出声的那些美梦，勾画得比阳光还灿烂的明天。这一切还没有开始呢。我还没有正式上班，没有享受过成功的喜悦，还有学校一百多名学生半途而废的英语，还有，还有……从来没有感觉到生命竟如此美好，从来没有发现自己竟然如此热爱着生活。只是不知道珍惜……

我要活着回家。我要开始珍惜我的生活，我的青春。我不能这样死在这儿。求生的本能让我拼命地奔跑。可是这荒凉的草原，无瑕的大雪，我那热气腾腾的而且温馨可爱的家在哪儿？温柔善良的阿妈在哪儿？

不知跑了多久，大自然面前，我承认了自己的渺小和脆弱。因为雪越下越大，身体却已疲惫不堪。恐惧、绝望、饥饿、疲劳将我紧紧裹住，我无力地喊了一声"阿妈"，倒在雪地里……

三

我想翻身，但脚好像被什么东西拴住了。怎么回事？我努力睁开了眼。

"谢天谢地，你终于醒了。"带点磁性的男人的声音。我循声望去，古铜色的、轮廓分明的脸——感觉有点熟悉。

我赶紧起身想坐下，但我的脚竟然被抱在他怀里。

"啊——"我尖叫，"你干什么？你是谁？"

"我？我……"他支吾着。

"放开。"我使劲踢他一脚，然后把腿缩回来。

"你别误会。你的脚都冻得发紫了，我已用雪搓过了，不会留伤疤的，看你的脚还是很冰……"

这时我才想起了发生过的事儿，大雪……求救……奔跑……晕倒……我没死。我真的没死。那么他就是腾格尔派来救我的使者？我就知道草原总会保佑她的儿女的。

"是你救了我？"

"老天让我刚好路过这儿……"

车里的暖风喷发出温热的气息。天已亮，太阳已经从东方露出了羞涩的脸。

"你……没睡？"

"嗯，我怕睡得太沉，沉睡中窒息。"

"你……没对我怎么样吧？"

"怎么？你以为我是禽兽啊？"他边说边发动了车子。

"等一下。"

"怎么了？"

"你要载我去哪儿？"

"你已经清醒了，能交代自己的住处了吧？先送你回家。"我感激地看了看他。我的围巾不见了，大概是在雪中弄丢了。

披上白装的大草原更加美丽动人。心情像蓝天一样晴朗。直视着阳光，遥望着蓝天，我只想高歌一曲。看到偶尔窜出来的野兔，空中飞翔的小鸟，我有种莫名的感动。这世界真美好啊！

"我有一百多名可爱的学生。"

"我的阿哥画画超级棒。"

"我阿爸的马头琴声是世上最动听的音符。"……

我像一只不知疲倦的麻雀，说着，笑着。我甚至忘记了苏里特和乌音嘎带给我的伤害，也忘记了就业的烦恼。我只知道，活着就是最幸福的。

四

在雪地上颠簸了三个小时，我终于看见了我的村庄、我的学校、我的孩子们。他们比任何时候都美丽可爱。

到了家门口，我飞快地跑进了家。但眼前的情景让我目瞪口呆。屋里乱成了一团，一向暖烘烘的家如今冷冷清清。

阿妈静静地躺在床上，眼睛虽然闭着，但泪水却顺着脸颊悄悄地滴进枕头。她脸色苍白。额头上敷着毛巾。枕边的水已冰冷。我轻轻地走近阿妈床前跪下，低声叫了一声："阿妈。"阿妈没有睁开眼睛，她可能以为自己在做梦。

"阿妈。"阿妈睁开了眼睛，把我从头到脚看了一遍，然后伸出枯瘦的手摸了摸我的脸。她突然坐了起来："塔娜，真的是你。我的孩子，腾格尔啊！宝日汗！真的是我的姑娘，你到哪儿去了？我们都快担心死了。"阿妈的眼泪颗颗滴在我心上。"阿妈。"我想叫，但没出声。

"孩子，你到底去哪儿了？我们都以为你……"

"阿妈，对不起！我不是故意的。昨天我迷路了，跑了很久，就是找不着家。后来晕倒了，一个好心人救了我……"

"都是我不好。我应该跟你一起出去的。"阿妈开始自责。

"孩子，快给你阿爸和阿拉斯打电话。他们现在南北都分不清了吧？"我立即拨通了电话。

"找到孩子了吗？"阿爸的声音在颤抖。那声音里夹杂了太多的感情，是希望？喜悦？期待？害怕？

"阿爸。"我有点哽咽，声音变得沙哑。

"孩子。活日嘿，我的心肝，慈悲的腾格尔！"阿爸挂断了电话。我似乎能看见他跳下马背，双膝跪地，双手举过头顶给腾格尔磕头致谢。

从来没有流过的钻石般的泪水滴进了膝下的雪地，花白的头发跟雪地一样闪着耀眼的银光⋯⋯

阿爸回来了。胡须、眉毛、毡帽上都结了厚厚的一层冰，但眼神却比任何时候都有神。他仔细地看了我好一会儿。确定他的女儿平平安安地站在面前后，他转身走到宝日汗面前，点了几炷香，又虔诚地磕了几个头，然后转身对我说："孩子，你已经是大人了，对待事情不能再像个小孩子，你必须学会为自己的言行负责。昨天，你突然失踪了，我们打听所有的人，掀翻了附近三十里地。你的阿妈病倒了。你知道这一整夜我们是怎么过的吗？幸亏腾格尔有眼⋯⋯"

"阿爸，对不起！都是我的错⋯⋯"

"好了，回来了就好。别再训孩子了。"阿妈心疼地说。

"真的是腾格尔保佑啊。"

"阿爸，一个好心人救了我。也许他就是腾格尔派来的⋯⋯"

"他在哪儿？我要重重地感谢我女儿的救命恩人⋯⋯"

"他走了。"

"什么？走了？他是哪里人？"

"不知道。我们坐车走了三个小时。"

"他姓什么？叫什么？"

"不知道。"

"人家救了你，你都没问吗？那他长得什么样子？滴水之恩当涌泉相报，何况他这不是滴水之恩，他救了你的命⋯⋯"

"长相？"我愣住了。古铜色的脸，高而挺的鼻子，还有那稍微凹进去的大眼睛。应该不是很幽默，但绝对是个好人。想到自己在一个陌生男人身边过了一夜，脸顿时变得滚烫。

阿拉斯哥不知道什么时候进来的，像木头一样站在门旁，痴痴地盯着我。

"阿哥。"我吃惊地看着他。钢打不倒的硬汉——阿拉斯哥一夜之间憔悴成了另外一个人，布满血丝的双眼陷进了眼窝。

"阿哥。"我的心在隐隐作痛。尽管从小到大我都在嫉妒和埋怨阿哥从我身上夺走了阿爸阿妈大部分的爱，但在此刻我的心真的好痛。阿拉斯哥走近了我，深深地看了看我的眼睛，然后什么也没说，走进了自己的房间。

生平第一次，我用我的生命，用我火热的心感受到并懂得了"家"的概念。

傍晚，我坐在电脑前，登录 QQ，把网名改成"新生"，一切该有个新的开始，包括 QQ 好友。我在网上查找好友。在千奇百怪的 QQ 头像中我看到了一匹狼的头像，他的 QQ 名字是"披着狼皮的羊"。我毫不犹豫地加他为好友。

"你好，可以聊会儿吗？"

没过多久对方就回复了我的消息："你好，很高兴跟你聊天。'新生'有什么特别意义吗？"

"我是从死神那里回来的。是一位好心人，从雪堆里救活了冻僵的我。是他给了我新的生命。"

"嗯哼？你在雪堆里冻僵过？你是哪里人？"

"我是草原的女儿。"

"关于救你的人，你知道多少？"

"我几乎一无所知。他从来没有说过自己。我很想找到他，当面感谢他，有可能的话报答他。当初我都没跟他说过一句好话。"

"你找不到他的。如果他什么都没跟你说，那么他需要的不是你的感谢和报答。他也许喜欢上了你。他更希望你珍惜生命，懂得生命的意义。"

　　"这世上还有不求回报的人吗？这倒是奇迹呀。"

　　"大千世界，无奇不有。每个人对幸福的想法和概念不同。至于你的恩人，他现在感觉很幸福。对了，你为什么选我聊天？"

　　"因为你的头像，因为你的 QQ 名。我们曾谈过狼。他喜欢草原狼，欣赏狼的性格。还有一点是，比起'披着羊皮的狼'，'披着狼皮的羊'更可爱。前者让我想到阴谋诡计，后者却让我想到智慧胆识。"

　　"你倒是一个奇怪的女孩子。"

　　"我好像见过我的救命恩人，只是想不起来在哪儿见过。"

　　"既然你们有雪中情，那么应该也有雨中缘吧？哈哈，我在自作聪明。我现在有点事情。再聊。"

　　"拜拜。"

　　我躺在床上，回忆起他的话："既然你们有雪中情，那么应该也有雨中缘吧？"——雨中——雨中——我突然想起来，在那个心碎的雨天，为我撑起一小片蓝天的那个人，我在他面前丑相百出，而他把我扶起来……

　　腾格尔！为什么我每次狼狈不堪时他都出现在面前？难道我只有在雨雪中才能跟他相遇吗？

　　我突然好渴望下大雪！

五

　　"Welcome back to school, Dear teacher"、"We love you Dear teacher"、"You are great"。看到放在办公桌上的学生歪歪斜斜的字体，我的鼻子不禁一酸，心里有种说不出的感动。桌子擦拭得一尘不染。桌上堆满的英语作业给我一种被需要的快乐。我开始翻遍抽屉，但没有找到红笔。哦，我是怎么当老师的？

"噔噔噔！"——脚步声。

"砰！"——推门声。

学前班的学生开始三三两两地牵着小手跑过来告状。他们把门敞开一小缝，探进自己的小脑袋：

"老师，斯琴的鼻子出血了。"

"满达尿裤子了，都长这么大了还……"说着还用食指点一下脸，口里念着，"羞，羞。"

"航盖推了我。"

"阿丽玛偷了我的钱……"

他们七嘴八舌地说自己的大事。有的告完了，不等答案直接就往回跑了，有的张着嘴站在那儿，等我开口为他们主持公道，说一句话，哪怕是一声"嗯"也行。

"走，走，别堵在这儿……"体育老师的一声吆喝像扔在他们中间的炸弹，他们你挤我推，一起涌出走廊，头也不回地跑向班级。好可爱。不一会儿，低年级不爱做作业的淘气鬼们，自己拿着刚刚做完的作业本，"唰唰"地拖着鞋走进办公室……

我第一次精心准备了教材。从办公室的一角拿来了学校唯一的录音机，扫去上面的灰尘。翻遍抽屉找出了主任交给我的英语磁带。

第二节，三年级英语课。

班级有好几张桌椅，失去了主人的照顾，显得有些落寞。

"老师，那琴的阿爸，昨天把他接走了。要让他上汉授学校。"

"苏日娜的阿妈说我们学校不教英语了，所以要让她转学……"

放学后，我去了那琴家。

"那琴的学习成绩一向很好，你们这样来回转学会耽误他学习的。"

"哎，现在念蒙文有什么用？"那琴的阿爸无奈地说。

"是啊，根本就没用，以后考不上好大学。听说人家名牌大学不招蒙古族学生。我们就这么一个儿子。我们也是考虑儿子的将来才……"那琴的阿妈接过话茬。

"你们这个观点是不对的。蒙古族孩子自己嫌弃自己的语言，不学母语，那我们蒙古人的未来怎么办？我们不能自己淘汰自己。民族的明天全靠他们……"

"这些大道理我们不懂。蒙古族孩子又不是那琴一个。你是我们村活生生的一个例子。你用蒙古语读的大学。我们辛辛苦苦地供孩子读书，不希望他将来像你一样回到农村，连个稳定的工作都没有……"尽管那琴的阿爸使劲拉着他女人的衣袖，但她那风吹都能响出声的薄嘴唇刹车已失灵。

我走在山间的小路上，内心有许许多多的伤感，不因为自己的命运……只是小小如我，现在真不知自己能做什么。

阿妈穿梭在厨房和羊圈之间，忙碌着蒙古族妇女繁多的家务。

"阿妈，我回来了。有什么让我帮忙的吗？"

"没有，孩子，炉子上有奶茶，柜子里有炒米，奶皮子，黄油。你自己吃完了忙你的吧。"阿妈两膝间夹着小羊羔，手指熟练地系好了门绳。她的脸冻得通红，但满是欢喜。我伟大的阿妈。为我们付出这么多，她从来都任劳任怨，对她来说只要阿爸、阿哥、我平平安安，她真的别无他求。

阿拉斯哥在他的画室画画。

我打开电脑登录 QQ。未读信息中有"披着狼皮的羊"的信息：我出差了，这几天可能不能跟你聊天了。最近我喜欢上了齐峰的《我和草原有个约定》。也许是因为草原的女孩子——你的原因。现在请点击收听，分享我的快乐吧。

　　"总想看看你的笑脸

　　总想听听你的声音

　　总想住住你的毡房

　　总想举举你的酒樽

　　我和草原有个约定

　　相约去寻找共同的根

　　如何踏上归乡的路

　　走进了阳光迎来了春。"

　　——优美的旋律将我融化，温柔的歌词将我沉醉。我轻轻地闭上双眼，靠着椅背坐着——幸福。幸福其实就是一种感觉。

　　接着我在博客里发表了《农村英语教学现状》这篇论文。

六

　　手机响起——卓娜。

　　"你好好准备一下，晚上我去接你。"

　　"不用了，卓娜，我不去了。我……"

　　"哎呀，你啰唆什么呀？好好准备就是了。六点。说定了啊。"卓娜挂断了电话。

　　从上次雪祸后，我再也没去过舞厅。没有了那种闲情和时间。

　　我坐在电脑前，修改《命运》这篇关于蒙古族学生的论文。

"你去吗?" 阿拉斯哥的声音。

"嗯。"我头也没回。

"我不准你去。"他说得很干脆。我有点诧异地转身。阿拉斯哥从来没有用这种命令的口吻跟我说过话。

"为什么?"

"我怕你学坏。"

"我又不是小孩子,你担心什么?"

我站起来,走到阿哥的身边,抱住他的脖子开始撒娇。阿哥的表情僵硬了,手脚都不动了。

"阿哥,阿哥!"他没有反应。

"阿拉斯——"我在他耳边大声喊出他的名字。

"啊?"阿哥像刚从梦中惊醒似的应道。

我忍不住笑出声来,好奇地问:"阿哥,你怎么了?"

"啊?噢……"他像个口吃的人。他话都没说完就像见了传染病患者一般逃走。

"塔娜,准备完了吗?"汽车的笛声和卓娜的高音一起传进来。她跑进我的房间,目光却四处寻找着什么。鲜艳的红色毛衣衬托出卓娜干净白皙的脸,让她看起来光彩夺目。擦得锃亮的黑色长靴使她修长的腿更加秀美。她浑身上下散发着青春的魅力。她……真的好美!

"我的天啊,你都没准备呢?"她再看了看周围,压低了声音问:"阿拉斯在哪儿?"

"阿哥?刚才还在这儿的。"

卓娜像一阵旋风一样离去。

"啊……"一分钟后隔壁屋传来了一声尖叫。

"怎么了?有耗子吗?"我急忙跑过去。卓娜像迷失方向的孩子一样站在阿哥画室的正中间。

阿哥的画室，里边没有主人，外边肯定有铁锁，不让任何人进去的。今天是怎么了？

屋里乱得离谱。画完的和没有画完的水彩、素描遍地都是。铅笔、橡皮、画笔随处可见。只有角落里干净一些，那里整齐地放着一大堆画。卓娜跑过去翻了一张：

"哇，好美呀。"卓娜的口气有点夸张，"塔娜，是你哎。是，是，就是你。"卓娜像捡到钱一样兴奋。我被她高涨的情绪所感染，竟然忘记了阿哥"不准进画室"的禁令，情不自禁地走向了卓娜。穿着白色长大衣，红色长靴子，戴着红帽子，围着红围巾的女孩儿走在雪地上。脸上没有表情，一双美丽的大眼睛里含着淡淡的忧伤。雪花轻轻地飘落在女孩儿的秀发上……

"真美，像白雪公主。"卓娜的语气掺杂着一点嫉妒。

我确定画上的女孩儿是被埋在大雪以前的我。画的右下角有两个字："忧伤"。

卓娜又翻了一张。一个女孩儿手拿着奶瓶。右膝跪在地上，左膝盖上放着一只小羊羔。女孩儿长长的睫毛盖住了美丽的大眼睛，粉嫩的脸上盛开着微笑。小羊羔翘着小尾巴，喝着女孩儿奶瓶里的牛奶。右下角写着"天使"。

"天才。"卓娜在自言自语。

还有一张画了宽阔无垠的大草原。草原上滚动着珍珠一般的羊群，羊群边站着一个穿蓝色连衣裙的女孩儿。草原的清风轻轻地抚摸着她的长发。她眯着双眼陶醉在手中的野花的清香中。白皙的脸上映着浅浅的小酒窝，像盛开的玫瑰。右下角写着"草原的女儿"。还有很多，都是画的我。

"如果有一张是画我的，那我可以三天不吃饭。"卓娜叹了口气，"如果我是他妹妹，那这画里的模特就是我。"她的语气夹杂着羡慕。但紧接着又自我安慰道："但我会比你更幸福。这个天才画家就是慈祥的腾格尔赏赐我的厚礼。腾格尔最眷顾我了。"我可怜的卓娜完全陶醉了。

"谁让你们进来的？"雷声一般的怒吼。我吓得脸都苍白了。

"出去，滚出去。"阿拉斯哥的脸色阴沉得吓人。

我拉着卓娜的手夺门逃走。

"我的天啊，连生气都那么威风。"活日嘿！我的卓娜，真是无药可救了，这个时候还说这样的话。

"塔娜，你是我最好的姐妹，你会帮我，是吧？"

"说。"

"你先答应。"

"好，我答应你。"

"你帮我偷一样东西。"

"卓娜，得寸进尺了啊，你让我当小偷？"

"是。你帮我把你阿哥的心偷回来。"

"你又不是苏妲己，你偷心干什么？"

"人家跟你说正经事儿呢。"

"一个女孩子家先追男人，丢不丢人？"

"小姐，你是哪个年代的人啊？都什么时候了还……"

"嘿嘿，你想当我嫂子？"我从头到脚仔细地审视了她。

"怎么？不够资格？"

"那倒不是。问题是如果真有一天阿哥爱上了你，把你娶进门，那还有阿爸阿妈和我三个人的立足之地吗？"看着认真听讲的卓娜，我不禁失笑。

"那我成了母老虎了？"她皱着眉，有点纳闷。

"差不多。"我嘻嘻地笑着。

"好啊，你要我。"她向我追过来，我撒腿就跑。

七

卓娜的车上，我看到了一年前在舞厅吵架的那个高个儿男生。

"他……他怎么在这儿？"我犹豫片刻，将已抬起的左脚收了回来。

"不认识了？大学生就是不一样。哪能记住我们呢？"仍是那种夹着讽刺的声音。我后退了几步，顺手关上了车门。

"塔娜，怎么了？你真不认识他了？可是他告诉过我，你们小时候经常在一起玩。他叫青格勒。"

"青格勒？青格勒阿哥？"我摇着头，往后退了好几步，小时候的青格勒阿哥那么清晰地出现在我眼前：

……青格勒阿哥是三代单传的独子——家里的活宝。他阿爸是苏木领导，他阿妈在苏木开着大商店，家境很好。那时候，我们家很贫穷。阿爸是个工资微薄的人民教师。瘦小的阿妈独自承担着家里家外的事儿，非常辛苦。我很同情阿妈。

那天奶奶告诉我是阿妈的生日。

"每次我过生日，阿妈都会煮鸡蛋给我吃，今天我要买糖给阿妈吃。"六岁的我手拿着阿爸给的几个零钱跑去找青格勒阿哥。他知道在哪儿买糖。

青格勒阿哥背着他奶奶偷偷地溜出来，牵着我的手跑向了南村。

正好是二月份。河里的冰开始融化。河水没过了独木桥，也涨宽了二十米。

"怎么办？不能给阿妈买糖吃了。"我放声大哭起来。青格勒阿哥看了看周围，然后把裤腿卷到膝盖，像男子汉一样干脆地蹲在我面前："塔娜，别哭，我背你。"我擦干了眼泪，爬上了他的背。没过脚的河水下面是刺骨的冰冷。比我只大一岁的青格勒阿哥咬着牙，小心翼翼地挪动着脚步。终于蹚过了二十米宽的河水。

当我们回来时，阿妈急得像热锅上的蚂蚁。她一边帮青格勒阿哥揉着红肿的脚，一边责备我，但看到我握紧的几块糖，她不禁流下了眼泪。

还有一次，阿爸去看望几个学困生，几天没回家。家里已经没有米下锅。青格勒阿哥知情后给我们端过来一盆大米……

十六年前，我跟着父母搬来草原以后再也没见过青格勒阿哥。

我童年的伙伴，我那善良可爱的青格勒阿哥！十六年的回忆里最美丽温馨的那一片段的主角青格勒阿哥是这样的吗？他怎么会变成这样？他又怎么会来这里？

"青格勒阿哥。"我低声念着。

"快，上车。你不会是结识新朋友忘记老朋友的那种人吧？"伶牙俐齿的卓娜任何时候都不会放过我。

我走近了车。回头时看见从窗口那儿正在看着我的阿拉斯哥。

他——青格勒阿哥——斜坐在后边的座位上，嘴角边叼着香烟，一只耳朵亮着很大的纯金耳环，头发染成了金黄色。

我一上车就呛得咳了几下。他立刻灭掉香烟，坐正了身体。卓娜在驾驶镜里看到这一幕，不禁诡异地一笑。他的眼睛直勾勾地盯着我，让我坐立不安。我假装成了欣赏窗外风景的人。

舞厅的灯光很暗。一进门，他就向我伸出了手，要请我跳舞。

"我向你道歉。"

"什么？"他突然的道歉让我很意外。

"我为上次的失礼道歉。"

"其实……"我不知该说些什么。内心在挣扎着想从回忆与现实中找到一个平衡点。

"那天我也有错。"过一会儿，我低声说。

"不。上次我像对别的女孩儿一样对待了你。"

"什么意思？"我有点纳闷。

"跟我交往的女孩儿，如果哪一个要被我捧在手心里，那还不乐开了花？但是你不一样。"

"你那么厉害吗？"

"不，不，我不是那个意思。"他的表情有点尴尬。我们一时无语。

"你还记得小时候吗？"他换话题。

"不要提小时候的事儿。那是我最圣洁的一段回忆。我无法将小时候的青格勒阿哥和眼前的人统一起来。"我的话未经大脑的筛选就溜出来了。

"什么？"他踩上了我的脚。

"噢，我……"我为刚才的冲动感到不好意思。我没再说话。

是什么改变了我那善良可爱的青格勒阿哥？是金钱？是权势？是溺爱？不管怎样，我宁愿相信青格勒阿哥的本性是美好的。

"塔娜，我没有忘记小时候的事情。我从卓娜那儿听说了你的近况。你不必为二百元钱在这里受苦受累。跟我进城吧。阿哥给你找工作，保证月薪两千以上。"他说得很有把握。

"青格勒……阿哥……"我想说点什么，但我把那些话硬咽了下去。打心里，我不想伤害青格勒阿哥。

"谢谢你，我现在在这儿很好。"

"好什么呀……"

"青格勒阿哥，你怎么来这儿了？"我故意笑着问，我只想转移话题。

"我？度假。"

"度假？在这儿？你不怕被暴风雪冻死啊？"

"不怕，有你在，我是冻不死的。"

这回我踩上了他的脚。

"开玩笑的，你相信了？"我似乎听到了他声音中的失落。

我们玩到很晚。回来时阿哥房间的灯还亮着……

八

新学期开始了。邮递员给我带来了小说《山里的月色》被发表的喜讯。同事们都高兴地围着我说：塔娜就是我们山村的一轮明月。

校长把我叫到办公室："塔娜老师，这次旗里统一考试，我们学校四年级英语全旗第一。这是小小的心意——学校给你发的奖金。"校长递给我一百元钱。不知为什么，这张普通的红纸总让我想哭。

"塔娜老师，努力工作吧。我想办法给你涨工资。我们学校一百多名学生的英语就全靠你了。"校长那充满希望的眼神让我感动。

走进教室，看见学生都在围着一个人，一看到我就说："老师，那琴回来了。"

"是吗？"我的声音里溢满着喜悦，走进了他们中间。那琴红着脸站在那儿。

"那琴，你终于回来了。"他害羞地看了我一眼，然后开心地笑了。

"他说，还是这儿好。""他说……"孩子们七嘴八舌地说着。最后淘气鬼乌尼尔凑近了我的耳朵，悄悄地说：

"他还说，他很想念你。所以……"那琴更加羞涩地低下了头。我紧紧地抱住了他。奇怪，眼泪不知什么时候流了出来，我真是爱哭鬼。

上课铃响了。孩子们打开了一本新书，又开始沸水般吵了起来。

"都说好了不收书费，还……"

"作业本都统一给了……"

"但这本书要钱，二十多元呢。"

"这本书老师也不教。"

"是啊，阿爸阿妈听了也说不给钱。"

学生七嘴八舌地发表着自己的意见。

我给校长汇报了这件事。校长却有点为难地说："你好好宣传一下。然后好好调整时间上几节课。我也没办法，熟人托我……"我没再说什么。

下班回家，看见卓娜坐在我的房间。

"塔娜，我们谈谈青格勒，好吗？"

我上了卓娜的车。

"青格勒阿哥，他……在哪儿？"

"他走了。"

"走了？"

"是的，我想跟你说一些他的事儿。听青格勒说，你们分别的时候他七岁。"

"嗯。"

"他是以优异的成绩从农村考上城市重点初中的。因为家庭条件好，他阿爸阿妈在城里买楼，让青格勒的爷爷奶奶照顾他。我舅舅家就是他们对门。青格勒进城以后迷上了网络，他整天泡在网吧或录像厅，也不再努力学习。他家的生意做得很大，根本就没有时间照顾他，用大把大把的钱来弥补亏欠的爱。青格勒的爷爷奶奶一个劲儿地惯着孙子，满足他任何要求。到后来，青格勒自费上了高中，在高二时，他跟社会混子一起喝醉酒，打群架，被开除……"

"卓娜，好了，别说了。我知道你在骗我。你在胡说八道。青格勒阿哥不会那样的。你骗人。"我捂着耳朵喊道。

卓娜在敖包边停了车。看到敖包，我想起了那天晚上。那晚青格勒阿哥用摩托车载着我来到了这儿。我们聊了很久，都是小时候的事儿。"青格勒哥，这些年来，我一直在猜测你现在的样子：才华横溢的作家？英俊潇洒的军官？或者是老师？歌星？反正你各方面的条件都很优越，你般配任何一个优秀的角色。你一直是我心中完美的化身。在大学时，我曾经爱过一个男生。他总能在我最孤独、无助的时候给我关怀，给我依靠，就像我心目中的青格勒阿哥，然后我们相爱……"时间真的能冲淡一切，我自己都不敢相信，这么自然而然地提起苏里特。

那天晚上我们谈得很投机……

"卓娜，青格勒阿哥是好人，就算你说的是实话，那也是因为他太年轻，他会悔改的。"

"嗯，我相信。"卓娜用同情的目光看了我。

我回家后打开了电脑。邮箱里有一个未读信息：

塔娜：

　　你是大学生。而我却是在人生道路上跌倒过的莽汉。从小想拥入自己怀里的那个女孩儿是你。但今天的我已没有勇气、资格、脸面向你表达我的爱。阿木古楞村的冬季很寒冷，暴风雪也很恐怖，但那却是我最温暖快乐的日子。那晚你在敖包旁说的那些话，我想过很久。没有一个女孩儿的话语和态度对我如此重要过。也许是金钱改变了我。我从来没有得到过阿爸阿妈真正的爱。我恨他们！恨他们拿大把大把的钱砸我。所以，我想报复他们。我要用我的放荡，用我的堕落惩罚他们。让他们后悔。也许是我错了。

我花钱如流水。喜欢什么就买什么。但我却没有真正的快乐和幸福。没有人真正关心我。其实得不到真爱的人是最穷苦的人。

塔娜，从你的眼神，从你的话语中我看到了人世间最美丽的东西。能融化在你的真爱中那该是何等的幸福！

塔娜，阿哥祝你幸福！

眼泪在流。青格勒阿哥，我童年的伙伴！

"塔娜，怎么了？身体不舒服吗？"阿拉斯哥的声音很温柔。我赶紧擦干了眼泪，轻声问："阿哥，你爱过吗？"

阿拉斯哥愣了一下，又变口吃了："啊？噢，没……没有。"

"没有。是吧？"我自作聪明地说，突然想起了卓娜的请求，"有一个女孩儿深爱着你。"

"别胡说。"阿哥的脸红了。

"真的。卓娜爱你爱得快发疯了。她身材好，长得漂亮，家境又好，任何条件都比你好。你虽然毕业于艺术院校，但没有工作……"我突然看到阿拉斯哥的脸变得阴沉，好像暴风雨就要来了。我吐出了舌头，收住了话。阿拉斯哥也没有说话，径直走出了我的房间。

我点击了"披着狼皮的羊"。

"前几天去乌珠穆沁，拍了很多照片。有兴趣的话，进入我的空间看看吧。"

　　我看到了马头琴、雕花的马鞍、蒙古老阿爸、草原狼、蒙古包、蒙古博克、蒙古姑娘，还有马群。

　　"你喜欢草原生活？"

　　"是的。草原孕育了无数个神奇人物。成吉思汗、孝庄皇后、僧格林沁、嘎达梅林、明安图，还有腾格尔、德德玛、斯琴高娃……草原本身就是个神话。"

　　"在你面前，我无地自容了。你比我这个草原姑娘还热爱着草原。"

　　"如果时间和知识允许的话，我想研究草原文化。"

　　我给他发"棒棒哒"的表情。

　　"我想把扎鲁特和乌珠穆沁的照片合成一本出版。"

　　"你来过扎鲁特吗？扎鲁特草原很美吧？"

　　"扎鲁特不仅草原美，姑娘更美。已牢牢拴住了我的心。哦，好像说多了。我要休息了。晚安！"

　　"晚安！"

九

　　第二节课，我被请到了校长室。校长的脸上有薄薄的一层霜："塔娜老师，我们这种小地方，用不了你这个大能人。刚才市人事局来电话，通知你分配到了电视台，这是文件……"

　　这对我来说应该是个天大的喜讯，但我却意外地平静。学校一百多名学生那求知的眼神不时地出现在眼前。琅琅的英语读书声萦绕在耳边，我整日摇晃在天平的两端……

　　我坐在电脑前点击了"披着狼皮的羊"。

　　"我很矛盾。"

"说说看。"

"我被分配到了市电视台。"

"喜事儿啊，祝贺你！"

"可是，这里的一百多名学生怎么办？我放不下。两年来，他们的英语成绩明显提高，学生学英语的积极性也很高，结果我却要半路退出……"

"我知道你很有个性。但是没有你我地球照样转。"

"可是，这么偏僻的地方谁会来呢？"

"爱家乡的学英语的人应该不止你一个吧？再说，你在电视台做得好的话，可以更好地为家乡服务啊。你一个人的力量是有限的，做好宣传，发动大家，一起动手，才能干出一番大业。"

"但我已经爱上了这所学校，爱上了这些学生。"

"兴趣和爱是做好一件事情的重要条件。每个人的观念和想法，奋斗目标不一样。至于你，你已经很特别了。所以，想要个性，就免了，我想说的是：人往高处走，水往低处流。不会觉得我太自私吧？"

突然隔壁屋传来什么被打碎的声音。我赶紧跑进阿哥的房间。阿哥喝得烂醉，躺在床上。是手中的半瓶酒掉地上碎了。烟头满地都是。烟雾弥漫在屋里。

"阿哥，你怎么了？"我跑过去抬起他的头。

"塔娜，塔娜……"阿哥断断续续地喊着我的名字，眯起眼睛看我。

"阿哥，你怎么喝成这个样子？"

"酒，嗯，塔娜，我们俩喝酒，喝到烂醉。"阿哥说着用力地爬起来，踉跄着下了床，四处找酒瓶。

"阿哥，好了，别喝了。你是从不沾烟酒的，今天到底怎么了？告诉我。"

"我高兴……高兴……你……要在城里上班了……"

"我还没有决定呢。再说，你也可以到城里创办自己的画室啊。"

"塔娜，塔娜，不要离开我。"阿拉斯哥突然抱紧了我。

"阿哥，你怎么了？"阿哥的行为有些失常。

"我爱你！塔娜，我爱上你整整十年。我十四岁就爱上了你！我发过誓，这辈子，只爱你一个……"阿哥激动地说着，突然疯狂地吻我。我拼命挣扎，但挣不脱阿哥那强有力的双臂。阿哥把我推倒在床上……我慌乱地挥舞着双手，用抓到的东西用力砸向阿哥的头部。

"砰……"酒瓶碎了。阿拉斯哥也倒下了。血从阿哥的发根流了出来。

"啊——"我吓得只会尖叫。

这时放羊的阿妈回来了。

"阿妈，阿妈……"我不停地喊着，叫着。

"怎么了？这孩子，见鬼了？"阿妈自言自语着跑进屋，"哦，宝日汗！这是怎么回事？快，快叫车！"

几分钟后，卓娜的车停在了门外。我们三个连抬带拖将阿哥拉上了车，奔向医院。

医院的走廊里，阿妈不停地擦眼泪，但始终不说话。

"阿妈，阿拉斯哥不是我亲生的哥哥，是吗？"我直接进入了主题。

阿妈惊愕地抬头看了我，然后又把头低了回去，轻轻地点了点头。

浑身的血一下子涌到了脑部，眼前似乎有很多金星在闪烁。

"塔娜，我应该早点告诉你的。"

"阿妈，在我六岁那年，你们告诉我，找到了几年前在集市上不小心弄丢的阿哥，就在扎鲁特旗。所以，我们搬到了扎鲁特。你们也会撒谎吗？到底怎么回事？"我哭着问。

"塔娜，听阿妈说。你阿爸、阿拉斯的阿爸和我从小一起长大。他俩是最好的兄弟，但后来他们爱上了同一个女孩儿。阿拉斯的阿爸有心脏病，为了心爱的姑娘和好兄弟的终身幸福，他选择了远走高飞。他来到了扎鲁特，娶了一位爱他的姑娘，生下了阿拉斯。然而命运对他太苛刻了。在那次扎鲁特草原的大暴风雪中，阿拉斯的阿爸阿妈不幸去世。为了抚养阿拉斯，你阿爸辞去了工作，搬到了扎鲁特……"

阿妈的话在我耳边呼呼地刮过。卓娜白皙的脸变得苍白。我慢慢地站起身，走进了阿哥的病房。阿哥正望着天花板发呆。听到门声，便把脸转了过去。只给我留下了后脑勺。

"阿哥……"

"……"

"阿哥，我，我……"

"塔娜，阿哥没脸见你。我只想一个人静一静。"

"可是，我……"

"求你了。"

我只好转身离开。

十

我和卓娜订餐回来时，阿妈用泪眼相迎。

"孩子，看，现在怎么办？"阿妈递给我一封信：

塔娜：

对不起！十年来，只要你快乐幸福，我可以不吃饭。我曾下决心，只要你幸福，我会把爱深深地藏在心底，当成只属于我的秘密。可是……

　　你一直把我当成自己的亲哥。阿爸阿妈，对我更是疼爱有加。我现在没脸见你，更没脸见阿爸阿妈。

　　我走了。不要找我，我会回来的。

　　原谅我！

纸条从指缝滑落。两滴眼泪印在上面。阿爸的脸很阴沉。卓娜捡起地上的信看完便摔门出去……

　　心好像被抽空了。不知道自己是怎么回家的。钻进被窝痛哭一场后，我打开了电脑，点击了"披着狼皮的羊"。

　　"我失去了最亲的人。"

　　"可以说得详细一些吗？"

　　"我阿哥——最疼我，关心我，保护我的阿哥，我很尊敬崇拜的哥哥，突然间不是我亲哥了。阿爸阿妈阿哥都骗了我，骗了整整十八年。现在阿哥因为我离家出走。"

　　"他们骗你，还有你阿哥离家出走，肯定有很多原因。"

　　"是的，有关老少两代的爱情、亲情的纠结。"

　　"解开爱情纠结是件复杂的事儿。这种问题解决不妥当的话会酿成悲剧。爱情不能拿来报答，不能拿来当礼物，更不能对不起自己的爱情。它是神圣的。"

　　"你爱过吗？"

　　"我想我爱上了跟我谈话的女孩儿。"

　　"别开玩笑。"

　　"我可以发誓。在网上聊天的这一年多来，你的知书达理、你的温柔善良、你的神秘、你的特别已深深地占据了我整个的心。也许我只是你的日记里，再也许我只是你 QQ 群里的一个名字而已。但你是我的'小仙女''纯洁美丽的天使'。"

"呵呵，油腔滑调。我们连面都没见过。你怎么知道我长成什么样？"

"那不重要。内在美是衡量一个人的主要标准，我知道你是个善良聪明有内涵的非常出色而且很特别的女孩子，我在梦里见过你好几回了。"

"你也太自信了吧，你有没有想过我会不会爱上你？"

"没有想过，我从来不要求我爱的人必须爱我，只要她允许我爱她，我就满足。"

"我们视频聊天好吗？"

"这样用心沟通，互相鼓励，互相猜测不是挺好吗？"

"可是……"

"心情好点了吗？"

"是的，谢谢你。"

"现在我告诉你解决方法，给你的阿哥，给你自己一点时间，只有时间能治疗伤痛，只有时间能冲淡你们之间的爱恨情仇，期待下次的相见吧。"

"但愿。"

我站在阿哥画室的门前，看门的铁锁告诉我什么是责任。我折回房间想备课，但待了半天一字也没有写出，打开电脑想接着写稿，但手没动。

手机响起，我兴奋得跳起来："阿哥！"——我高兴地喊。

"塔娜。"——是卓娜的阿妈。

"阿姨——"我的声音那么低。

"塔娜，卓娜说要去找阿拉斯，我们劝了她好久，她就是不听。说找不到阿拉斯就不回来。世界这么大，她这不是大海捞针吗？如果她跟你联系，你好好劝劝她。"卓娜的阿妈伤心地说。

"好的，阿姨。"

挂断手机，我开始佩服卓娜。

卓娜——对爱负责任的女孩儿。会大胆地去爱，满世界地寻找自己所爱的人。而我……

这时苏里特那大大的眼睛和挺挺的鼻子出现了一下又模糊了，取而代之的是，那张古铜色的轮廓清晰的脸，稍微凹进去的眼睛……说来也奇怪，一年来，这个影子时刻出现在眼前。不知名的这个年轻人，在雪堆中救我的时候，是不是把我的心当成了猎物？只是我去哪儿找他呢？

我再一次点击了"披着狼皮的羊"。

"你在吗？"

"在呢。"

"非常遗憾地告诉你一件事儿。"

"怎么了？跟我有关？"

"是的，你有心理准备吗？"

"我相信我的接受能力。"

"我好像爱上了一个人。"

"是我吗？"

"如果爱上你，那对你不成了喜讯吗？"

"也是。那这事儿还真遗憾。请说说那个幸福的男人。我不相信他比我优秀。"

"爱情真是个怪物。它在乎的不一定是最优秀的。"

"他是谁？什么样的人？我很想听听我情敌的事情。"

"他是我的救命恩人。至于他姓什么？叫什么？我也很想知道。"

"你爱上了一个连名字都不知道的人？这未免太离谱了吧？太危险了。"

"我喜欢刺激。"

"拿爱找刺激，用情当赌注？你在玩火？小心哪一天把自己烧成灰烬。"

"我愿意。我的生命都是他给的。被他救起的那天起，我真正懂得生命的珍贵，我开始对一切充满了热爱，类似的感触我可以说出很多。"

"我只希望你幸福。"

"好了，我要休息了。"

"再见。"

十一

我去电视台报道。

"塔娜，是你吧？我看过你的《农村英语教学现状》和《命运》。观点精确，目标清晰，蒙古族大学生中这样的人太少了。现在我们电视台想开个英语专栏。全靠你了。好好干！噢，差点儿忘了，你转告一下你的朋友，他的赞助帮了我很大的忙。我在此表示感谢！"

"朋友？什么朋友？什么赞助？"

"青格勒。不是你朋友吗？他赞助我们电视台……"

"给我安排工作来当交换条件？"我站起身。

"你不知道？青格勒没跟你说吗？"

"那我是从'后门'钻进来的？"我愣住了。

走出台长的办公室，感觉每个人的眼神都那么古怪，似乎在我背后议论着什么。

我几乎是小跑着出电视台大院的。那美丽又高耸的大厦似乎向我压过来。几次统一考试我都是被"后门"顶出来的。我讨厌那些利用权势金钱给自己找方便的人。我恨那些不顾别人的幸福，甚至不顾祖国未来的人。然而就在刚才，我踩着用金钱铺成的红地毯，走进了那间宽敞的办公室……

给青格勒打了好几次电话都没人接。

我无所事事地走在大街上。这是"金街"——这座城市最豪华、最高档的一条街。

我不由自主地摸了一下兜。阿妈给我的一千元钱老老实实地躺在里面。这条街没有一千元的服装，任何一款都会吓得我张大嘴。这里的服务员都比别的地方的温柔美丽。"钱是好东西。"我想。甚至开始考虑刚才是不是太冲动了？毕竟，电视台的工作是无可挑剔的。

我假装有钱人，抬头挺胸走在大街上，肚子却饿得狂叫。

"好看吗？"清脆动听的女声夹杂着些许撒娇传入耳朵。

"好看。都买下好了。但是快点儿，要迟到了。"带点磁性的音色。好像在哪儿听过。我不由自主地放慢了脚步，开始观察他。他两手拎着名贵的服装，仔细地审视着女孩子试穿的衣服，那眼睛——有点凹进去的大眼睛。那高大魁梧的身体，还有那带着磁性的声音——心开始狂跳。救命恩人立刻出现在眼前。没错，就是他。我抑制不住激动的心情跑向他。那个女孩子比我抢先一步跑到他身边，抱住他，在他脸上吻了一下："亲爱的，听你的。走吧。"

"亲爱的？"我自言自语。像个呆子一般……

微风轻轻地抚摸着我的头发，擦拭着我那不听话的泪水。在城市的大街上，我再次像个丢了魂儿的人一样踉踉跄跄挪步。像我这样偏僻山村的普通女孩子没有资格追求爱情，追求幸福吗？

坐在酒吧的高脚椅上，我喝光一杯又一杯。

"好，好，好酒量。""喝，喝。"一帮年轻人围着我忘情地叫着，喊着。我的意识有点模糊，眼前满是金星。

"塔娜，塔娜，真的是你呀。你怎么会来这儿？"一个男人的声音。

"恩人……猎人……"我已不知自己在说什么。

好渴。好像在大沙漠里行走了好几天。头好痛。我顺手拿了床边的杯子"咕咚咕咚"地喝干后再次闭上了眼睛。头真的好痛。

"塔娜，你醒了？"是蒙古语。我用力睁开了眼睛——苏里特。酒精在发挥作用吗？我揉了几下眼睛再看他。是的，真的是苏里特。

"苏里特，"我惊呼，"我在哪儿？"我跳起来。今天是怎么了？遇见了以为永远不可能见面的两个人——我爱过的和爱着的两个男人。是因为世界太小？还是缘分这个东西就是这么神奇？

"塔娜，你躺一会儿。"苏里特扶我躺下又为我盖好了被子。

"这是哪儿？你怎么会在这儿？乌音嘎呢？"

"你昨晚喝醉了。是我背你来的宾馆。"

"你怎么知道我在那儿？"

"我……我在那个酒吧当……服务员。"

"什么？"我像弹簧一样弹起来，"你？开玩笑的吧？那乌音嘎？"

"我们在一年前结婚，结婚一个月后离了婚。"

"结婚，又离婚？你们玩什么？"

"乌音嘎的阿妈怕夜长梦多，想让我们先结婚，然后送我们到国外念书。我们结婚后去大连度蜜月。一个月来，我每天晚上都在梦里喊你的名字，乌音嘎受不了了……"

"乌音嘎在哪儿？我去跟她解释，我们俩可是从来没有联系过的。"

"她……去了日本。"

"去了日本？那你就这么……"

"嗯，我……在酒吧，当……服务生……"

"这也太离谱了。"

"但心里很平静。只是……"

"什么？"

"总觉得对不起你……"

"都已经过去了。"

"塔娜。"苏里特突然在我面前跪下。

"喂，你这是干什么？快起来。"我光着脚丫下地，想扶他起来。

"塔娜，原谅我吧。我只爱你！跟乌音嘎在一起的日子里，我的眼里、心里全是你。我从来不知道自己爱你爱得这么深刻。我们重新开始好吗？我用我的生命保证，我会一生一世爱你。"

"苏里特，你先起来，我求你。"

"你先原谅我，不然我不起来。"

"苏里特。"我严厉地喊了一声。他看了看我的脸，慢慢地站起来。我推掉了床边的玻璃杯——玻璃杯碎成几块儿。

"它能回到从前那样完整无缺吗？"我指着玻璃碎片，低声说。他的脸变得苍白。

"苏里特，你是我的初恋情人。我们真心相爱过。我恨过你。但是在一年前，我从死神那里获得重生后，我放弃了全部的恨与怨。生命是如此的脆弱，如此的短暂。我们不能把时间浪费在恨和抱怨上。我们真的没有那么多时间浪费。我们像好朋友一样相处，好吗？"

苏里特看了我一眼，不出声。

"我差点冻死在雪堆里。死亡——两个可怕的字向我逼近时，我才真正感受到生活是如此的美好。现在偶尔听见一些青少年自杀的消息，我都非常惋惜。他们连死都不怕，还怕什么呢？为什么不好好珍惜眼前呢？他们太对不起一切爱他们的人了。热爱生命，绝对是最重要的教育。我希望你不要践踏青春。从你那个酒吧里走出来，好吗？我们要做的事情太多了……"

苏里特奔拉着头，踉踉跄跄地走出了房间。

十二

"塔娜，放假了？怎么回来了？"阿妈急忙问她进城上班的女儿。

"阿妈，我不要在那儿上班。"

"这是什么话？这孩子，怎么又不上班了？你不是渴望有一份稳定的工作吗？电视台的工作多好啊，轻松、工资又高。而且又是在城里，多体面。别人想都想不到的好事儿，这孩子……"

"阿妈，你知道什么呀！"

"唉，只让我放了一天的心，你却回来了。到底怎么回事？真让人操心。毕业都两年多了，有这么好的工作你又不做，你还有资格挑选工作吗？都二十四岁了，连个对象也不找。阿拉斯，多好的孩子呀！唉，这两个孩子……"阿妈第一次为我的工作和生活唠叨埋怨。其实，阿拉斯哥走后，阿爸的头发更花白了，阿妈的叹气声越来越响了……

我已经够烦了。根本没力气听阿妈的唠叨。对工作的向往、对恩人的爱恋……我像暴风雪后的小草，没有半点生机。走进房间，我把自己甩到床上。心里憋得慌，必须找个人倾诉，不然我会憋死。我打开电脑，点击"披着狼皮的羊"。

"你在吗？"

"我在电脑前等了你整整一天，不是说要来电视台上班吗？我怎么找不到你？"

"我辞掉了那份工作。"

"为什么？"他发送过来的表情有点夸张。

"我不喜欢走后门。"

"那你回家了？"

"是的，只有我的家乡能够容纳我。在城里，我看见了我该看的，也见到了不该见到的。"

"你看到了什么？我不相信什么东西能让你稀罕。"

"我的救命恩人，还有他娇贵的小恋人。"

"你的恩人有恋人？不会吧？"

"我亲眼所见，不会错。"

"你在哪儿看见了他们？"

"金街。"

"我们见个面吧。我有事情向你解释。"

"你终于想见我了？打开视频不就可以了？"

"不。一定要当面说清。"

"那我们在哪儿见面？"

"我去你家找你。"

"别开玩笑了。你知道我家在哪儿吗？我们还是好好约个时间和地点吧。"

"不，我一定要去你家找你。六点准时到。"

"你不愿见面就不要勉强。别再跟我开玩笑了。"我退出了聊天室。

吃完了晚饭，我帮阿妈圈羊。远远地看见一辆小轿车飞奔而来。扬起的尘土弄脏了草原纯净的黄昏。不一会儿，那辆车绕过羊群停在我面前。"大概是问路的。"我想。

车门打开。一个身材高大的年轻人下了车。好熟悉的身影——忽然我的眼珠子不听话地睁大。嘴巴也张得很难看。他——我的救命恩人。不，确切地说是在"金街"看到的那个小可人儿的恋人。他走近了我，深深地望了我许久。

"你瘦了。最近好吗？"他伸出了右手。

"还好。"许久后我吐出来两个字，然后慢腾腾地伸出了右手。他握住我的手，送到他嘴边，像外国人那样轻轻地在手背上印上了一个吻。全身有种触电的感觉。我匆匆地瞥了一下阿妈，忙抽出了我的手："你……迷路了？"我准备给他指路。

"我虽然没有生长在草原，但我从来不会在草原上迷路。因为我深深地爱着草原的腾格尔。我倒是在指定的时间到达了指定的地点。"他看了看表，我也下意识地学着他看了一眼手机：正好六点。

他走到阿妈身边，迟钝地说："阿妈赛努！"阿妈愣了片刻，不一会儿脸上却笑开了花："赛音，赛音。活日嘿，好漂亮的小伙子。快上屋，我的孩子。年龄应该跟阿拉斯差不多吧？"阿妈用蒙古语不停地说，还不时地向我抛来询问的目光。

"你……来干什么？"

"赴约。"

"赴什么约？弄错了吧？觉得'金街'的繁华不如草原的宁静了？那她怎么没来？"我朝车里望了一眼。

"你是说可心吗？她是我表妹。在美国留学呢。从小跟我最亲。买衣服都要我陪她。那天我送她到机场……"他突然停止了叙述，揉了揉鼻子："不对，我好像闻到一股浓浓的醋味儿。你们家把醋缸打翻了？"他盯着我说，我的脸一下子变得滚烫，但心里甜甜的。

"你这是要去哪儿？都这么晚了。"

"你真不知道我们之间的约会吗？"

"我们之间有约会吗？"

"'新生'和'披着狼皮的羊'之间有个约会。"

我被惊讶撞得差点晕倒。那个"披着狼皮的羊"是他？一年来倾诉一切秘密的那个人，我的网上日记竟是他？

"你知道'新生'是我吗？"过了半天，我挤出了一个问句。希望从他那儿得到否定，好为自己挣点面子。

"送你回家的那天晚上我也回到了城市。也是从那晚，我们开始聊天。"

"那你瞒了我一年多？"

"我没有恶意。"

"走，你走。"我向他喊道。我不喜欢在自己心爱的人面前透明得一点秘密都没有。我是那么地信任他，而他却挖走了我的一切秘密后，还把我当傻瓜摆弄。

"塔娜，我没有恶意。我也没有想过要瞒你。其实，在那场大雨中见到你的那一刻起，我的心就不听使唤地想起你。我只是想知道自己在你心中有没有位置。我真的没有别的意思……"

"我不听，我不听。"我一口气跑到阿爸的马边，跃上马背，扬尘而去……

等我回来时，阿爸已经端上了手把肉，像贵宾一样招待他。看到我，他立刻站起来，像个做错事儿的小孩儿一样看着我。我径直走进了房间，完全不顾他的眼神。

阿妈走进我的房间，想从我嘴里套出点什么。

我听见碗筷碰撞的声音，他们吃完了。我听见皮鞋声靠近了房门，过一会儿又离去。

当夜我又失眠了。在雨中，出尽洋相的我；在雪中被救起后狼狈不堪的我，还有这一年来赤裸裸地坦露内心世界的我……我有点恨他的欺骗。

熟悉的皮鞋声再一次靠近了房门，我侧耳倾听，内心在渴望听到悦耳的敲门声。可是许久后它慢慢地离去了。

草原的清晨悄悄地来临。熟悉的皮鞋声又一次停在门口，五分钟后又一步一步地远去。

我拉开窗帘看到了他健美的背影。他打开车门，又回头望向我的窗户，我赶紧躲开。

"啪——"车门关上，夹得我的心滴了血。从窗户望着他越来越模糊的车，我以泪洗面。

门开了。阿妈进来了："他走了。"

"阿妈。"

"怎么了？孩子。发生什么事儿了？他到底是谁？"看见我的泪水，阿妈心疼地问。

"他——一年前救你女儿的恩人。"

"什么？你怎么能这样对待你的恩人？"阿妈慌乱地喊着，几步就跑出了门外。看着他留下的尘土叹气。

"这孩子，怎么这么没礼貌？怎能这样对待你的恩人？"阿爸也听到了风声，向我吹来火药味儿。

我瘫在床上，浑身无力。内心失去了最后一条防线。好想他！好恨自己！什么虚荣心，什么自尊心，什么透明不透明，真爱面前那些东西到底值多少钱？

我的好友卓娜在哪儿？我的阿哥阿拉斯在哪儿？关心疼爱我的人，

我所在乎的、深爱的人都因我而离去。泪水毫不客气地在脸上旅行。曾经那么渴望下雨、下雪，但是这么一个温馨美丽的黄昏，腾格尔给我送来了我心爱的人，我却对他那么无情。他肯定伤透了心。我的爱还没有发芽，就被自己狠狠地拔掉。

如果时间可以重来……

十三

时间并不因为你我的悲伤寂寞而停止脚步。我已经半年没有上网了。这半年来我养成了写日记的习惯。比起网友，上锁的日记本更可靠一些。只是日记的每一篇，每一个角落都是他——不知名的恩人。第二篇小说《不知名的恋人》也发表了。只是我始终未能盼来他。

我跟阿爸阿妈正在吃饭。

"这次全市青年画家书画比赛中阿拉斯获得一等奖。"我们三个人的六只眼睛一齐定在了电视屏幕上。我们看到了阿拉斯，他瘦了，但依然英俊。

"这次比赛上你的《蓝色的梦》获得了一等奖，你有什么话想对你的亲人说吗？"记者问。

"我来自美丽的扎鲁特草原。阿妈的勤劳、善良、安静、慈祥是我创作的灵魂；阿爸的刚强、正直、勇敢、豪放是我创作的主体；阿妹的美丽、纯洁、温柔、可爱是我创作的灵感。他们就像草原的天，草原的地，草原的空气。我永远爱他们。借此机会，我要感谢一个好女孩儿，在我落寞的时候是她鼓励我，帮我找回自信，她是我创作的动力。她叫卓娜……"

卓娜被请上了台。在五光十色的灯光下，在台下万众的祝福下，卓娜踮着脚，亲吻了阿拉斯哥，然后他们紧紧地拥抱在一起。台下响起持久又热烈的掌声。

阿妈默默地擦着眼泪，我知道那是喜极而泣。

"我们总算没有对不起阿拉斯的阿爸。"阿爸语重心长地说。堵在我心口的那块石头终于落地了。我的阿哥终于从泥淖中抽出了脚，走向了人生的光明大道。有一个美丽痴情的女孩儿陪伴他——阿拉斯哥一定会幸福的。

"半个月以后有招录老师的考试。"手机上来了一个陌生的短信。会是我救命恩人发的吗？我神经质地想道。不管谁的号，我开始复习英语。

半个月后的英语考场上我遇见了苏里特。

"苏里特，很高兴在这儿遇见你。你来参加这次考试我真的很开心。"

"但我们是竞争对手哎。"

"只要公平竞争，输了也是心服口服。"

"祝你好运！"

"彼此彼此。"

第二天就公布了成绩。在五十七名考生中，我考了第三名，苏里特考了第十名。前十二名是入围者。我毫不犹豫地回到了山村小学，开始正常上班。苏里特被分到城里一所蒙古族小学。

"不在城里的电视台工作，回到农村教书，真搞不懂……"阿妈曾埋怨过几回，但我毕竟有了一份稳定的工作，她也就放心了。只有自己知道，这回我的心是多么地踏实，甚至为自己感到那么一点点骄傲。

今天，我老早就来到了学校。由电视台英语专栏主办的全市小学英语演讲比赛今天举行。不知是因为青格勒的钱，还是怎么回事，我们这个小地方也收到了参赛通知。经过几次的筛选后，五年级的哈丽雅被选出。

　　本次比赛在电视台的大礼堂举行。在评委席上我看见了他——我日思夜想的不知名的恩人。他坐在正中间，一身黑色休闲服，看起来那么英俊帅气。我的心在欢喜！我的心在狂跳！但我强抑制着我激动的心情，静静地望着他。

　　"下面有请十号选手哈丽雅。她来自阿木古楞小学。她演讲的题目是《我可爱的山村》。"

　　哈丽雅上了台：

　　"I like my village, there are many mountains near my village. The sky is blue. The clouds are white. The grass is green……"哈丽雅的声音甜美得像山间小溪，自然得像空中的百灵鸟。她的动作那么得体，感情又那么投入。她把观众带进了美丽的山村。我看了看评委席——他在点头，他在微笑……

　　比赛结束，哈丽雅拿了二等奖。当我从他手中接过优秀指导奖时他深深地看了我一眼，低声说："等我。"

　　我没有回到座位，领着哈丽雅直接去了车站。下雪呢。今年的第一场雪就这么静悄悄地飘落，迎来了又一个寂寞的冬季。

　　我回来以后，打开了电脑。我的空间里全是他的信息。有情歌，有爱语，还有扎鲁特和乌珠穆沁的摄影专辑。泪水悄悄地流着。

　　我躺在床上，望着屋顶发呆。两年了，被他救起已有两年了。明明那么在乎他、思念他、爱着他，为什么不承认？为什么总是在逃避？我为什么这样对待自己的感情？

　　"嘀嘀——"汽车鸣笛声。

　　"卓娜——"我飞快地跑出去。黑色的轿车已停在了门前。不是卓娜，而是他。他下了车，径直走到我面前，抓住我的胳膊，把我拉上了车。

"去哪儿？"

他不说话。小轿车在敖包旁停下。雪花把敖包装饰得更加美丽，更加神圣。他把我拉下了车。

"不是跟你说等我一会儿吗？"

"我为什么要等你？"

"我到底该怎么做？你告诉我。你已经折磨我整整两年。我求你告诉我，我到底该怎么做？"

不争气的泪水又开始滑落。

"对不起！我太冲动了。你别哭，好吗？"看到我的泪，他慌张得不知所措。

我没穿大衣，在寒风中冻得浑身发抖。他脱掉了自己的外衣给我披上，然后从怀里掏出一条红色的围巾，给我围上。我定定地看着这条围巾。它就是那个大雪天，我丢失的那一条。

"你不用看了，这是我救你那天偷的，说得好听点，算是你给我的报答。这条围巾躺在我怀里已有两年了。只要握着它，我就感觉温暖和舒服，就像你在我身边……"

我已泣不成声。他走近了我，将我紧紧地搂在怀里。这一刻，整个世界都是我的。

草原的冬季从来没有这么安静过，从来没有这么温暖过。

多情的雪花姑娘用轻盈的舞姿倾诉着无限柔情，然后悄悄地落在我们的头发上，肩上，它们是那么温柔，好像要将我们融化……

受伤的口琴

不瞒您说，我的生意真的不错。现在的主要问题是房子太小了。我一边在搓衣板上搓着孩子们的衣服，一边想着如何让更多的孩子住进我的租房里。

亡夫给我留下了一栋房子。这栋房子一共六间，面积有二百多平方米。在农村，二百多平方米的一栋房子值不了多少钱，算不上什么资产，更何况我这栋房子已经有些年头了。幸运的是，它坐落在伊拉塔中学对面。更幸运的是，去年秋天，伊拉塔中学和伊拉塔小学合并了，附近各嘎查村的小学也都合并到这儿了。来自各嘎查村的无法独立，无法照顾自己的小学生需要有个专人看管和照顾。这个时候，学校周围悄然出现了很多原有的和新盖的租房，我的是其中的一个。

现在，我租房里住着二十一个学生，如果再空出一间房子，还能住进十来个，想着这些，我有点失神，一张张粉红色的票子在我眼前翩翩起舞……我不禁放下手中的衣物，歪着脑袋，眯着眼睛，嘴角带着微笑开始轻哼起来。突然，看门狗安达警觉地竖起耳朵，嗖地从躺着的地方跳起，汪汪地叫起来。接着，铁门叽叽嘎嘎地响起来。我看见一个中年男人怯怯地站在院门旁。他在向我奉献廉价的卑微的微笑。

我站起来，顺便在围裙上擦了擦手。他个儿很高，我看他的时候几乎是仰望的。向我挤出微笑的时候他的脸色是黝黑的，但是当他收起了微笑，正色看我的时候我看到了他眼角的跟脸色很不相称的浅白色的皱纹。他用询问的眼神看着我，脚试探性地向院里迈了一步。他的右臂上挎着一卷行李，左手拎着一个大提包，腋下夹着一个洗脸盆。我断定这是我的房客。我虽然不像城里的房东那样在电线杆或者是在房子门窗上写上有房出租的广告，但是房客总会准确无误地找到我，毕竟伊拉塔这个巴掌大的地方没有多少东西是隐秘的。我像个买牲畜的贩子一样下意识地把目光投向了我的小房客。他是个小男孩，穿着一身崭新的、质地却很粗劣的牛仔服。此刻，他拽着他爸爸的衣角紧紧地盯着我。我从孩子的神色断定他的年龄也就八九岁。他继承了他爸爸的基因，个儿远比同龄的孩子高。孩子的目光不像他爸爸那样胆怯，而是很清澈很天真很执着。他就是用那种清澈的眼睛大胆地直勾勾地盯着我。

“我是听别人说你这儿招租……”大人低声说着，先看看我，然后把我的目光领到了孩子身上。那个孩子呢？还是用原来的那个眼神直勾勾地毫不退缩地盯着我。我定睛看着小男孩，感觉有点不正常。先不说他长得有多高，就凭他看我的那种眼神，我就觉得不对劲儿。

“我这儿招满了。”我淡定地说。

大人的眼里装满了沮丧，那种沮丧将近绝望。他低着头看着脚尖思考片刻后突然放大声音说：“我给你双倍的钱。”我马上就犹豫了。我先做贼似的左右环顾一下，再回头往租房里瞟一眼。西面的两间房里招到了十一个男孩子，紧挨着的两间房里招上了十个女孩子。租房的炕是新搭上的，我还能隐约闻到泥土的气味。两间房子那么长的炕上，如果挤一点儿的话十二三个孩子睡觉是没问题的。脑子里迅速地盘算着这些的同时嘴里居然溜出了两个字：“好吧。”接下来的日子里，我才发现我是做了一个多么愚蠢的决定。

他叫乌恩其。孩子叫帖木儿。乌恩其把帖木儿的行李铺好后，先从上衣兜里掏出四百块钱塞进我手里，再从裤子的兜里拿出了二十元零钱，叫我每天给孩子两块钱的零花钱。自从各嘎查村小学集中合并到这儿以后，学校考虑到路远的家长的方便，把一周两天的休息日改成了两周四天的休息日。

乌恩其走了。他在临走前好几次回头用犹豫不决的眼神胆怯地看着我，对我欲言又止，但最终还是什么也没有说。我让租房的二十多个孩子集合在院子里。已经有不少孩子开始哭着喊着找爸妈。我没有那么大的耐心一个一个地去哄这么多的孩子，于是我阴着脸揪出那个哭得最厉害的孩子大声训斥了一顿。看到我吓人的脸色，孩子们知趣地收住了哭喊声。我给他们大声重复了一遍我定下的规矩后钻进了厨房。没一会儿，厨房的门轻轻地被推开了。我转身一看，是乌恩其。我有点好奇地看着他。听他说起过他家不远，离这儿也就十五公里，他骑着摩托车，这会儿应该是到家了呀。

"落下什么东西了吗？"

"没有。我……想跟你谈谈。"说实话，我对他的长相没有丝毫反感，如果不是出苦力，不是饱经风吹日晒的话，他绝对是个美男子，可是他眼里表现出的那种低人一等的卑微样子让我反感。他跟我说话的时候从不敢直视我的眼睛，说话的声音也很没有底气。我讨厌这种窝囊型的男人。

"谈什么？"我没好气地说。

"那个……"他站在门旁，皱着眉头，挠了挠后脑勺。我斜视着他，等着他挤出来下一句。过了一会儿，他长叹了口气说："帖木儿……是个智障的孩子。"

我的心脏咯噔一下，顿时感觉浑身的血液供应不足，感到头昏。我定了定神，愤怒随之就上来了："那我绝对不能把他留下。"我从兜里掏出了他刚刚塞给我的四百二十块钱，像那是烫手的芋头一样迅速地揣进了他的裤兜里。我敢确定他的反应是慢好几拍的。屋子里静悄悄的。"当——"电饭煲跳闸的声音在我们中间显得急促和夸张。屋外，有孩子们的欢笑声，说话声，低语声。我还听见了一个孩子低低的哭泣声。乌恩其呆呆地站在那里，一动不动。

时间在寂静中爬行。我的心七上八下。我一边佩服着自己刚看到帖木儿时就产生的那种直觉的准确性，一边责备着自己对双倍的价钱表现出的贪婪。是啊，哪儿有天上掉馅饼，不偏不歪正好掉进我面前的空盘里的事情啊。

"咚——"我只听见咚的一声，高大的乌恩其在我面前直挺挺地跪下了。跪下后的他也有我的肩那么高。我一时不知所措，瞪大眼睛盯着他看。这么一个高大的陌生男人突然在面前跪下了，我甚至事后挺佩服自己没有被吓晕过去。这还不止，当我的眼睛瞪大到不能再大了的时候，他居然做出了更为出格的事儿，他咚咚咚地给我磕下了头，一个劲儿地磕头，一次比一次响。

"你要干什么？你要干什么？"我尖叫着往后退，一直退到了灶台边。被灶台顶得无路可退的时候，我又突然跑过来开始拉他，用我全部的力量去拉他起来。他抬头盯着我看了许久。当他眉头一皱的刹那，一颗晶莹的豆大的泪珠从他的右眼里滚落下来，落到了我手上，烫得我缩回了手。他使劲咽口水，喉头很艰难地上下滚动了几下后泪水被他止住了。

"求你！把他留下！"

我没有说话，手还是徒劳地拉着他起来。

　　"求你！把他留下！求你！这已经是最后一家，其他的房东一听到情况就直接撵我走。我一直在犹豫要不要告诉你实情，即便我不说你也会知道的，所以我还是回来了。帖木儿他是智障不假，但是他会照顾自己，不会给你带来太大的麻烦的。如果他闯祸我全权负责，至于他有什么三长两短我也自己负责，绝对不会让你受累！我只想让他有一个跟同龄人一样的童年……"

　　"你这是在耽误他，你应该把他送到特殊学校。"我一边拉着他一边大声说。话一说出口我就意识到自己说的话没有一点儿人情味。像他这样打扮，这种举止，还有帖木儿那身质地粗劣的牛仔服……把孩子送到特殊学校他真承担不起那个费用。乌恩其直挺挺地跪着告诉我，给孩子做了手术，可是手术除了给孩子的头上留下了一个伤疤以外没有带来任何变化，而且那次手术使他倾家荡产，负债累累。我想问问孩子的阿妈，这种时刻他的阿妈也应该来的，可是我害怕说错了什么。他讲着这些的时候一直跪着，倔强地不肯起来。他的声音由低变成了喃喃，最后忍不住呜呜大哭起来。我的嘴唇已经被他的哭声拉得快到了下巴，心被一种难言的疼痛占领着。当他说完话，用那双几乎绝望的眼神看我时我还是屈服了，我想我还是有那么一丝怜悯之心的。我咬着牙点点头。眼泪不知不觉地流了出来。

　　乌恩其打理完帖木儿的行李和日常用品以后走出了屋子。我也跟了出去。安达对他可够凶猛的，从躺着的地方一跃而起，龇牙狂叫。这时，我看见乌恩其的脊背好像直了，丝毫没有畏惧的意思。他走到院门口，又站定了，从内衣兜里掏出三张一百元的票子，递给了我。我瞥见他空空的被翻出来的衣兜。很显然，他已经摸底儿了，他身上没剩下一分钱，也很显然他已经把我看成了钻进钱眼的财奴。

　　"你自己用吧，我想我没有那么贪财……"

"不不不，不是这个意思。这个您拿着，真是太感激您了。要不是您……"见我们俩互相拉扯，安达的叫声更加厉害了。这时，帖木儿突然从屋里跑出来，使劲咬住了我的胳膊。我尖叫着从他的嘴巴里拽出胳膊，胳膊上已经印出了椭圆的牙齿印。我气不打一处来，狠狠地盯着这个被我甩到很远的孩子。他被我推倒后一屁股坐在了院里的沙地上，咧着嘴冲着我笑，然后突然抓起自己的手臂一口咬下去。乌恩其转身跑过来，先是试着把孩子的胳膊从他的嘴巴里救出来，可是帖木儿紧咬着死死不放。这样硬拉是不行的。乌恩其松开手，从兜里拿出一个小口琴，开始吹奏起来。琴声并不均匀，可以说没有任何乐感，没有任何节奏，那只是胡乱地吹，但是奇迹出现了。帖木儿马上就松开了嘴唇，静静地听起来，嘴角带着安静的微笑。他的手上已经沁出了血。

我很想把帖木儿送走。我知道他会给我带来无止境的麻烦。可是当乌恩其有点无奈又有点不甘地说还是把帖木儿带走吧的时候，我居然自告奋勇地阻止了。我不知道当初是因为顾及钱的面子还是因为想到了乌恩其给我下跪的情景，当然，也有一种可能是我的母性爆发了。总之，我竟然自己主动留下了这个在我胳膊上印下血印的智障孩子。

乌恩其走了，把那个旧口琴留给了我。我说我可以买个新的，可是乌恩其告诉我帖木儿只听这个口琴声。我问这是为什么，乌恩其看了看我，又看了看帖木儿，嘴角动了几下，但是没有说出答案。他只告诉我，帖木儿身上有两件东西是不能碰的，一件是他左手无名指上的那枚银质的戒指，另一件就是这把旧口琴。

帖木儿是个漂亮的男孩子。他的长相遗传了他阿爸的英俊。八岁的他身材很高、眼睛很大很清澈，鼻子像修整精致的杨树一样挺拔。他不说话的时候根本看不出他有任何缺陷。帖木儿不爱说话，确切地说他会说的话很少。他喜欢静静地坐在窗边，痴痴地目不转睛地看蓝天，一看就看半天。天气好的时候，他坐在院子中的沙堆上，呆呆地看远处的沙漠。

第二天，我带着帖木儿去学校报道。帖木儿被分到了一年级五班。一年级五班的班主任赛老师拉长脸仔细端详了帖木儿后很不情愿地抿了抿嘴巴，然后幽怨地长叹了一声："唉，谁叫我没依没靠呢？只能捡到人家不要的学生。我找谁说去呀？我丑话说在前头，我只能在班里带着他，有什么安全问题我一概不负责。至于学习成绩什么的，我可不奢望他能给我考多高分。往上报考生人数的时候我也不会报他的。希望他不给我添太大的麻烦。"赛老师想领帖木儿走，可是帖木儿用那清澈的眼睛痴痴地看着我不愿挪步。"走吧，帖木儿，走吧。"我低声说着，使劲使眼色。帖木儿就是不走。他伸出手"啊啊啊"地叫着，始终吐不出清晰的话语。我一时也不明白他这"啊啊啊"是什么意思。当我被他弄得摸不着头脑的时候，他突然挣脱老师跑到我跟前，伸手从我的口袋里拿走了那把口琴，然后咧着嘴冲我笑笑，满意地跟着老师走了。望着帖木儿瘦高的背影，我心里有那么一丝酸楚。我不明白这把破口琴对他来说意味着什么，会不会是被哪个巫婆给下了魔咒？怎么会呢？他一个小小的天真无辜的孩子怎么会跟别人结仇呢？那么究竟意味着什么呢？跟他的身世有关？或者跟他的阿妈有关？我始终想不明白。在一片喧嚣声中赛老师把帖木儿领进了班级。我给租住在我家里的其他孩子们千叮咛万嘱咐，中午一定要跟帖木儿一起回来，然后自己回家张罗孩子们的午饭。

回到家里，我先给院子里的花花草草、蔬菜瓜果浇水。院子里的黄瓜呀、豆角啊、茄子啊、辣椒啊、西红柿啊，浇过水后都变得水汪汪的。一个个明亮清新的瓜果殷切地向我献上清凉的芬芳。即便我的内心一年四季都是寂寞和空虚的，但是我的后院春、夏、秋三季都是热闹非凡的、充满活力的。

我浇完院子，又喂完小兔小猫后开始忙活着给孩子们做饭。手在麻利地和面，心却时不时地想起乌恩其给我下跪的那个场景，真是个窝囊废，男人膝下有黄金，他怎么会轻易给人下跪，甚至磕头呢？想着想着我对乌恩其的那种蔑视的感觉重新涌上来。我不自主地撇嘴。突然电话响了。

"喂，你快过来，帖木儿闯祸了。"

我正在和面呢。手上、围裙上全是白花花的面粉，但是我不敢耽误。我边跑边解开围裙扔在院子里。手呢？根本就来不及洗。我上气不接下气地跑到学校的时候，学校前面的操场上已经站满了人。帖木儿被他们包围得水泄不通。我费了九牛二虎之力挤进了人群。帖木儿坐在地上，正用无辜的清澈的眼神看着众人，手里拿着那把破口琴。帖木儿身旁坐着一个矮胖的小男孩儿，满脸满手都是血。他在那儿声嘶力竭地哭喊，哭得嗓子都哑了。看到那满脸的血，我的头都大了。我跑到帖木儿身旁，抓住他瘦弱的肩膀，用力摇晃着喊：

"怎么了？帖木儿，这是怎么了？不会是你干的吧？"

帖木儿冲我呵呵笑了。像个凯旋战士一样亮出了手中的破口琴。看到那把破口琴，坐在地上的小男孩儿哭得更厉害了，嘴里一个劲儿地喊着："阿妈——阿妈——"帖木儿盯着那个大喊大叫的男孩儿，什么也不说，只是一个劲儿地傻笑。

这时，一个胖女人晃动着全身的赘肉拨开人群闯进来。当她看到那个血流满面的孩子时，脸色从火红一下子变得苍白。她也不急着看孩子，而是劈开腿叉着腰大喊：

"谁？这是谁干的？老师呢？老师在哪儿？你们都是干什么吃的？"

早上领着帖木儿进去的赛老师满脸抱歉的神情："朝宝想玩玩帖木

儿的口琴，帖木儿不给，他就抢，没想到帖木儿用口琴朝着他的头打了两下……"

胖女人的目光立刻就投向了帖木儿。她一步上前啪啪地给了帖木儿两个耳光。帖木儿冷不丁地被她扇了两下，先是一秒的惊愕，紧接着哇地大声哭起来。

"叫你哭，叫你哭，不就是个破口琴吗？有什么稀罕的？我让你砸我儿子。"胖女人说着一把夺过帖木儿的口琴摔在地上，用肥胖的脚狠狠地踩了几下。帖木儿突然不哭了，跳上去想捡起口琴，可胖女人不依不饶，用脚踩住了口琴。帖木儿看着那把被人踩在脚下的口琴，突然低头狠狠地咬住了那个胖女人的小腿。

"啊呀——"胖女人疼得像杀猪一样尖叫着直跺脚。帖木儿拿到了口琴。

事情早已超出了我能解决的范围。乌恩其被帖木儿的老师叫来了。第二次站在我面前的乌恩其，背好像更驼了。他看着我的眼神里充满了歉疚，弄得我都不好意思，毕竟我拿了人家那么多钱，还没有给人家看好孩子。

"给你添麻烦了。"他低垂着头，低声说。接着他带着帖木儿，找赛老师，求老师给那个家长说说情。又跟着赛老师去朝宝的家里登门求饶。

朝宝家里最先跑出来的是一条高大的四眼儿看门狗。它龇牙咧嘴，暴露出两颗吓人的门牙对我们狂吠。那个胖女人从窗户玻璃里幸灾乐祸地看着我们。过了一会儿，头上缠着纱布的朝宝跑出来，对我们几个做了鬼脸，又对我们撒泡尿后跑进去了。赛老师很生气，一个劲儿地说着欺人太甚，叫我们回去。见乌恩其没有回去的意思，赛老师自顾自地走了。我跟着赛老师往回走几步后重新折回来了。时间又过了半个小时，从外面走来了一个矮个儿男人。他大声呵斥住看门狗，把我们带进了屋里。解决这件事情的时候，乌恩其的窝囊又一次让我倒抽一口气。最后，乌恩其自己正式地给母子俩赔礼道歉，又赔偿了一千块钱。胖女人理直气壮地说出那个数字时我忍不住插嘴：太黑了吧。可是乌恩其制止了我。他身上只带了三百块钱。我帮他垫上了剩下的七百块钱。走出朝宝的家后乌恩其没有说一句话。他卑微地低着头走到我家门口，骑上摩托就走了。晚饭的时候他又骑着摩托车给我送来了七百块钱。

接下来的日子里帖木儿还算安分。他没有打架，没有惹事。确切地说，学校里根本没有人敢跟他玩跟他说话。帖木儿每天早上洗脸吃完饭后干干净净地上学校，放学后收拾好书包还是那么干干净净地回来。他回来后就坐在院子里发呆。有时候会摆弄那把破口琴，有时候把玩那枚银戒指，更多的时候静静地坐在院子里的那堆沙子上发呆。这时候的帖木儿是可爱的，也是可怜的。没事儿做的时候，我会静静地观察他，猜测他，凝视他。再后来，我似乎习惯了这种凝视。

每当学校周末放假的时候，孩子们的家长都会过来把孩子接走，乌恩其也会过来把帖木儿接走。成绩好的孩子家长不无炫耀地向我询问起孩子的学习成绩和这十天来的表现。其他孩子的家长也争先恐后地问着关于孩子的事情。乌恩其第一二个周末来得很早。他低着头从不参与这些询问，也不多打招呼，而是急匆匆地收拾好帖木儿的东西后逃避一群蚊子一样拽着帖木儿迅速离去。后来，乌恩其来得很晚。他等孩子们都走了才过来接帖木儿回去。帖木儿默默地看着其他孩子的父母成双成对地过来把孩子接走。这时，我能看见帖木儿脸上的无助和委屈。整天喧闹在耳边的孩子们的追逐声、笑声、哭喊声突然消失了，我的寂寞和空虚就会排山倒海般涌过来。

第二个学年开始了。乌恩其照样领着帖木儿来到了我的租房。我跟着乌恩其来学校报到。赛老师用一副无奈的表情对乌恩其说："让帖木儿再复习一年吧。他这样什么也不懂，糊里糊涂地跟着也是浪费时间。再复习一年打好基础或许会好一点。"乌恩其的背又开始变驼了，腰也变弯了。他卑微地看着赛老师，嘴巴张开了一条小缝，似乎要说什么，但是头却轻轻地点下了。

我很气恼。我气恼赛老师，她已经带了帖木儿一年，难道她不清楚帖木儿的情况吗？帖木儿话都不会说几句，让他复习也是白扯，她这分明就是扫门前雪，推卸责任，生怕帖木儿给她惹出什么麻烦。我更气恼乌恩其。他就是个窝囊废。他不能说不字吗？只要他坚持说不，赛老师也不能把他怎么样。但我又能说什么呢？乌恩其跟着赛老师走进了教务处，出来的时候手里捏着一个纸条。拿着这张纸条，按照赛老师的指引，乌恩其领着帖木儿走进了另一间办公室，找到了赛老师嘴中的那个赵老师。赵老师把帖木儿从上到下仔细打量了一番，嘴角慢慢下垂了，眉毛也跟着往下弯了。赵老师的眼睛没有离开帖木儿，手却伸进抽屉里拿出了一张纸。那是一份保证书，大概意思就是帖木儿惹出任何事情，老师和学校概不负责之类的。"在这儿签了吧！"赵老师指着落款处，从面前拿了一支碳素笔，交给乌恩其。我看着赵老师的每一个动作，想起了某个信用社女员工让不识字的乡下老头（老头拿一卡通里的国家拨付的补助金）签字时的那种表情和声音。乌恩其无助地看了看赵老师，又回头迷茫地看了看我。我躲开了他的视线。我讨厌他的窝囊。他颤颤巍巍地站着哆哆嗦嗦地在赵老师指定的那个地方歪歪斜斜地写上了自己的名字。赵老师抬高了下巴非常满意地收好了那张纸，然后领着帖木儿走进了教室。

乌恩其直接从学校回家了。他用力蹬了一下发动机，摩托车就着了。他像出气似的用力踩着油门，不断地加着油门，排气管里冒着黑色的浓烟。他头也不回地走了。在这一刻，我突然对乌恩其产生了一种怜悯。我讨厌他的窝囊，可是他除了窝囊还能干什么呢？他脚踩油门的时候我分明看见了他心中的憋屈、愤怒和隐忍。

伊拉塔学校的老师们擅长打排球。每天课外活动时间，没课的老师们都出来舒展筋骨，打打排球。这时候也是帖木儿最快乐的时候。他会学着老师们，把干净的牛仔外套搭在场外的树枝上。那树枝上也挂满了出来打球的老师们的外套。帖木儿学着他们把外套搭上去后蹲在那儿玩石子儿，有时候也安分地看球，也有时候会帮老师们捡球。他捡到球，不会马上递给场内，而是自己慢慢地打量一番，然后在老师们的催促下不情愿地把排球踢过去。不时有被换下来的老师过来跟帖木儿搭话找乐。

"帖木儿，这个戒指是谁给你的？"

帖木儿盯着他咧嘴乐。

"帖木儿，这个戒指给我吧。"

帖木儿盯着他慢慢地摇头。

"我拿这个换。"老师一手拿着手机，一手试图摘下帖木儿手指上的戒指，帖木儿就把左手藏在背后，右手伸过来，想拿住手机。然后场外一阵笑声。帖木儿也跟着咧嘴笑。

帖木儿复习的那个学期，伊拉塔学校组织了一次全校听课评课比赛。在帖木儿班级听语文课的时候，帖木儿的语文老师把他安排在了隔壁班。语文老师嘱咐帖木儿好好待着，哪儿都不能去。语文老师还说只要帖木儿能听话，就给他买好吃的。帖木儿先是听话的，确实不吵不闹地待了半个小时，但是三十分钟过去后他不安分了，也不理会老师的阻拦，从隔壁班里跑出来，猛地推门进了自己的班级，还吹着口琴，引来全场听课老师一阵发愣，然后是一连串的笑声。

帖木儿不喜欢待在班级里。只要外面阳光明媚，他就会跑出来，在操场上瞎逛。一会儿跑到排球场边的榆树下，静静地坐着。一会儿又走到学校的围墙边，踮着脚向外张望。老师们也不理会。帖木儿不上课，课堂上更安静省心。

有一次，校长检查校园卫生时看见了帖木儿。校长不认识帖木儿，根本不知道他的情况，就训他怎么不上课。平时口齿不清，说不出几个字的帖木儿，这回无辜地盯着校长，清清楚楚地说："赵老师不让我上课。"校长问原因，帖木儿就什么也不答，自顾自地走了。课后校长把赵老师叫到校长室，一顿训斥，气得赵老师差点没有爆炸。从此她对帖木儿更是恨得咬牙切齿。

帖木儿的座位有时候一天换好几次，因为总有家长来向赵老师反映，那个叫帖木儿的学生坐在我孩子旁边不让孩子好好学习，所以帖木儿总是坐无定所。他也不在乎坐哪儿，只要老师给他一张椅子坐，他就很顺从地抱着书包坐下去。

帖木儿最后还是惹祸了。他用学生抬水用的木棒打了班里的一个叫宝音图的学生。宝音图的额头上起了碗口大的包。宝音图的家长没有索赔，没有大吵大闹，也没有别的要求，只要求学校开除帖木儿。还有几个家长闻讯赶来一起联名要求学校开除帖木儿。赵老师极力支持这几个家长，让他们把联名信送到校长那儿。

校长用肥胖的手指捋了捋稀疏的头发，然后把手收回来抱在胸前，慢条斯理地说："义务教育嘛，是不能开除学生的。帖木儿是义务教育学龄中的学生，又是土生土长的本地孩子，虽然他的情况特殊，但他家里没有能力让他上特殊学校，所以不能开除的。"话虽然这么说，但校长还是把乌恩其叫来了。

乌恩其又被叫过来了。走进院子里的时候我就发现他喝酒了。他的双腿跟跟跄跄地交错着，高大的身子左右摇晃着。他借着酒劲儿，头一次毫不犹豫地靠近我大胆地看着我。酒精使他的眼睛半眯着。他在喉咙里发出了几个哼哼声，像是在笑。他看了我几秒钟后自顾自地走进我房间，在炕上盘腿而坐。他把手伸进怀里，从怀里掏出皱皱巴巴的烟盒。我瞥了一眼那个烟盒。那是红山茶，是软盒的。是我们这边的商店里最便宜的两元五一盒的香烟。他慢慢地从盒子里抽出一根，送到了嘴边，然后摸着兜开始找火。我从兜里掏出打火机给他。他看了我一眼，这时候他眼里的那种卑微的神情又出来了。他畏畏缩缩地接过打火机，然后颤抖着手点上了烟。苦涩的烟雾弥漫在我们中间，像是一层雾气。正是这层雾气熏红了他的眼睛。他开始断断续续地说开了：

帖木儿的阿妈叫格日乐，是个非常美丽的女人。我们从十五岁就开始相恋。格日乐的阿爸很早就去世了。她的阿妈呢？是个接生婆，村里人暗地里说她是个厉害的巫婆。她诅咒人非常灵验，所以谁都不敢得罪她。格日乐的阿妈不喜欢我，她知道我和格日乐的相恋后坚决反对。格日乐是个执着不服输的女子。十八岁那年，她从家里连夜逃出来，我们来到村西边的果树林里度过了美好的一夜。我们打算私奔，跑到没有人认识的地方去生活。可是我们被发现了，被抓回去了。她把格日乐抓回去后困在家里，不让她出来。在一个漆黑的夜里，格日乐的阿妈坐在门槛上，一手拿着扫把从旁边灌满水的盆子里蘸着水洒向黑乎乎的夜空，另一只手里拿着死狗的头骨诅咒我，咒我世世代代生不如死……一个多月后，格日乐突然来找我，告诉我她已经怀上了我的孩子。告诉我她阿妈答应我们成亲。我们终于结婚了。帖木儿是被村里的包括帖木儿的外婆在内的三个寡妇接生的。格日乐生下帖木儿的时候难产，帖木儿是活过来了，可是格日乐离开了我。

"那帖木儿的病是不是难产时缺氧引起的后遗症呢？"我插嘴。

"不。"乌恩其突然瞪大眼睛，大声地、斩钉截铁地否决了。我也睁大眼睛盯着他看。老实说，我头一回看见他说话这么大声，表情又这么坚定。可是他接着说话的时候声音又变得很低没有底气了："其实我也是听阿爸说的。他说帖木儿是个特别圣洁的灵魂，接生的时候被三个寡妇接生，圣洁的灵魂被玷污了。帖木儿的外婆不久后得病去世了。去世前，他给帖木儿戴上了这枚戒指。那个口琴也是他外婆给他的。也不知为什么这孩子死活也不肯扔这两个东西……

"那你们没带他去看过医生吗？"我打断了他。乌恩其的眼里突然多了一种憎恨的光芒："其实，我也并不完全相信帖木儿爷爷的话。在帖木儿五岁那年，我带着孩子进城看病。医院的医生说得做手术，手术后也许能好，于是我带着全部的家当，加上东借西凑来的五万块钱进城做手术。可是手术后还是这样。"乌恩其久久地沉默了。这回他真的一语不发了。

乌恩其带着帖木儿走了。他驼着背，背上是帖木儿的行李。他一只手拎着大大小小的包袱，另一只手牵着帖木儿。帖木儿背着自己的书包，左手拿着那把破口琴，右手牵着他阿爸的手慢慢地走着。走出院子后，帖木儿回头盯着我看了好一会儿，然后笑了。当他们的背影走出我模糊的视线时，终于有一滴泪水顺着脸颊滑下来。

那天落日的余晖照进我的小院子，照在帖木儿经常坐着发呆的那堆沙子上。放学回来的孩子们在院子里互相追逐着，开心地嬉笑着，尽情地喊叫着。

哈达图山

　　早上醒来的时候，萨姆嘎老人发现脖子落枕了。她吃完早饭就僵直着脖子来厨房，找到了擀面杖。她右手拿住擀面杖，用左手顶住右手吃力地送到了脖颈，艰难地滚动了几下擀面杖。但是不一会儿，手就像灌了铅似的怎么也不动弹了，还酸痛得要命。这样凑够一百数对老人来说简直是一种莫大的折磨。老人索性扔掉了擀面杖，僵直着脖子走回卧室，从褥子底下拿出了一个光滑的深紫色的火罐。

　　"医疗条件好了，我们俩就被扔到这里了，不然在以前我们给多少人行过好事啊，那时候拔火罐我可是最有名的……"萨姆嘎老人自言自语着，开始寻找废纸。她来到儿媳的房间，从炕头的桌子上找到了一张印有汉字的 A4 纸。老人划燃了火柴突然想道："可别烧掉了有用的纸。"她拿着那张纸来到了孙子呼格吉乐的房间。

　　"跟我们是没什么关系，但是跟额么格您关系就大了，现在社会条件好了，福利也高了。您能在升天后坐着专车，轰轰烈烈地上路了。"呼格吉乐看完那张纸若无其事地说。

　　"这张纸到底有没有用？我还忙着拔火罐呢。这孩子看了半天净说一些乱七八糟的话。"

"好吧，我念给您听。您可听好了。从八月二十五号开始统一火化逝者的尸体……"

萨姆嘎老人突然间失去了听觉般伸着僵硬的脖子，凑近耳朵，眼睛直勾勾地盯着孙子，嘴巴蠕动了几下却始终没有吐出一个字。她用麻雀的爪子般干枯无力的手死死地抓住身边的椅靠，但就是觉得无法支撑自己干柴般枯瘦的身体。她哆嗦着挪动脚步，摸索到了墙。靠着墙歇息片刻后，老人手扶着墙，来到了自己的房间。她像一头劳累的牛一样粗喘着，用四肢爬上炕，靠着铺盖躺下。交叉在臀下的两只手不停地发抖。

萨姆嘎老人精神恍惚地躺了好一阵后突然像阴天里迷失方向的人看到了阳光般眼前一亮，忽地跳了起来。她顾不上穿鞋，用袜子噔噔噔地踩着地，径直来到了屋西北角的佛像面前。她抖动着手拿了一炷香。虽然手头有火柴，但是老人没有用，因为她忌讳用火柴点燃卫生香。她在火盆的火上点着了那炷卫生香，小心翼翼地插在香炉里的余烬上。老人双手举过头，虔诚地祈祷着磕了几个头后，拉开佛像下面的抽屉，小心翼翼地拿出了一个用天蓝色哈达包成的包裹。她将其轻轻地举在头顶走向了炕。

萨姆嘎老人像一个害羞的小伙子脱掉心爱姑娘的衣服般犹豫了片刻后轻轻地掀开了蓝色的哈达。首先现出了一串深紫色的佛珠。老人怕有谁要抢走一般嗖地抓起它，戴在脖子上。接着出现了一本天蓝色包装的硬皮本子。看到这本书，老人的手又开始剧烈地颤抖起来。这是他们家的家谱。这本书里有巴力吉老人的列祖列宗，有他们家族鲍尔吉姓氏的所有人的名字以及有关故事。但是自从巴力吉去世后就没有人再记载过……

萨姆嘎老人皱着眉头思索片刻后小心地捧着"家谱"，重新走进了孙子的房间。

呼格吉乐钻进电脑屏幕，专心致志地"斗地主"。

"孩子，帮额么格写这个吧。"萨姆嘎老人站在门边说。

"……"钻进电脑屏幕的孙子久久没有回应。

"我的好孩子啊，帮额么格写一下这个。"老人提高了声音重复了刚才的话。

"什么？"呼格吉乐紧盯着电脑屏幕很不耐烦地问。

"你过来，额么格教你怎么写。"呼格吉乐很不服气地瞥了一眼额么格，忿忿不平地说："斗大的字母都不认识几个，您能教我写什么呀？这就像我斗地主输了一样感觉奇怪。您就放那儿吧，我正忙着呢，以后再看。"说完又钻进了电脑屏幕。

萨姆嘎老人看着孙子的后脑勺，一时不知如何是好。站在门旁徘徊一会儿后，她用衣袖擦亮了门旁的桌面，把书放好，一步一回头地走进了房间。

炉子里封火的牛粪突然像复活了一样燃烧起来。萨姆嘎老人看着熊熊燃烧的火焰，突然感到脊骨冒冷汗，脸色变得苍白不堪。她像猫一样轻盈地上了炕，从怀里摸出了佛珠开始念起来。嘴唇像抽筋般地发抖着，她感到手脚发麻，浑身无力。

一种难以言表的恐惧、无助和悲伤像一块石头般堵在老人的胸口，使她难以呼吸。她渴望找一个人痛痛快快地诉说一番。可是就连那只老灰猫也似乎厌倦了她的自言自语，不时眯起眼睛偷偷地看一下老人又假装成了困睡的样子。

其实打心里，她深深地热爱并深深地眷恋着这个阳光明媚的世界。可是她在念佛珠时竟然衷心地祈祷自己能在八月二十五日前到达那个平时令她毛骨悚然的寂静的世界。老人始终放不下的两样东西是那本家谱和开过光的佛像。

　　最先察觉到老人变化的人是儿媳吉姆斯。

　　平时萨姆嘎老人自己吃完饭就忙活着收拾桌子。今天老人却草草地喝了几口早茶就推碗筷，开始闭着眼睛捻起了佛珠。吉姆斯质疑地看了一眼萨姆嘎老人。阿古拉阴沉着脸，不断往嘴里塞进玉米馇馇，粗黑的胡子茬像一片没锄好的地。吉姆斯看了一眼阿古拉，手往呼格吉乐的碗里夹了大块的肉。

　　阿古拉的手机突然传出尖锐的女高音。一家三口的眼睛立刻集中在那个声源上。阿古拉从衣兜里掏出手机懒散地"喂"了一声，脸色更加阴沉下来。他用手捂上手机的听筒，将对方的声音圈在掌心里，胡乱地应着："知道了，知道了，我马上过去。"放下手机，阿古拉嚼着嘴里的食物，从衣兜里拿出香烟塞进嘴里点上后，出去启动了夏利车。

　　"又要去哪儿？"坐在一旁像防贼一样探听手机那边声音的吉姆斯亮开了狭窄的嗓子。

　　"今天嘎查里开会。"阿古拉的声音被夏利车青色的尾气给纠结住了。

　　"是嘎查的会议还是嘎日布的海棠？你给我说清楚。"当吉姆斯红着眼睛，抖动着浑身的赘肉从屋里跑出来的时候，阿古拉的车已经开出院子，绕上了村中的土路。吉姆斯望着夏利车扬起的尘土，咬着牙关，在原地狠狠地跺了跺脚。

　　呼格吉乐头朝天，一个劲儿地往嘴里塞饭。碗筷像打鼓一样叮咚响。他一口气塞完饭后把饭碗"啪"的一声放在桌子，又将筷子"当"的一声放在碗上，转身用食指顶了一下压在鼻梁上的眼镜，笨拙地挪动着肥胖的身体走进了自己的房间。碗筷的碰撞声刺痛了萨姆嘎老人的耳根子，也刺痛了老人的心脏。她想对孙子说点什么，但是皱紧眉头，强咽了下去，攥紧了手中的佛珠。

"又要玩电脑啊？你就不能看看书写写作业吗？你那个阿爸整天不着家，像公鸡一样混在婆娘群中。你倒好，整天钻进电脑里。看你那身材，前面抱一个大球，后边背一个大锅……"

"啪——"呼格吉乐的房间门关上了。吉姆斯尖锐的声音被急促地关在门外反射到萨姆嘎老人的耳边像有千万只蜜蜂飞过。

"嘀——日——"电话铃声嚣张地响起来。吉姆斯放下筷子，走向电话机。电话屏幕上的号码让吉姆斯拉长的脸充满了生机。

"喂——现在吗……都有谁……缺一个……好的，好的，我马上过去。"吉姆斯放下电话后匆匆忙忙走进了自己的房间。她那像腌菜的大缸般粗大的上身，从大腿往下突然细下来的小腿，怎么看都像放大了的陀螺。几分钟后，头发鲜亮、皮鞋光亮的吉姆斯从自己的卧室出来，转瞬消失在外屋的门外。从衣服上散发的廉价香水那刺鼻的香味在屋里猖狂了一阵后慢慢消失。

突然的安静几乎要压垮整间屋子。萨姆嘎老人眯起眼睛看了看。桌面像吃完西瓜没擦嘴脸的小孩的脸。她终于忍不住，把佛珠塞进怀里，开始收拾桌子。

猪圈里的两头肥猪像声乐组合般用一粗一细的声音高低附和着。萨姆嘎老人拌好了猪食，吃力地抬起猪食桶。猪食桶慢慢地向上移动，老人的背却像被烂泥压弯了的土房的梁柱般沉了下去，脚不自主地跟跄了几下。

"这该死的老巫婆，连一桶猪食都扛不动了？"她自言自语着吃力地挪了几步。两只燕子从头顶上"叽叽喳喳"飞过，似乎在嘲笑老人的无能。

"用钢铁做的机器都会生锈损坏，何况我这个经历了八十年风雨的血肉之躯，时过境迁也是应该的。"萨姆嘎老人为自己辩解，用眼角很不服气地瞟了一眼院子角落里的破四轮车。她放下猪食桶直了直背。老人看见桑森房窗户的一块玻璃被打碎了。

"是被风吹破了吗？"老人自言自语着挪向那里。

阳光从玻璃的破碎处挤进屋子，挑起里面的灰尘，搅动在自己的光圈里。那些经不住挑衅的细尘，拥挤着，舞动着，最后落在屋角那深棕色的松树棺材上停留歇息。

一看到棺材，老人微弱的心脏突然猛地抽动了一下。不知是由于疼痛还是因为激动，老人的眼圈红了。

十年前，她患了重病，眼看就要面见阎王爷时老伴巴力吉为她准备了这副棺材。那时候，萨姆嘎老人非常害怕那些冷清着脸向她伸手的阎王爷派来的使者。可是就在做好她棺材的那天，身体好好的巴力吉老人突然患心肌梗塞，跟着那些阎王使者走了。萨姆嘎老人则奇迹般地好了。所以，每次看到这副棺材她都做贼般地心虚，心也会撕裂般地疼痛。她觉得老伴巴力吉草草地离开这美好的世界都是因为她。可是今天，她突然觉得老伴的早走是一件幸福的事情。如果老伴巴力吉活到现在，看到了那个通知一定会无比悲伤。想到这儿，她竟然感到自己是个功臣，为老伴立了一个大功。老人的心一下子开阔了许多，她赶紧从桑森房里退出来，迈开脚步走向了西边的打谷场。

为了方便农作物的晾晒，打谷场的位置总是比别的地段高一些。萨姆嘎老人站到打谷场的镜面就能看到哈达图山。每当她望着哈达图山，望着老伴的坟墓倾诉出内心的孤独寂寞时，心中的苦闷和委屈就会烟消云散……

因为走得太快，萨姆嘎老人像个肺结核患者一样粗喘着气。她站定在打谷场正中间，眯起眼睛望着哈达图山。

哈达图山在霭气中巍然耸立着。山脚下有巴力吉家族的坟地。巴力吉老人已故的长辈都会到那里团聚。因为那里的玛尼木头一个也没有死，个个都会长成参天大树守护坟墓，所以村里的老人都惊叹哈达图山是个风水宝地。在村里人的心目中，只要玛尼木头能活下来，子孙后代就会代代幸福繁荣。

萨姆嘎老人嫁到巴力吉家的那天起就知道总会有一天到哈达图山定居。如今子孙满堂，她应该可以光荣地到哈达图山，面见众多长辈的。可是如果自己烧成了一堆灰烬的话怎么见他们……这个担忧让老人的头爆炸般地疼。她就像古代的良家妇女不慎失去了贞洁般伤心得几乎要崩溃。这种崩溃使这个驼背又单薄的老人看上去苍老又可怜。

院门响起，吉姆斯拉长着肥胖的脸走进来。赶不上麻将桌对麻将迷来说应该是不小的打击吧。有时候会影响一天的情绪，看什么都不会顺眼。"刚刚还说三缺一，这么快人就齐了，如果我再快一点就好了。她也真是的，不能给我占个位子吗？"吉姆斯心里抱怨起了给她打电话的好姐妹。

柳条编的大篮子拦截在吉姆斯前面。她提脚踢飞了那个篮子。吉姆斯突然想起自己穿的是新皮鞋，心痛得要死。她赶紧弯下腰心疼地摸了摸新皮鞋。笨重的上身冷不丁地压下来，使吉姆斯的头撑得像要裂开，呼吸也跟着急促起来。她只好站起来，习惯性地用手指理了理羔羊毛般卷曲的头发。望向打谷场时看见了萨姆嘎老人。

"这个老巫婆，整天望着她老伴的坟墓，儿子整天绕着海棠，孙子就知道电脑，只有我在这个家里充当一个奴隶。"吉姆斯心里愤怒地想着。

掉了毛的老母鸡，邋遢着裸露的翅膀，不紧不慢地走向打谷场中晾晒的玉米。吉姆斯从窗台上拿起拳头大的笤帚瞄准大母鸡扔了出去。

"咕嘎——咕嘎——"遭到突然袭击的老母鸡惊叫着，拍着笨拙的翅膀逃跑了。萨姆嘎老人也吓了一跳，急忙转身。

灶台上乱七八糟地堆着早上收过来的碗筷。没吃上饭的大灰猫一听到开门声就“嗖”地跳起来，翘起尾巴，讨好地看着吉姆斯，喉咙里呼噜呼噜地响。看到吉姆斯没有喂饱它的意思，大灰猫索性跑过来用脑袋蹭吉姆斯的腿。

“去，脏死了。”吉姆斯像一个高傲的贵族小姐看到了肮脏的瘦老头一般噘着嘴，白着眼睛，将大灰猫踢出了门外。

“老不死的，阎王爷都不愿带你走，整天就知道望那几个坟墓……”吉姆斯瞥了一眼推门而入的萨姆嘎老人，嘴里嘀咕着，一边拿出大盆子，将碗筷“乒乒乓乓”地放了进去。

两只肥猪拼命地叫着，一声比一声高。

“叫，叫，叫，看我宰你的时候不多捅你几刀。该死的东西，就知道吃，撑死你。”吉姆斯从萨姆嘎老人歇脚的地方找到猪食桶轻松地举起来倒给肥猪。

萨姆嘎老人进屋才想起还没有刷碗：“哎，我这脑瓜子，不知想什么呢，碗都忘了刷。”老人自责着把手伸进了盆里，一股彻骨的凉意遍布了老人的全身。

“我自己洗吧，这儿有一个奴隶呢。”吉姆斯说着用臀部挤走了老人。在狭窄的厨房里只有吉姆斯的臀部像个庞大的肉球一般不停地晃动着。被挤出来的萨姆嘎老人搓着滴水的手像当年被婆婆训斥的时候那样久久地站着，最后瘸着腿走向了猪食桶。

“猪已经喂过了。像要死了一样叫着，烦死人，我是听不下去。”

萨姆嘎什么也没说，蹑手蹑脚地走进了孙子呼格吉乐的房间。

呼格吉乐赤着脚盘腿坐在电脑前面打电脑游戏。李宁牌的运动裤胡乱地扔在床上，地上的袜子散发出阵阵脚气味。

"呼格吉乐，我的好孩子，那个家谱你接着写了吗？"萨姆嘎老人俯下身，用手支着膝盖，捡起了地上的臭袜子。

呼格吉乐头也没回。厚厚的眼镜片后面的小眼睛在电脑的清屏下显得格外亮堂。随着屏幕的变动他的后背臀部没有节奏地摆动着。

"呼格吉乐，额么格跟你说话呢。"萨姆嘎老人抬高了声音，走到孙子的身边。

"哎呀，烦不烦？"呼格吉乐的手指轻快地跳动在键盘上，嘴里却蹦出了一句不耐烦的抱怨。

老人只好无奈地摇着头，嘴里嘀咕着走回自己的房间。她盘腿坐在炕上，捻起了佛珠。但是没多久就把佛珠放回怀里又溜下了炕。

无论如何要尽快写好"家谱"。她一定要亲眼看着写完这个家谱，才放心地去找老伴，不然她没有勇气和脸面去见巴力吉老人的众多前辈。

她趿拉着鞋一瘸一拐地走着，再一次打开了孙子的房门。呼格吉乐的坐姿没有变化，但是情绪更加激烈了。他忽而拍一下膝盖，忽而破口大骂，应该是跟电脑屏幕里的物体说话。

"这孩子不会一气之下摔碎了电脑吧？"萨姆嘎老人有些担心，她走进屋里轻轻地拍了拍呼格吉乐的肩膀。

呼格吉乐按下了暂停键，急转转椅，向额么格紧皱了眉头："额么格，你到底有什么事儿？刚刚说了一大堆没用的话分散我的注意力，害我输掉了一场游戏。"

"那个家谱你写完了吗？其实也用不了多长时间……"萨姆嘎老人像一个小职员面对老板一样低声下气地说。

"没写呢。"呼格吉乐用鼻子哼哼着。

"没写？"

"有什么可写的呀？"额么格惊讶的表情让呼格吉乐很反感。

"不是，那可是代代流传下来的东西。你曾祖父的时候还是很风光的家族呢……"呼格吉乐像看一部闹剧一样看着额么格："多大的家族啊？又不是书香门第，更不是皇亲国戚，根本就不值一提，写什么呀？丢死人。"他说完急转转椅，点击鼠标，继续玩游戏。创造了这么神奇，这么具有吸引力的电子游戏的人都没有记上自己的真实姓名呢。什么家族？没有半点可炫耀之处的人还写什么"家谱"呢？呼格吉乐感到可笑又可气。

萨姆嘎老人伸着脖子，考虑了一会儿才听懂了孙子这句话的意思。她慢慢地低下了头。她感到眼前一片昏暗。她用舌头舔了舔干枯的嘴唇吃力地说："那么……家谱在哪儿？"

"这儿。"呼格吉乐弹走了扔在上面的苹果芯。萨姆嘎老人看到了满脸灰斑的家谱。她轻轻地拿起那用天蓝色的绸缎精心包装的家谱，小心地用衣袖轻拭着，手不停地发抖。

阿古拉下了车。在煤矿里被困了几天似的黑褐色的脸显得阴沉吓人。"逝者的尸体统一火化。"这个规定西嘎查已经开始实施了。每一具火化的尸体都必须由嘎查书记带着火化，这对担任嘎查书记职务的阿古拉来说是一种折磨。有些老人明明已经停止了呼吸，但是不肯闭上眼睛，固执地用绝望的眼神盯着这个世界。看到这种场景的老人们的脸上充满了恐惧和悲伤。

农村老人在世的时候并不奢求日子过得富丽堂皇，简单自在就行。但是非常看重安葬的事情。他们喜欢赤裸着身体来到这个世界，赤裸着身体回归到大自然。一辈子依赖着大地，索取着大自然给予的一切，老人们的内心是充满感激的。所以死后把尸体交给大自然，慢慢地渗透进大自然，哪怕让一根青草苗壮成长，他们就满足。阿古拉清楚这些，所以他一直躲着藏着，没有勇气将这个通知告知阿妈。

吉姆斯一看到阿古拉阴沉的脸，赶忙从萨姆嘎老人的手里夺走了拌猪食的棍子，大声说："额吉，我做吧，你回屋歇着吧。别干这种粗活。"然后满脸堆着微笑出去迎接她的男人。阿古拉悲伤的目光越过吉姆斯的肩膀，停在了从厨房里走出来的额吉的身上。萨姆嘎老人用渴望得到礼物的孩子般的眼神看了看儿子。她希望儿子能给她带来好消息，最好是取消了那个通知，或者哪怕延迟了也好。阿古拉心虚地躲开了老人的视线，但是内心突然感到不安，额吉的眼神很奇怪。阿古拉用严厉的目光看了一眼吉姆斯，但是吉姆斯的脸上没有婆媳战争的痕迹。阿古拉的心更加不安了："额吉不会是听到了什么吧？不会呀，这附近没有老人……"阿古拉摸不着头脑，于是摇了摇头厉声问身边的吉姆斯："呼格吉乐呢？"

吉姆斯瞥了一眼呼格吉乐的房间尖声叫道："呼格吉乐，快出来。"呼格吉乐的屋里没有任何反应，倒是困睡在墙角的看门狗无力地"汪汪"叫了两声，又重新躺下闭上了眼。

阿古拉没再说什么，径直走进卧室，鞋都没脱就上炕靠着行李躺下。

"额吉不知道那个通知吧？别让额吉到处串门了，能藏一天是一天。"阿古拉无神地盯着屋顶说。

"不会知道吧，斗大的字不认识几个，怎么可能知道呢？"吉姆斯看着阿古拉的脸色说着，又不安地瞥了一眼儿子的房间。

阿古拉没有回话，点着了烟，开始沉思。他了解额吉的脾气。十五岁踏进这个家门的那一刻，她就已经咬定生是这家的人，死是这家的鬼。自从阿爸去世后，她孤独一人尽心尽力地照看着孙子，曾孙子。没有一个人愿意听她唠叨，所以她习惯了自言自语。没有人能理解她的内心，所以她更加思念着老伴。额吉希望有一天风风光光地去阿爸的身边，就像她少女的时候清清白白来到这家一样。可是现在这个可怜的愿望难以实现了，如果额吉听到这个通知自杀都不一定。阿古拉的眼前再次出现萨姆嘎老人刚才的眼神，不禁歪着脑袋深深地吸了一口烟。烟圈在他的头顶上盘旋蔓延。阿古拉的眼睛无神地盯着屋顶，不一会儿便轻声地打起了鼾。

吉姆斯像猫一样轻手轻脚地走出屋，关好房门来到了儿子的房间。呼格吉乐仍然坐在电脑前。由于戴着耳机根本就没有听到刚刚吉姆斯尖锐的喊叫声。屋里很安静，呼格吉乐的肩膀有节奏地摆动着，脸上充满了阳光，神情十分地满足。不难看出他的世界是很喧嚣和精彩的。

"嘀嘀——"QQ闪动着。

"跟女孩接过吻吗？"呼格吉乐看着网友的这个问题，扑哧笑出了声，然后轻快又熟练地飞舞着十指发送了"正在计划中"。他又返回了"斗地主"的游戏。

"乳臭未干的小屁孩还说什么接吻女孩的事儿？"站到身后的吉姆斯大叫着夺走了呼格吉乐的耳机。

呼格吉乐吓了一跳，从转椅上跳了起来。

"赶紧关掉电脑然后做作业。你阿爸已经回来了，小心扒了你的皮。"吉姆斯说第二句的时候压低了声音，用食指戳了戳呼格吉乐的额头。吉姆斯训完儿子，环视屋内，唠叨开了："这房间乱得跟猪窝似的，这衣服鞋子到处乱放，这……"她弯腰捡起扔在满地的脏衣服。

"阿爸在做什么呢？"呼格吉乐也压低着声音问，退出了游戏。

"已经睡着了。很疲劳的样子。为那个通知的事情操心呢，真是多余的心思。告诉你额么格就完事了，僵硬了的尸体还怕火烧吗……"吉姆斯把不能向阿古拉发泄的怨气泼向了儿子。不过对呼格吉乐来说阿妈的唠叨没有任何意义，跟他也没有任何关系。只有"已经睡着了"几个字闪进他的耳朵，使他容光焕发心情愉快。他重新回到了电脑前。

"喂，怎么又坐回去了？赶紧做作业。小心我让你阿爸扒了你的皮。"吉姆斯又压低声音说完了后边的一句，抱着一大堆脏衣服走到洗漱间塞进了洗衣机里。

萨姆嘎老人又开始摆弄那本"家谱"。她先洗完手，用干净的白毛巾擦干，然后从火盆里取出火，在家谱上面左右净了三次。老人的嘴唇嚅动着，不知在轻声叨咕着什么。净完后她放下火，用干净的湿毛巾在家谱上面轻轻地拭擦着。不知是老人的泪水还是口水冷不丁地滴在家谱上。老人吓了一跳。她像做贼般慌张地左右环顾了一下，赶紧擦干举过了头顶。

阿古拉无力地举着粗黑的眉毛，来到了老人的身边。萨姆嘎老人暗淡的眼睛突然点着了一根火柴一样亮了一下。她轻快地动起来，从佛像下面的抽屉里重新拿出了"家谱"。阿古拉用疲惫的眼神看了一眼老人手上的东西，眉毛不由得紧皱起来："你怎么又把它拿出来了？"

"趁我还活着，把家谱写好了额吉也就死而无憾了。"老人的嗓子有点哽咽。

"急什么？您还这么硬朗，您会长命百岁的。"虽然阿古拉的嗓子也在颤抖，但是他却装出一副无所谓的样子。他从怀里掏出烟盒抽出一根衔在嘴里。香烟青色的烟雾在母子间云雾一样缭绕着慢慢地散去。

"这个佛也只能留给你了。你那几个哥哥都是赌徒，别说是佛，连腾格尔都不管。这个佛是在你曾祖父的时候开光过的。我们世世代代祭拜着他。托佛祖保佑，我们的家园安康，儿孙绕膝。往后你也多祈祷多祭祀！"

烟雾把小屋弄成了硝烟弥漫的战场。阿古拉脚下的那些烟头个个像没打着目标的子弹。忽暗忽亮的烟火在主人的亲吻下失神燃烧着化成灰轻轻落地。

"今天您怎么了？净说一些没用的……"

"昨晚我辗转反侧就是睡不着，鸡鸣的时候眯了一会儿，却做梦了，梦见我跟你阿爸在新婚，而且还有了一个孩子。这不知羞耻的老东西。"萨姆嘎老人打断了儿子的话，露出没有牙齿的牙龈孩子般天真地笑起来。

"孩子们都过得很好。也有了传宗接代的人。额吉没有别的要求，只想早日见到你的阿爸。他在那里也肯定闷得慌，没有一个好好说话的人……"阿古拉想说给额吉的决心还是动摇了。他深深地吸了一口烟，把烟头狠狠地踩灭，然后拿着"家谱"走出了房间。

阿古拉早上接到一个电话后，阴沉着脸开着夏利车匆忙地走了。吉姆斯打麻将去了。呼格吉乐说是赴朋友的生日宴会，从阿爸那儿要了三百元走了。萨姆嘎看着呼格吉乐揣着三百元大摇大摆地走出屋，眼睛都大了。一个十来岁的孩子赴什么生日宴？随什么礼？老人搞不懂。所以也没敢说什么。

屋里一片死静。这种安静使萨姆嘎老人坐立不安。她放下佛珠，疾步走出了屋子。

几只鸽子落在房顶咕咕叫着。老人的眼前出现了熊熊燃烧的火焰，看见了活泼美丽的鸽子瞬时变成了一堆灰烬。老人感到头昏眼花，她扶着墙无力地挪动着脚步。她又看到了桑森房子的碎玻璃，于是慢慢地朝那个方向走去。木门被推得叽叽喳喳地响。兴奋的阳光疯狂地夺路而进，老人被包围在光圈里。

深棕色的松树棺材还是在原地沉默着。老人本该安详地躺进这个棺材，躺进大自然温暖的怀抱的。闻着大自然清新的土味，身体慢慢融进大地，灵魂跟老伴守在一起。

萨姆嘎老人像被谁控制般慢慢地走近了棺材。在此之前一看到这个棺材她就感到恐惧，感到毛骨悚然。也是，谁会舍得离开这个充满阳光的世界呢？虽然整天嘴上挂着去见老伴的话，但在内心她还是深深眷恋着大地，眷恋着阳光，眷恋着亲人……可是今天她看到棺材感觉特别地亲切。她用粗糙的手心抚摸着棺材光滑的表面，微笑着，抚摸着。随即用力推开了棺材盖，用力地爬了进去，然后咬住嘴唇，用尽全力虚掩了棺材盖。

老人的心像苦苦寻找马群的人看到了马群一样宽敞了，像流浪已久的人回到了自己的家乡和亲人的身边一样舒坦了。棺材里面昏暗的光线也使她联想起了沁人心脾的家乡的长调……

黄昏的时候阿古拉回来了。麻将桌上赢钱的吉姆斯也笑容满面地回来，围着围裙走进了厨房。从呼格吉乐屋的门缝里射出幽暗的光。老人的房间里没有灯火，也毫无动静。

阿古拉走进老人的房间点着了灯，没有人。他又推开了呼格吉乐的房间。呼格吉乐听到门声回头瞥了一眼，一看到是阿爸，就眯着眼睛讨好地笑着说："我把暑假作业都做完了。"

"你额么格呢？"阿古拉阴沉着脸问。呼格吉乐用胆怯的眼神看着阿爸，头摇得像拨浪鼓。

从棺材里面找到萨姆嘎老人的时候夜幕已经降临了这宁静的村庄。阿古拉吸着烟始终没有说话。吉姆斯用力碰响着手里的碗盘，不时用冰冷的眼神看着老人。

萨姆嘎老人却显得心情愉快、精神抖擞："松树这个东西真是暖和又舒服呀，我眯了一会儿。我看见了你的阿爸，你阿爸来接我了……"

"别跟外人说，人家会笑掉大牙的。"吉姆斯说着，在桌上"当——"的一声放下了一盘炒菜。

"如果我把这件事发到网上肯定会引起很大的关注，点击量会破一个新纪录吧。额么格，您真是越老越有个性。我怎么就没有想到这么新鲜的点子呢？我明天在电脑上试试。"呼格吉乐兴奋地说。

阿古拉严厉地看了几眼呼格吉乐，看儿子毫无察觉，顺手"啪"地打了儿子的脑门。呼格吉乐摸着脑袋，用无辜的眼神盯着阿爸看了好一会儿后拿起了饭碗。吉姆斯盛着一碗汤走进来，白了一眼阿古拉："动不动就打儿子的脑袋，快把他打成脑瘫了，书都念不好……"阿古拉把碗筷狠狠地甩在桌子上，走进了自己的房间。

呼格吉乐偷偷地用眼神送走了阿爸。当阿爸的房门关上的那一刻，呼格吉乐肥胖的屁股已经移到了额么格的身旁：

"额么格，您怎么突然想到了躺进棺材里？您把当时的想法告诉我。明天您再去那儿躺下，我来照相，然后发到网上。"

"饭堵不住你的嘴吗？"吉姆斯厉声呵斥儿子。

萨姆嘎老人吃完饭走过儿子的房间时，看见阿古拉在灯光下翻阅"家谱"。堵在老人心头的石头终于落地了。笑容不知不觉地爬上了老人布满皱纹的脸上。她更加确定，家谱留给阿古拉是对的。把开光的佛像也可以留给阿古拉。现在她唯一的愿望就是在那个规定的日期前去见老伴。那样的话就可以舒服地躺进松树棺材，风风光光地去见老伴及其家族的众多前辈。她又从怀里掏出了佛珠……

一辈子与世无争的萨姆嘎老人最近却老用争宠的嫔妃们的眼神看每一个生物。院子旁边的老槐树随风摆动，本来不关她的事儿，但她却莫名地觉得老槐树是在讽刺和笑话她的悲剧。说起这个老槐树，应该比她老很多。他们都饱受了这世间千辛万苦，但是老槐树是幸福的，不用火化，不用畏惧，慢慢地融进大地……

"八月二十五……八月二十五……"她在嘴里嘀咕着，手不自主地伸进怀里，掏出了那个光滑的佛珠。

随着一阵轰隆隆的噪音，一辆摩托车在院门口刹车。身材魁梧的哈达从摩托车上下来。

"额吉，我来接你了，去我家待几天吧。"

萨姆嘎老人看着那辆破烂不堪的摩托车，又看了看佛珠，眼睛突然放亮了。

大儿子哈达的家离这儿不远，走过几片玉米地就能到达。每年地里的活儿变轻松，家里不需要她做饭的时候她会去另外几个儿子那里坐一阵的。可是，老人从来不坐摩托车："得了，得了，我都一把年纪了，不想被活活摔死，还是我的两条腿稳当，能使我安全蹚过这几片玉米地。"她每次都这样说，可是今天她突然想坐摩托车，最好是腾格尔保佑，让她中途被摔得断气。那样的话一切担忧和难题就迎刃而解了……她动作麻利地叠好了几件换洗衣服，装进一个布包里，走向了摩托车。

"额吉可以走过去，把东西放在摩托上吧。"哈达说。

"不用不用，坐摩托车快。额吉这把老骨头挪一步都很费劲。"老人说着爬上了摩托车。坐稳后她俯视刚刚放脚的平地，感觉头昏眼花，就从摩托车的后扶手上死死地抓住。她迟缓地扭转脖子想跟吉姆斯交代一些猪狗的事情，但摩托车启动时的噪音突然响起时，老人吓了一大跳，索性闭上眼睛紧紧地抱住了儿子。

在大儿子家里，萨姆嘎老人什么都不用做，可以尽情地享受清闲。但是她像丢失了什么重要的东西般心里总是不安。她解开包裹拿出一件棕色的衣服，从衣兜里拿出了一个小布包，打开那个布包，再打开里面的纸包，里面就出现了几个折叠成很小的十元的票子。她从里面抽出一张，把剩下的几张放回原地。

太阳落西山的时候，小曾孙女玩耍回来了。萨姆嘎老人把那张十元的票子塞进了孩子的衣兜里，低声说："别跟你阿爸阿妈说。买你喜欢吃的东西。"然后直接到了儿子的房间："我还是回去吧。"

"回哪儿啊？额吉您也太偏心了吧？这不是你家呀？就在这儿多住几天吧。不然吉姆斯会说我把你赶走了。"大儿媳说着看了看哈达。

"刚过来还没住一宿呢，回哪儿啊？这儿没有人支使你干活，就在这儿安心地住几天。"哈达也没给好脸色。

萨姆嘎老人瞥了一眼墙上挂着的日历。日历上面的日期是八月十五。

晚上，附近的几个老头子拿着纸牌，来哈达家看望萨姆嘎。

萨姆嘎老人喜欢玩纸牌，每次来大儿子家就一定会跟这几个老头玩到天亮。可是今天看着纸牌，老人怎么也打不起精神来。她也不顾及几位牌友的心情，把这个吓人的消息说了出去：

"你们听说了吗？从八月二十五日起，统一火化逝者的尸体。"

几位老头惊呆了。过了一会儿，他们开始低声祈祷起来：

"腾格尔保佑！"

"佛祖啊！"

一位老头发出了质疑："不会吧？"

"是真的，我亲眼看见的。"萨姆嘎坚持。

他们的脸色霎时变得苍白无助，眼神里装满了恐惧。

"火化就火化呗，人都死了还管那个僵硬的尸体干吗？真是够多余的。"大儿媳不以为然地说着，给他们的茶叶上添了水。老人们没有说话，也没有人提纸牌。不一会儿他们就心事重重地回到了各自的家。

第二天吃完早饭，萨姆嘎老人不顾任何人的阻拦，拎着简单的包裹走回了阿古拉的家。

"家谱"在那儿，巴力吉在世的时候祭拜的佛像在那儿，所以阿古拉的家才是她稳定又舒适的家。

吉姆斯一看到萨姆嘎老人，就拿土坷垃扔向院角的老母鸡，大声斥骂着："这个老不死的东西，整天拖着那笨重的翅膀来回折腾……"

萨姆嘎老人什么也没有说。因为现在，她的心里婆媳那些琐碎的纠葛争执根本就没有任何意义。她只要看到"家谱"写好了，佛像安顿妥了就安心了。她始终相信老伴会把她从火灾里救走。

萨姆嘎老人再一次失踪是在八月二十三日。几个儿子和儿媳挨家挨户地寻找了半天，什么也没找到。回家讨论可能的去向时，呼格吉乐从自己的屋里走出来："额么格早上带上香、纸钱、酒出去的……"

几个儿子互相看了看，不约而同地站了起来。

等他们来到哈达图山的时候已经是正午。高低耸立的众多坟墓让人肃然起敬。一棵棵苗壮茂盛的玛尼木头都在威严地守护着主人的坟墓。萨姆嘎老人跪在最边缘的一个坟墓前烧香。阿古拉走到额吉的身边慢慢地跪下。

呼格吉乐像检查工作的人一样在坟墓中间背着手，挺着胸慢慢地来回走着。走了一会儿后，他一屁股坐在一座坟墓上，眯起眼睛看了看正午的太阳大声说："这祖宗们在地下是否安装了空调？"没有人理他。

回去的时候，萨姆嘎老人显得特精神。平时无精打采地粘在头顶上的几根白发今天也变得精神起来，随着微风逍遥地飘动着。

"额吉，我已经把家谱写好了。"阿古拉搀扶着老人说。

萨姆嘎老人的脸上荡漾着微笑。

"那么那个开过光的佛像……"过了一会儿萨姆嘎老人又用充满期待的眼神看着儿子。

"像要留遗嘱似的。你自己不是祭拜得好好的吗？将来我不会丢下不管的。"阿古拉有点生气。萨姆嘎老人眯着眼睛看了看太阳。火辣的太阳照得老人的眼睛阵阵刺痛，老人的眼里溢满了泪水。她清楚地知道明天是八月二十四日，是规定前的最后的日子。

吉姆斯把早餐放在餐桌上，叫醒了阿古拉。这里的男人，田里活忙的时候起得特早，但是没活的时候喜欢窝在肮脏的被子里睡懒觉。

阿古拉睁开眼睛伸了个懒腰，然后抽出一根烟。

吉姆斯来到呼格吉乐的房间叫醒儿子。呼格吉乐醒了，惊跳起来，皱着眉头挠了几下后脑勺后突然又倒在床上用被子盖住了头。

吉姆斯站在老人的房门口，侧耳倾听着里面的动静。屋里没有任何声响。她又干咳了几声，屋里仍然没有什么反应。吉姆斯感到奇怪。萨姆嘎老人不是个贪睡的人。她平时觉少得让人嫌烦，今天却太阳都晒到屁股上了还不起床。

"额吉吃了吗？"阿古拉披着外套来到了餐桌旁。

"我也感到奇怪，额吉还没起床呢。"吉姆斯回答。

"没起床？"阿古拉惊讶地站起来，走向了老人的房间。吉姆斯紧跟着阿古拉走进了屋内。

屋里静悄悄。萨姆嘎老人在炕上平躺着。老人的被子和褥子整齐得像整个晚上没有动弹过。阿古拉和吉姆斯警觉地互相瞥了一眼。他们的眼睛再次回到老人身上的时候，露在被子外面的白色衣袖让他们吃了一惊。那是半年前老人让村里的裁缝量身定做的寿衣。

阿古拉跑向了老人。

老人的脸恬静又安详。老人精心梳洗后盘起来的发髻发着银光。用天蓝色的绸缎重新包上的"家谱"躺在老人的枕边。

"额吉!"阿古拉低声叫着。在这安静的小屋子里,阿古拉的声音变成沉重的回音,久久回旋在屋内。挂在佛像旁边的老式挂钟的时针停在十一的位置上。这个挂钟从来没有停走过。分明是萨姆嘎老人故意那么做的。在村里人的心目中,连自家的老人是什么时候死的都不知道的人是最不孝顺和不道德的子女,是应该受人指责的。萨姆嘎老人是用这种方式告诉了自己死时的时间,避免子女被村民指责。

日落西山的时候,抬着深棕色的松树棺材的队伍慢慢地走向了哈达图山。太阳的最后一道光辉无比眷恋地离开了这片大地,消失在山的那边。宁静的村庄迎来了寂寞的黄昏……

曼陀罗花园

三个月零七天了，奥斯翰一直没来。

胡姬雅抓住一株曼陀罗就用力薅。手心里传来一阵尖锐的疼痛。她抽回手，血已经沿着刺孔钻出皮肤，暴露在空气中，小小的、圆圆的、红红的。一束阳光穿过厚厚的云层照在上面，使它们变成了一颗颗晶莹剔透的红宝石。

胡姬雅跟阿妈苏沐茹住在牧铺。牧铺周围长满了曼陀罗。胡姬雅并不知道包围她的植物叫曼陀罗，听都没听过。这里的人叫它山麻子，胡姬雅叫它"恶魔"。刚长出来的"恶魔"很柔软，娇娇滴滴的，似乎一折就断。胡姬雅从没有对它有过怜悯之心，看到一个薅掉一个。一株株青翠欲滴的"恶魔"在烈日下渐渐失去水分，失去容颜，失去生命。胡姬雅喜欢在晒干得毫无韧性的"恶魔"尸体上踩来踩去，刺啦刺啦的，像骨头碎裂的声音。

曼陀罗一大片。胡姬雅撒开腿跑进仓房，找来镰刀一阵猛砍。镰刀已经生锈了，一株曼陀罗砍几下还砍不倒。胡姬雅砍得汗流浃背。一些早熟的坚硬的果子配合镰刀哗啦啦地掉下来，种子撒得到处都是。来年春天，一株株娇嫩的山麻子又会漫山遍野地长出来。薅是薅不完的。胡姬雅感到疲惫。悲伤像洪水般漫过来，漫过脚踝、漫过膝盖、漫过腰部，决意要把她淹没。

闪电愣是把阳光追逼到了云层后面。胡姬雅用手背擦掉额头上的汗珠，直起腰站起来。眼前是海日罕山。那些乌云都是从海日罕山后边涌出来的，像浓烟，一团一团地翻涌滚动，比她的悲伤还紧凑和浓密。

三个月零七天。确切地说，今晚三颗星出来的时候整整三个月零七天。每当三颗星升起的时候，胡姬雅拖着沉重的步子回家。每走一步，她感觉踩的不是大地，而是自己那颗不听话的心脏。她是有多么卑贱啊，竟然在听到奥斯翰和达古拉她们的对话后还接受他，如今还为他失魂落魄。

胡姬雅的嗓子发紧，似乎被什么东西死死地堵住了，心脏缺氧般抽紧，阵痛。她讨厌这样的感受，伸出手想挠脖子挠胸口，却看到了沾染在掌心上的血，又鲜又红。体内奔腾的可都是这样的红色呀。胡姬雅有点愣神，冻僵的血液也是这样的红色吧。胡姬雅的阿爸那顺就是冻死的。

去年冬天，派出所和村里人组成的搜寻小队在海日罕山上找到了衣不遮体的那顺。听说快冻死的人临死前浑身发热，会把身上的衣服全部撕扯掉。到底是听谁说的呢？胡姬雅记不起来了，肯定不是听冻死了的人说的，难道有人自始至终看着一个人冻死吗？也不太可能，总之，当人们找到那顺的时候，他确实穿得不多。苏沐茹一下就看到并相信了这个事实，下巴哆嗦了几下就软软地倒下去了。胡姬雅一脚踩在门里一脚踩在门外，脸上和脖子上的鸡皮疙瘩都起来了。生和死毕竟不在门槛的内外两侧。抬着那顺的人并不理会胡姬雅，一把把她推开进了西屋。

搜寻小队里有奥斯翰，但是他并没有抬着那顺，而是走在队伍的最后边。经过胡姬雅身旁时，平时如微风般温柔注视胡姬雅的奥斯翰没有抬眼看她，只留给她一阵凉风。胡姬雅久久地愣在门槛边，不知所措。她的嘴唇在哆嗦，手脚在哆嗦。她惊慌的目光无助地追寻着奥斯翰，希望能从那里得到一点力量来使自己镇定。奥斯翰的目光像吹满气的气球，一碰就跑了，先是左右躲闪一下，再飘过人群，飘向一片闹腾，然后就再也碰不到了。胡姬雅脸上和脖子上的鸡皮疙瘩久久褪不去，脸色从苍白转为通红又变成苍白。她哈哈哈地笑了几声，眼泪奔腾而下。西屋的炕上四仰八叉地躺着还没解冻的那个男人是她阿爸。昨天还生龙活虎的一个人，今天四肢僵硬、衣不遮体地被阿其图他们抬回来了。他的头发里、胡子里、指甲缝里，甚至在嘴里都有草屑儿。他是经历了怎样的生死挣扎呀？

　　阿其图正在清洗他的头发、脸和身体。胡姬雅端来一盆清水递给阿其图。阿其图伸手接住脸盆，目光稳稳地接住了胡姬雅的目光。他的眼睛睁大了一些，嘴唇稍微抿着，腮边的肌肉鼓起来。他一直在等着胡姬雅的目光，一直想传递自己的关心和同情。胡姬雅并不多看阿其图，拉着脸，伸手去接脏水盆。阿其图轻轻地推开了她的手：我来。阿其图倒掉脏水，又端来一盆清水，用他那粗糙的大手认真清洗着。胡姬雅低头哽咽，面前这个人给了她生命，如今，他把生命给了谁？或者谁收回了他呼吸的权利？一个活生生的人怎么就突然变得僵硬又沉默？他曾经那么认真地吃饭、睡觉、放羊、割草、过日子，而且，他多么爱面子呀，如今却赤身裸体地任由别人给他擦擦洗洗……胡姬雅希望给他擦洗的那个人是奥斯翰。

　　阿其图终于给他清洗完了，用胡姬雅递给的写有唵嘛呢叭咪吽六字真言的白布盖住了他的脸。胡姬雅隔着白布看着他。他的脸只是被白布挡住了，死亡这个神秘又遥远的事儿怎么可能这么突然降临在他身上呢？前天，当苏木派出所的人拿出闪亮的手铐铐住他的时候，他本能地左右瞥了一眼。这是牧铺，不是村子，周围没什么人，这让他有点放心。但是，当他眼角的余光触到胡姬雅惊慌的表情时，他所有的血液一下就聚集到了脸上，又漫延到脖子上，这种通红似乎就要烧焦他早上才刮干净的胡子茬。他抖搂袖子，想用袖子掩盖住那紧紧地攥住他手腕的手铐，但是袖子不长不短，刚好。平时，他对穿戴还是很在意的，虽然不求全新，但至少要干净、整洁、合体。走出院子，一阵寒风猛地吹过来。他缩了缩脖子，顺势深深地低下了头。惨白的阳光照在冰冷的手铐上发出阴森的光。他低着头，缩着肩快步走向车子。

阿其图跟几位老人商量拆窗户抬出棺材的事宜。棺材是从村里的巴拉丹老人那儿借的。小时候，胡姬雅每次淘气从窗户跳出去，只要被阿爸逮到就会挨骂。可是在这寒冬腊月天气，阿爸却只能从窗户走啊。盖在那顺脸上的白布，以及上面的六字真言越来越模糊，胡姬雅捂着脸跑出去。大地似乎没有了引力，胡姬雅的脚步轻飘飘、身体软绵绵。她想依靠房子的东墙站一会儿，但是双腿毫无力气，身子顺着墙滑了下去。砖墙搓起她衣服的后襟，寒意立刻传遍了全身。仓房的门半开着。仓房里有大灶台，有大锅，平时杀猪杀羊都是在那儿烧火烧水。烟雾从门缝里钻出来，同时钻出来的还有几个人的对话。

"你们知道雀吉麻麻吧？去年冬天喝醉了冻死的。"胡姬雅没听出这个声音是谁的。

"知道啊，哎呀，这是中了什么邪？一年冻死一个。"这是达古拉的声音，达古拉有紫色的脸，纤细的腰，笑起来总喜欢把腰扭来扭去。

"他冻死后的姿势是这样的。"

达古拉咯咯地笑起来："奥斯翰的老丈人的姿势是什么样的？"

"别瞎说啊，什么老丈人？谁的老丈人？你想让我天天做噩梦吗？"胡姬雅听出这是奥斯翰的声音。

"嘻嘻嘻，得了，还装，村里人都说你看上胡姬雅了，天天骑上摩托车就往胡姬雅家跑。难怪你前段时间瞅都不瞅我一眼了。看上人家姑娘了，你就得认这个事实。喂，我问你啊，你看到你老丈人偷的那些羊了吗？没想到他还干这种事？听说人家监控清清楚楚地拍下了……"

"达古拉，你别瞎嚼舌头了啊，跟我可没有任何关系。"是的，这又是奥斯翰的声音。

"真的没关系吗？"达古拉说。

"喂喂喂——"有个人大声"喂"了三声后突然压低了声音，"我听说他从村部跑出来后，先到他相好那里了，不然紧跟着他出来找他的人怎么可能找不到……"

"什么相好？谁是他相好？"

"嗨，只要巴拉跟着牛贩子出门那顺就往巴拉家里跑。我估计这次是被巴拉逮着了，谁知道呢？也许是巴拉和老婆串通好故意套他，想捞一把。哎，人心隔着肚皮啊。这下好了，他又是偷羊，又是偷人，还一再被逮个正着，而且以为真心对他的相好还对他落井下石，他的心不得死了呀，还怎么活下去？我估计那顺在巴拉老婆身上花了不少心思、力气和钱财。反正我们找到他的时候他已经冻僵了，身旁躺着两个空酒瓶……"

冷风吹得猛烈，胡姬雅剧烈地哆嗦起来。她吃力地爬起来离开那儿，走进一片混乱的屋里。

村里人陆陆续续地来了。他们脸上带着一层薄云。薄薄的，月光都能穿透的那种薄云。他们先找苏沐茹说几句安慰的话，然后到西屋门前探头探脑。西屋炕上躺着的可不是安详地、平静地离去的老人，看那一只手还倔强地、僵硬地托着覆盖在上面的白布呢。很快，整个三间房子，聚满了人。胡姬雅根本没机会悲伤、崩溃或者难堪。她像陀螺一样转来转去。总有人猛地拽住她，"大米在哪儿？""棉花在哪儿？""扫帚呢？""寿衣到了没？""……"苏沐茹还在东屋的炕上跟自己的软弱抗争呢。"他那么爱面子怎么可能活下来……""他那么爱面子怎么可能活下来……"苏沐茹反复喃喃着。人们忙着清洗、忙着做寿衣、忙着各种后事，没工夫搭她的话。苏沐茹看到女儿像无头苍蝇般东碰西撞。一个母亲怎么可能看不出孩子的六神无主。她不再喃喃自语了，用力抬起头，坐起来。

闪电像金色的马鞭，抽打着海日罕山，雷声紧随其后，似乎要震碎海日罕山。胡姬雅在衣服上使劲蹭手上的血，血迹已经干了。

苏沐茹在整理草院。那顺只带走了自己的肉体，他放牧的牛羊还在，他忙碌的季节还在，他认真过着的日子还在，关于他的各种分不清真假的传言还在。母女俩的生活还得继续呀。马上就是割草季，草还是要割要拉的，草院当然得清理出来。这个孱弱的女人，穿了一件酒红色的短袖，抱着一根木头，歪歪扭扭地走着。胡姬雅看着有点担心，如果来一阵风，她会连木头带人一起倒下的。汗珠已经爬满了她的鼻梁。

"进屋吧，你不是最怕打雷吗？"胡姬雅跑过来，从苏沐茹手里接过那根木头。

"阿其图那孩子挺好的。"苏沐茹喘着粗气，对着女儿的背影说。

胡姬雅拉下脸咬咬嘴唇不接话。

这些木头是阿其图从自己家里拉过来给她们准备过冬烧的。前些天，阿其图也不问她们需不需要，开着吧嗒吧嗒冒烟的四轮车直奔草院，在轰隆隆的车声中一口气卸完木头就走了。阿其图走出几十米后突然刹住车，跳下车跑过来，对着紧盯着自己的胡姬雅喊道："先放着，拉草的时候我来搬。等干透了，我再给你们劈开，保证你们的冬天暖暖和和的。"阿其图说完就走了。四轮车排出的黑烟在空中打旋，慢慢消散。

苏沐茹靠着木头杖子歇息，眼睛不安地看了看天。厚重的云层黑压压地压下来，闪电不停地撕扯着云层，雷声显得怒不可遏，一声比一声响。苏沐茹把目光收回来，在嘴里祈祷起来。苏沐茹害怕打雷、害怕下雨、害怕下雪、害怕沙尘暴。她害怕所有自然界的力量。那顺在世的时候，一打雷，她就蜷缩在行李垛后面，捂着耳朵，闭着眼睛一动不动，直到雷声和闪电远去。"上辈子作孽了吗？干吗这么害怕打雷？"那顺会打趣。在这种时候，苏沐茹既不还嘴，也不赔笑，只是很认真地害怕。

风被水汽打湿了，空气中一片湿润泥土的味道。胡姬雅闻到的却是那分不清是苦涩还是甘甜的曼陀罗花的味道。这种邪恶的味道让胡姬雅头疼，不只头疼，她还有种哭天喊地抓耳挠腮的冲动。她已经搬完了最后一根木头。她直起腰就冲着苏沐茹喊道："阿妈，咱们搬家吧。"苏沐茹的上下牙齿碰了一下，又分开了。苏沐茹的心里有一条小溪流。这条小溪流一碰到搬家和那顺的话题就泛滥，没完没了地流。但是，这次苏沐茹没流泪，而是抬头再次看了一眼滚动的乌云："我哪儿也不去。"苏沐茹的话像一根钉子，深深地扎进胡姬雅的心脏。

苏沐茹踮着脚尖看向塔布嘎山，那里有那顺的坟墓。那顺冻死在东边的海日罕山上，安葬在西边的塔布嘎山上。除了那些自杀的人，还有谁能预知自己的死亡呢？那天，戴着手铐的那顺先被带到村部，被关在一间小屋里。村部里的所有人目送着他进了那间小屋，也看到他伸出手让看押他的人解开那阴冷的手铐。没过多久，村里的男女老少陆陆续续地聚集在村部，从各个门窗玻璃探头探脑，七嘴八舌，好像关在屋子里的那顺是从外星来的。夜幕降临了，那顺提出解手，探讨研究问题的那些人也没怎么在意，毕竟都认识，太苛刻不太好，跑肯定是跑不到哪儿去的。过了挺长时间，不见那顺回来，觉得不对，纷纷跑出来，沿着村部到那顺牧铺的山路一路追踪。刺骨的冷风撕咬着他们的脸，发出垂死的人的呼吸。夜黑得有点诡秘……

乌云已经布满了整个天空，闪电也从海日罕山移动到了塔布嘎山。苏沐茹每天爬一次塔布嘎山。她找个木棍当拐杖，颤颤弱弱地走到那顺坟墓前，一坐就是大半天。胡姬雅无数次想从阿妈嘴里打探关于阿爸的那些传言的真实性，但面对弱不禁风的阿妈实在是不忍心开口。哎，这个柔弱的女人啊，似乎一句话就能把她击倒。不过，从苏沐茹坚持每天去山上陪那顺，看出她是不相信那些传言的，即便相信，她也是选择了原谅。人已经死了，还计较这些有什么意义呢？

胡姬雅白天不去塔布嘎山，她怕被人撞见。虽说，她们住在牧铺，周围没什么人烟，但也有那么一个两个放羊的或找牛马的人冷不丁经过。夜深人静的时候，胡姬雅换上暗色的衣服，蹑手蹑脚地走向他。他沉默了，就像戴着手铐离去时候那样一言不语，任凭她抱怨还是痛哭都保持沉默。有时候，胡姬雅蹲在夜色中，捂着脸放声痛哭。奥斯翰正好撞见了她痛哭的样子。

那天晚上，月色皎洁，天气干冷。奥斯翰骑着马赶着一头母牛经过这里，一只刚出生的小牛犊踉踉跄跄地跟着牛妈妈不情不愿地走着。母牛有点理亏。奥斯翰把它圈在牛棚里好吃好喝地伺候着，晚上还出来看几眼，只为它能在温暖的牛棚里安全生产，然而它还是找机会跑出来把犊子生在了野外。到塔布嘎山脚下，母牛突然站住，伸着脖子望向山坡。奥斯翰也勒住了马的缰绳。一阵阵痛哭声从山坡上传来。跟上牛妈妈的小牛犊趁机想蹭点牛奶犒劳自己，母牛没惯着它，昂着头继续往家走。奥斯翰的手拽着马的缰绳，脚却轻轻地打着马肚子，弄得马走也不是停也不是。哭声渐渐小了，距离隐退了哭声里的撕心裂肺，但是更突显了痛哭者的悲切和无助。几片薄薄的云在高空中打颤。塔布嘎山、海日罕山、整个草原都太安静，安静得只剩下胡姬雅的哭声。奥斯翰拽着马缰的手稍一用力，马儿就掉转头，往山坡上走去。胡姬雅跪在她阿爸的坟前，洒在她背上的月光不停地颤抖。奥斯翰下马，轻轻地走过去，搂住胡姬雅的肩膀。胡姬雅有点艰难地推开了他。半个月前，他还急着跟达古拉撇清他和胡姬雅没有任何关系呢。

"不要推开我，我知道你心里苦，看你这样我也难受……"

"你跟达古拉他们说的那些话我都听到了。"

奥斯翰愣了一会儿，月光洒在他手上冷冰冰的。胡姬雅强忍着哭声，等待着什么。奥斯翰很快打散了寂静：

"嗨哟，跟他们说的话你也信？你也知道达古拉那个人，不顺着她说，她还不定说出些什么呢……"奥斯翰再次凑近她，紧紧地抱住她。胡姬雅无力地挣扎了几下，但已没有力气再推开奥斯翰了。

接下来的一段日子，奥斯翰经常摸着黑急切地出现在跪着的胡姬雅身后。在寒冷的月色下，在那顺的坟墓边，在塔布嘎山挡风处，两个瑟瑟发抖的身体经常紧紧地依偎在一起。胡姬雅最后一次见到奥斯翰是在三个月零七天前的晚上。

那天，月色很美，整个草原像披上了一层牛奶色的轻纱。胡姬雅在塔布嘎山脚下碰到了奥斯翰。奥斯翰不说话，拉起她的手就奔向他的马儿。马儿拴在山脚下沟里的一棵老榆树下。夜很安静，大地很柔软。已经吐出嫩芽的柳条轻轻地蹭着他们的脸。在拴着马儿的那棵老榆树下，奥斯翰停下了脚步。马儿看了主人，晃动了一下脑袋，马脖子上的小铃铛就叮叮当当响个不停。奥斯翰抱住胡姬雅的肩头，低头便吻。胡姬雅

并不挣脱。奥斯翰的手像一条蛇一样钻进了胡姬雅的衣服里。两个人酥
软在草地上。马脖子上的小铃铛叮当作响。胡姬雅起身穿好衣服，理
了理头发低声说："我们结婚吧。"奥斯翰惊跳起来，胡乱地往身上套衣
服。胡姬雅还在仰着头等着他的答案。已经穿戴好了的奥斯翰张着嘴啊
啊了几声，然后笑起来："当然，当然，不过，咱们还太小，你要知道
城里人现在不到三十岁都不结婚的。"胡姬雅把仰望他的脸转向了星空。
月光下的夜空格外地空洞和深邃。三颗星已经升起来了。

刚才被"恶魔"刺伤的伤口还隐隐作痛。胡姬雅不再说话，脸红
得似乎要着火。苏沐茹也没再说话，拄着一根木头孱孱弱弱地走出了
院子。

院子的东南角放着那顺的 125 摩托车。好久没人启动它了。那顺在
的时候经常骑着它出门。那顺早早地起床，认真洗漱，精心刮胡子。他
喜欢穿白衬衫，被太阳晒成铁锈色的脸从那洁白的衬衫领子里挤出来。
头发是洗过的，脸是干净的，衬衫是洁白的，但这样穿戴的那顺给人的
感觉很别扭，很不协调。那顺无法驾驭一条洁白的衬衫。好在他自己很
满意，毕竟他该做的都做了。

胡姬雅也曾坐过阿爸的摩托车。风呼呼地吹来，一起吹来的还有舒
肤佳香皂的香味和友谊雪花膏的浓味。

那顺一有机会就给摩托车换盖子，换座套，使摩托车的外表看起
来崭新、光亮，但在看不见的硬件上从不花心思。被长期忽视的摩托发
动机有时候要脾气，偷懒，不想动，任凭那顺推、拉、踢都不好使。摩
托车要性子的时候，附近没有人的话那顺还是平静的。他会蹲下来仔细
检查，东一摸西一推，拿出简单的工具盒，敲敲打打，让那个偷懒的家
伙重新奔跑。如果附近有人就不一样了。附近的人不在大声聊天的距离

内的话那顺会一屁股坐下来，抽一根烟，等着那人走远。如果正好碰上迎面走来的人（不管是熟人还是陌生人），那顺就把手脚全部解放，把摩托车放好，冲着来人微笑点头，假装摩托车没有坏，假装自己没有尴尬的境地，假装自己只是在休息。他有一搭没一搭地问一些"从哪儿来？""要去哪儿？"之类的问题，有时候还会讲笑话。附近终于没人影了，他就像逃离作案现场一样推着摩托车快速跑起来，跑得头发都凌乱了，白衬衫都湿透了。

胡姬雅跑过去，狠狠地踢摩托车："装什么装？那么能装为什么还干出那种事儿？偷羊，偷人，冻死，天啊，能不能告诉我，这一切是不是真的？"胡姬雅歇斯底里地喊起来。一滴大大的雨点砸在胡姬雅的睫毛上。天地间出现了灰色的屏障，暴雨就要来了。

胡姬雅回到屋子。屋里很暗，但是一切都干净整齐。干净整齐是那顺逼她养成的习惯。在胡姬雅小时候，那顺只要看到有人远远地走过来，就让女儿赶快进屋收拾干净屋子。如果有人来的时候，那顺没远远地看见，正碰上屋子也不干净整洁，客人一走，那顺就会训斥甚至打骂女儿。那顺觉得被别人看到自己乱糟糟的屋子太丢人。那顺像一只漂亮的鸟儿爱惜自己的羽毛一样珍爱着自己的那份莫名其妙的面子。看着干净整洁的屋子、井井有条的物件，胡姬雅的火气突然上来了。她随手拿到什么就扔掉什么，把屋子弄得乱七八糟。

一条刺眼的闪电过后，屋里变得更加昏暗。伴着一阵震耳欲聋的雷声，暴雨噼里啪啦地下起来了。胡姬雅也见过阿爸狼狈的样子。那一天的雷阵雨来得很猛。胡姬雅赶着羊群，背着药材（为了挣点零花钱，胡姬雅放羊的时候挖药材），手里还拿着铁镐。羊群蜷成一团，不敢移动，雷声一响，它们就像被炸开了似的四处逃散。胡姬雅背着药材，拿着铁镐东奔西跑，想控制住羊群不被雷声打散。但是胆小的羊儿们完全不懂胡姬雅的苦心。就在胡姬雅慌乱无助的时候，去村里帮工的阿爸在刺眼的闪电中出现了。"扔掉，扔掉它，快扔掉，铁镐——扔掉！"阿爸扯着嗓子喊着，拼命向她跑过来。快跑到她跟前时，那顺脚下一滑，滑倒了。他的头发上、脸上、嘴上全是泥，白衬衫上也全是泥，那么爱面子的一个人这时候啥也不讲究了，挣扎着起来跳到女儿跟前一把夺过铁镐扔到很远："读几年书都白读了？这雷鸣电闪的还拿着铁镐？"他一把拿走女儿的药袋子背在自己的肩上转身跑向了羊群。

雨下得太猛，打在玻璃上叮当响。苏沐茹并没有蜷缩在行李垛那边。胡姬雅去拉了窗帘，屋里更暗了。除了雷声、除了雨声，屋里没有任何声响。空气沉得让胡姬雅感觉要窒息。突然，胡姬雅竖起耳朵站定了，鸡皮疙瘩都起来了："阿妈呢？"胡姬雅跑去厨房、东屋、餐厅，都不见阿妈。胡姬雅在几个屋子当中来来回回跑了几遍，把桌布、床单、窗帘都掀开看了几遍，也没见阿妈的身影。她突然想起阿妈拄着一根木棍屡屡弱弱地走出院子。胡姬雅理所当然地以为阿妈回屋了。她最怕打雷、最怕下暴雨了，她害怕所有自然界的力量。可是，她拄着一根木棍呢呀。胡姬雅一个箭步跑到外面的暴雨中。雨水像猛兽般向她扑过来，一种前所未有的恐惧和无助也向她扑过来。

"阿妈，阿妈……"她像小孩子一样哭喊起来。

"阿妈，不要丢下我一个人……"她哭着喊着跑向塔布嘎山。她从没见过这么大的雨，从没见过这么多的水。

哗啦啦——哗啦啦——轰隆隆——山洪来了。山洪以万马奔腾之势从塔布嘎山上滚滚而下，沿着她和奥斯翰幽会的那条山沟一路呼啸而来，冲过那一大片胡姬雅总也消灭不完的曼陀罗，冲过她精心呵护的小菜园，浩浩荡荡地跟海日罕山脚下的河流汇合。好在，房子的位置偏高，洪水绕过了房子。

"阿妈——阿妈——不要丢下我——"胡姬雅哭着喊着跑着。平时，塔布嘎山就在眼前，只要一迈步就到了，可是今天，胡姬雅觉得塔布嘎山至少离她十万八千里。阿爸走了，走得又突然又离奇。经历了没有阿爸的这些天，胡姬雅知道了原来"死亡"比这两个字本身更悲痛、复杂和难熬。她再也不能没有阿妈了。她哭喊着，跌跌撞撞地向前跑。突然，她停下了脚步。她看到了一匹马，马背上坐着一个人，另一个人牵着马缰在暴雨中慢慢地向她走来。胡姬雅迈开大步向马匹走去。她脖子伸得老长，眼睛眯成线，恨不得有双千里眼能马上认清马背上的人。胡姬雅认出来了，马背上是她阿妈，她今天穿了一件酒红色的短袖。在夏天的草原，酒红色还是很有辨识度的。牵马的人呢?

"奥斯翰——"胡姬雅在嘴里不自主地喃喃起来。三个月零七天了，他可一直没来过呀。雨还在下，但是不再那么狂暴了，天色也明朗了一些。胡姬雅轻轻地摇了摇头，那是一匹枣骝马，而奥斯翰平常骑的是黑马。

他们走到了胡姬雅的面前。

牵着马的是阿其图。阿其图被雨水湿透了。他扒拉一下脸上的雨水，亮出一排洁白的牙齿笑了。雨水冲刷了阿其图的眼睛，看起来格外明亮。胡姬雅攥紧拳头，又张开。她低头悄悄看了看手心，被曼陀罗刺伤的痕迹不见了，但是仍感到隐隐作痛。

流泪的狐狸

……那条狐狸纵身一跳，便跳到了我面前。它蹲坐在后腿上尖锐地吠叫了几声。随着这几声吠叫，它的毛慢慢变红，最后浑身都变成了血红色，连那双眼睛都变成了血红血红的。它伸出一条火红的舌头，慢慢地逼近了我。我想逃，但是腿被它那鲜血淋淋的前掌压住了。那舌头越伸越长，一直伸到我的脸上……

"啊——啊——"我尖叫着猛地坐起来，也不知是什么力量让我这个半身瘫痪的人如此迅速地坐起来——又做噩梦了。我重新软软地倒在了炕上。浑身的力量被大量的汗水排挤得只剩下微弱的呼吸了。倒是心脏像一把铁榔头一样用力捶打着我那瘦弱的胸膛。妹妹阿茹娜在黑暗中惊恐地看着我，眼睛睁得像我们盛奶茶的小木碗。突然她亮开嗓子"哇——"地哭着，随手抱起枕头逃命似的跑进了西屋。西屋的灯开了，一阵断断续续的低语后灯又灭了。整个死沉黑暗的夜里只剩下我一个人。

我睁大着眼睛，看向黑乎乎的窗外。窗外风在呼呼地呼啸，不时卷起一把把沙土，扔在窗户上。屋檐上的那只狐狸皮在我窗前摇动着，不停地摇动着，在这漆黑的夜里就那么来来回回地像个索命鬼一样摇动着。我盯着它看。看着看着我突然看见它浑身又变成了血红色。心里的铁榔头砸得更厉害。我只感到一阵阵凉意从脊梁骨里钻出来，一直钻进我的五脏六腑，颤动了我全部的神经。我赶紧把目光收回来，迅速地左右瞥了一下，屋角乌黑一片，似乎有什么东西躲在那里。我知道那黑暗里有一双眼睛，一双细长的、金黄的狐狸的眼睛。这双眼睛追随了我六年。自从我瘫痪以后，确切地说是从我瘫痪前的一个月来一直形影不离地跟着我。有时候追得紧，有时候追得松一些。

那是六年前的一个秋日。德力格尔阿哥望了一眼慢慢西沉的太阳，又看了看我。我很默契地吆喝着牛群赶往村里。在村口我们遇见了正打猎回来的阿爸。阿爸背着一条奄奄一息的狐狸（按照习俗，猎人猎杀细毛猎物后是要当场剥皮把肉献给各路神灵，只带回皮子的，阿爸作为多年的猎人不可能不知道这个道理）。那是自从我懂事以来阿爸猎回来的唯一一条有气息的猎物。那条狐狸在阿爸的驼背上微弱地呼吸着。它毛发橘红，在秋日的阳光下闪着红色的光芒。我看见它耷拉着头，舌头在嘴角边无力地垂着。就像回光返照一样，那条狐狸突然抬起头看了我一眼。我的全身战栗了一下。那是什么样的一种眼神呢？充满了哀怨、充满了仇恨，又好像闪着一种快活、一种寄托……总之它那样紧紧地盯了我一眼后就死了。后来就是那双眼睛一直跟紧我。过了几天我突然生了一场大病，在炕上高烧很多天后，我的意识醒来了，但是腿却瘫了。我认定是被阿爸扛回来的那条狐狸坑害了，而且那个回光返照一样的眼神就一直追随着我……

刚刚在梦里，就是它用血红的眼睛直勾勾地盯着我。我用被子将自己紧紧地裹住，开始低声哭起来。"德力格尔阿哥，德力格尔阿哥——"我呼唤着这个名字，试着想以此来驱赶我的恐惧。我拼命回想着我们小时候手牵手一起到葫芦斯台淖尔那边去玩耍，一起放牛，一起吹蒲公英的花。一朵朵蒲公英的花儿轻轻地飘浮在晴朗的空气中。葫芦斯台淖尔上，水鸟欢快地歌唱，那么自由自在、那么健康快乐……心慢慢地恢复了平静，但是泪水还是漫无边际地流着。也不知我哭了多久。当阿妈嘴里大喊着阿斯娜，匆忙又胆怯地掀开我被子时，我才揉着眼睛醒来。看到我睁开眼睛，阿妈似乎松了口气，眼神里焦急的神色换成了一种浅浅的责备："一个个都是我的大冤家，我上辈子不知道造了什么孽……"

太阳已经透过那条狐狸皮，跳到我的小窗前，照在了我瘫痪的身体上。我用手支撑着吃力地坐起来。已经有几只苍蝇围着我嗡嗡转了。阿茹娜躲在门后用一种鄙夷的目光看着我。显然昨晚的噩梦对她的影响不仅仅是恐惧。我挪动着身子移到窗前。

窗户是我整个的世界。一眼望出去，眼前都是我所熟悉的寂寞的喧嚣。离我五十米的地方有棵大榆树。那是一棵千年老树。枝叶茂盛，树干粗壮，枝头间住满了欢乐的喜鹊。当德力格尔阿哥牵着那头花白色拉犁的牛从田里回来的时候，我的世界就开始活跃起来。德力格尔阿哥首先把花牛拴在老榆树底下。那里有一小片草地。牛马上投入到嫩草中，而他则会拿出一支长笛开始吹起来，一遍又一遍。他的笛声总是充满了一种难言的悲凉，他是否知道倚在窗台上泪流满面的我？他是否感受到我这个远在天边近在眼前的滴血的心灵？等到天黑了，他就牵着那头花白牛，任由牛迈着缓慢的步伐回家。他的家在老榆树的西南方，仅仅几百米。但那里是我世界余外的一个角落，是我可望而不可即的所在。所以当他的身影走进他屋里的那一刻我漫长的黑夜也就来临了。我就怀着一颗忐忑不安的心等待着黑夜，等待着又一场噩梦……

我是喜欢夏天的。夏天阿爸除了偶尔打打鱼几乎不打猎。夏天的葫芦斯台，天是蓝色的，那种清澈见底的蓝；水是绿色的，上面游着自由

的水鸟。周围的芦苇是墨绿色的，像无数个性格腼腆的孩子互相低语相
互拉扯。每一个夏天的黄昏我都能听到德力格尔阿哥的笛声。那笛声同
村里的炊烟一起缓缓地随风飘荡。我在我的小窗户上静静地细细地享受
着这美丽的季节，也一天一天地消耗着这些美。终于有一天我还是会迎
来我最害怕的季节——秋末。一到秋末阿爸便开始无止境地杀狐狸。家
里、院子里甚至整个葫芦斯台的上空似乎都散发着一股狐狸的腥味。到
晚上的时候，我总能感到千万条狐狸在夜空中狂吠。那样的夜里我总会
一次次地被噩梦惊醒。对我来说秋末是希望远逝的季节。噩梦一天天地
煎熬着我，当然也在煎熬着岁月。从噩梦中惊醒过来后我会想象德力格
尔阿哥，即便见不到他我也会想象那张宽阔的脸，不是很大但是很有神
的眼睛。小时候他看我的眼神是淘气的，快乐的。后来他的眼神变得温
柔、变得暧昧。那一年，突如其来的怪病掠走了我美丽的双腿，也夺走
了我全部的快乐和憧憬。黛秦喇嘛说我的瘫痪是因为阿爸触怒了葫芦斯
台淖尔的神灵，而且他认为狐狸就是葫芦斯台淖尔的神灵。阿爸没有认
同也没有反对，咬紧牙一个劲儿地沉默。他只是更加疯狂地喝酒，更加
疯狂地打狐狸。我认同黛秦喇嘛的话，我知道这是报应。当我挣扎着从
身体和精神上的巨大疼痛里跟跄走过来的时候，德力格尔阿哥的眼神变
得暗淡变得绝望了，那眼神里盛满了怜悯和无奈。正是这个眼神在我滴
血的心脏里钻了个洞，疼得我呼吸都困难。从那一刻起我就拒绝跟德力
格尔阿哥说话。我想过死，但是他已经从那个洞里拴了绳子。那简直是
地狱般的煎熬。我看着德力格尔阿哥一天天地沉默下去，一天天地消瘦
下去，却仍不肯开口跟他说话，我怕前功尽弃。

一阵风吹来，屋檐上挂着的狐狸皮开始随风飘动，在我的头顶上晃
来晃去。我顺势打量起那张狐狸皮。这张狐狸皮不大，皮毛也不是村里

的长辈们说的那种灰色，或者是金黄色，它的尾巴也没有什么白色的杂毛，可见这狐狸不是他们说的狐狸精，它只是一条普通的成年狐狸。狐狸的嘴巴张开着，张得很大，那里面全是干玉米秆。阿爸为了完好地保存狐狸皮，把干玉米秆从嘴巴那儿塞进了狐狸的皮子里，乍一看像是个活的狐狸在空中飞舞。然而，它的灵魂现在在哪儿呢？是不是飘浮在葫芦斯台淖尔的上空悲痛万分地看着自己的遗体？是不是憎恨万分地瞄着我们家？有一天阿爸也会死去，我想他的灵魂一定会被打入万劫不复的地狱，承受万千折磨吧……

　　黑色的猎犬闻着地面小跑着，直接跑到了我的窗前。它先向我摇摇尾巴，然后抬头看了一眼飞舞在风中的狐狸皮，汪汪地叫了两声。显然是在炫耀它的本事和功劳。紧接着阿爸回来了。阿爸的驼背上背着一个猎袋，袋子的底子轻微地鼓起。阿爸走进屋里，缓缓地解开了猎袋，像个大功告成的魔术师一样从袋子里面掏出了一样东西伸给我看，那眼袋下垂的眼神似乎带着炫耀。那是一只野鸡，是公的，羽毛十分漂亮。但是已经浑身僵硬了，那美丽的色彩在阳光下闪闪发光。不知在哪本书上看过，传说中的凤凰就是指的野鸡。我望着那只非常美丽却已僵硬了的野鸡，没有说话。阿爸像走猫步一样有节奏地走过来，坐在炕桌边，在火盆上热了一壶酒，开始贪婪地喝开了。

　　连日来的噩梦让我整天身心恍惚，看什么都害怕，总感觉有什么东西在悄悄地跟着阿爸，窥视着我们家里的每一个人。我只希望秋天赶快结束，打狐狸的季节快些结束。然而我的潜意识里我所害怕和担心的事情还是发生了。那是一个天气灰暗的阴冷的日子，是阿爸出去打猎的第七天。那天阿茹娜一大早醒来就有点不对头。早饭也没有吃。阿妈在打谷场里忙着收荞麦。她要赶在第一场雪之前收完荞麦和谷子。阿茹娜无精打采、魂不守舍地待了半天，中午的时候她睡着了。下午两点的时候她突然像狗一样叫着醒来了。我们以为她只是做了个梦，或者说她是在淘气，学狗叫。但是我们很快就发现她不正常。她四肢着地，像狗一样蹲着不断地叫，那叫声像狗，又像……狐狸？一股冰冷的激流立刻传遍了我的全身，使我浑身哆嗦。阿茹娜突然非常敏捷地跳上窗户扑向屋檐上的那条狐狸，开始长长地吠叫起来。那叫声很尖锐，听着让人毛骨悚然。阿妈突然苍白着脸低低地说："这孩子这是怎么了？狐媚附体了？"她转身大步跑出房间，向黛秦喇嘛家奔去。阿茹娜那样嘶叫了一会儿后用充满哀怨的目光盯着那只狐狸。我坐在原地求阿茹娜下来，下来坐到我的身边来，但是阿茹娜像个聋哑人一样对我的哀求置之不理。就在这时，出去打猎的阿爸背着猎枪苍白着脸空手回来了。这是阿爸第一次空手而归。显然阿爸受到的惊吓非同一般，他像醉汉一样步履踉跄地踏进了屋里，眼皮松弛的眼窝里眼珠子不停地转悠着。他忙着自言自语，竟然没有注意到蹲在窗台上的阿茹娜。

阿茹娜一看到阿爸就像看到了枪口一样畏缩着，全身缩成了一小团。但是眼睛里却盛满了抑制不住的仇恨。

"真是活见鬼了。我打了一辈子猎，可从来没有见过那样的狐狸。我明明射中了它，可它居然蹲在后脚上向我狂吠。我连开了三枪，愣是没有打死它。不过我确定它受伤了，哼，自我打猎以来还没有什么猎物能从我的枪口下逃脱……不过狐狸向我狂吠并不是什么好兆头……"阿爸断断续续地说着，还很不可思议地摇摇头。当阿爸的目光碰到阿茹娜眼神的那一刹那，阿爸的眼睛突然睁大了，手不由自主地摸到了枪杆。阿茹娜突然用尖尖的声音汪汪地叫起来。阿爸后退了一步，手颤抖着从肩上拿起猎枪。阿茹娜不停地狂吠，一边叫着一边沿着墙爬动。阿爸非常坚定地端起了枪，用枪口直指着阿茹娜。

"阿爸，你要干什么？"我看看阿爸又看看阿茹娜，声嘶力竭地喊。阿爸的手开始抖动，剧烈地抖动，但是枪口还是随着阿茹娜的移动慢慢地追随着她。

"阿爸，不要！你要干什么呀？你要干什么？那是阿茹娜，那是你的女儿……"我用手用力拖着身子挪到炕沿上，苦苦哀求阿爸。突然，阿爸的猎枪被重重地摔到了地上。阿妈回来了。她一个箭步走到阿茹娜面前，用身子护住我妹妹。阿妈看阿爸的眼睛在冒火。我从来没有见过阿妈如此凶猛和干脆的样子。她转身将阿茹娜紧紧地抱在怀里，又回头用全身的力气从齿缝里迸出了几个字："畜生，你就是个畜生！"

阿爸在原地踉跄了几下，最后颓废地一屁股坐到了炕沿上，用一双大巴掌掩着脸开始呜咽。他的头发都竖起来了。驼背随着呜咽上下起伏着。黛秦喇嘛看了看阿茹娜，眼里尽是无奈："我走了这么多的地方，见过各种各样的人，但是像她这样的我还是头一次见到。"他慢慢地走近阿茹娜，仔细端详了一会儿，然后走出屋去。阿妈也跟着出去："喇嘛大爷，阿茹娜……"

"狐媚附体了。"

阿妈的眼睛睁得很大，嘴里迸出了几个字："都是这该死的造的孽呀……"

"这事儿说难也难，说简单也并不是那么复杂，问题是能不能说动他。"黛秦喇嘛低声说着，用下巴指了指阿爸。阿妈跟着黛秦喇嘛的下巴瞥了一眼阿爸，眼里尽是一种淡然的冷漠："我自己做不到吗？"阿妈的意思很明显，她早已对他失去了信赖。黛秦喇嘛带着她走了出去，至于说了什么我没有听清楚。

黛秦喇嘛走了。

　　那是一个漫长的夜。蜡烛在我们中间无声无息地燃烧着，一根接着一根。外面似乎下起了雨，淅淅沥沥淅淅沥沥地很是惆怅。我们一家人没有合眼。在西屋里，阿爸和阿妈展开了一场激烈的争论。最后的结论是什么我不知道。倒是后来的八十一天阿爸没有再出去打猎。阿妈在每一个光和影子纠结的黄昏，拎着一只只又肥又大的公鸡走向葫芦斯台淖尔。至于到了那儿阿妈是怎么处置那些鸡的，我不知道。只有那一只只公鸡惶恐无措的叫声久久地回荡在村子上空。阿爸闷在家里疯狂地喝酒，喝醉了就开始学着说乌力格尔的人说起乌力格尔。

　　起初的几天里阿茹娜见人就躲，还不时地发出惊悚的叫声，但是过了七天，她又变了。她一会儿倚在窗前倦容满面地打哈欠，一会儿又无精打采地躺在炕上，更多的时候是蜷着身子睡觉。等到了八十一天的时候阿茹娜已经恢复得跟正常人一样了。阿爸毕竟是我们的阿爸，尽管他打心眼里不拿狐狸当一回事儿，尽管他对黛秦喇嘛的说法有一千个不满，但为了阿茹娜，他还是忍住了。八十一天，他没有出去打猎，每到黄昏时分听到哪家的公鸡叽叽嘎嘎地叫，他就拿起前面的酒杯，猛地一仰而尽。这些天里阿茹娜的精神渐渐好了，但是阿爸却做出了很多足以让整个葫芦斯台人震惊的事情。

　　我们每天一睁开眼睛就提心吊胆，不知下一秒阿爸又会闹出什么荒唐的惊天动地的事情。那时候，葫芦斯台村里的人们一看到阿爸跌跌撞撞地走在村中间就会互相说：酒桶来了，酒桶来了。

　　阿爸也会有清醒的日子，虽然少之又少。清醒的时候他狠命地抽烟，一根接着一根。躲在烟圈后面的他头发苍白，眉头紧蹙。他驼着背，一坐就是几个时辰。清醒的时候他像个小偷一样躲避着我的视线，从来都不会瞅我一眼。

黛秦喇嘛每天来我们家两次。早上一次，晚上一次。他一来就围着我们家转三圈，嘴里还不停地念着什么。以前村里人都说黛秦喇嘛是个神人，他能通葫芦斯台的神灵。也许他是在跟那些神灵沟通呢吧。那天黛秦喇嘛来我们家。阿爸从烟圈后面迎接了他。黛秦喇嘛拿出烟袋，烟斗里装满了旱烟，把烟嘴含在嘴里，语重心长地说："我也不怕你多想，你也该给葫芦斯台的生灵留一些活口啊。好端端的一个生命……不过说来也奇怪，你说我们葫芦斯台这片土地上到底有多少狐狸呀？被你杀了这么些年，还没有灭绝。倒是你，过得幸福吗？你看阿斯娜现在瘫痪成这样，阿茹娜又……你不觉得这很奇怪吗？多好的两个孩子啊……"

"滚！你滚！"阿爸突然暴跳如雷，发疯了一样用食指指着黛秦喇嘛大声咆哮起来，眼睛里喷出一团团火焰。黛秦喇嘛没有多说什么，只是摇着头无奈地走了。

就在那天，邻家的阿丽玛嫂子突然气喘吁吁地跑进来，用手压着胸口上气不接下气地说："酒桶……噢，不，不，不是，阿哥，你快去看看吧！我们家肥猪疯了，可能是疯了，太可怕了……"正在喝酒的阿爸眼前一亮，立刻推掉酒杯，一把拿起猎枪就往外走。你们肯定没见过疯了的肥猪。那头肥猪非常恐怖，身体庞大的它动作一点也不笨拙，见什么咬什么，那眼睛里像燃烧着火焰。它冲过自家的木头院子，直接冲向阿爸。尽管喝了酒，但阿爸毕竟是一辈子跟野生动物打过交道的猎人。他很轻松地躲开了那头硕大的肥猪，跳到一边，迅速蹲下，端起枪瞄准它。那只猪转过肥大的身子再一次向阿爸冲过来。"砰——"阿爸的手剧烈地抖动了一下，掀起一片尘土。肥猪倒下了，就在离阿爸只有一步远的地方，如果阿爸的动作不够灵敏，这会儿被撞倒的就是阿爸。

"别说只是一头肥猪，就算是山上的老虎，我也不怕，只要有这把枪。"阿爸显得很神气。这时候站在墙上、躲在门缝内的男男女女老老少少都纷纷跑出来，有的围着肥猪议论，有的围着阿爸夸赞。阿爸的脸上闪着光，比当时用拳头打死老虎的武松还神气。这时候阿丽玛嫂子突然大哭着跑到肥猪前："我们葫芦斯台从来没有过猪发疯的事情，这到底是怎么了？我们既不杀生，也没有得罪葫芦斯台淖尔的神灵，为什么要我们遭报应……"阿爸的脸色立刻黯淡了，嘴角抽动了两下。他突然拨开人群疾步回到了屋里，坐在炕上又开始喝酒。

村里的这声枪响惊动了嘎查达和苏木达，几天后苏木政府派了几个民兵，把村里人自制的猎枪、炸药等都没收了。阿爸是不会甘心交出猎枪和炸药的，那几乎等于要了他的命。阿爸盘腿坐在小炕桌前，驼背把他的头顶到了桌子上。他用被酒浸泡了的舌头大声说着：

"凭什么？我的猎枪是我自己研制的，我既不打人，又不打家禽，我就是打打狐狸，这有什么不行？哼，我就是跟狐狸较上劲了，如果你们的姑娘一个个被狐狸害得半死不活的，你们会怎么样？我打了一辈子猎，我就不交出猎枪，看你们能把我怎么样！"阿爸突然跳起来，从墙上拿下猎枪对准了那些人。一个领头模样的人使了使眼色，底下的几个民兵马上动起来挟持了阿妈和阿茹娜，还有一个甚至跳上炕来到了我的面前。阿妈干枯粗糙的手和阿茹娜娇嫩白皙的手被闪亮的手铐铐了起来。阿爸的脸色变了，双手剧烈地颤抖着，连膝盖也像冻僵的羊羔一样无力地颤抖着。他闭上了眼睛，慢慢地把猎枪呈上来后自己缓缓地跪倒在一边。终于，一滴沉重的泪水滴在阿爸的两个膝盖之间。送走那些人后阿爸像被抽走了心脏一样颓废地坐在了冷冰冰硬邦邦的地上，开始号啕大哭起来。也许是从那一刻起我对阿爸有了一丝怜悯之心。

八十一天过去了，阿茹娜已经像一个正常的人一样跟孩子玩耍，跟阿妈撒娇了。阿茹娜好了，我们家的猎狗却莫名地失踪了。那是阿爸最爱的猎狗。它身材高大，步伐如风，是阿爸从小狗崽的时候就精心训练出来的猎狗。我们家已经养了它十三年。它跟阿茹娜同岁。我们都以为它已经死了。因为我们都知道好狗是不会死在自己家里的，它会选择远远地离开自己的家，去一个漫无人烟的地方。可是几天后村里突然疯传一件怪事儿：酒桶家的老黑猎狗跑到南村的一户人家，白天像人一样骑着驴到处走……听到这消息时阿爸目瞪口呆，脸色变得无比苍白。过了好一会儿，他才眯起眼睛，喃喃自语，突然显得很无助。

阿爸的性子变得很古怪，他不再吵闹、不再惹出什么惊天动地的事情了。待在家里他就像闷在坟墓里一样，默不作声。这时候也早已不是打猎的季节。炸药没有了，他也无法炸开葫芦斯台淖尔的水捕捉里面的鱼了。他无精打采地闷了几天后从桑森房里找出了一捆细铁丝，拿回屋里开始琢磨起来。几分钟后他已经创造出了很多像问号一样的东西。阿爸拿着这些东西走出了房子，那时我发现阿爸的脸上出现了久违的那种闻到自由的光芒。我望着阿爸的背影：一顶毡帽戴在他的头上，使他看起来比实际年龄还苍老，但是他的脚步很有力，也很急。他很快就消失在葫芦斯台稀疏的芦苇荡里。

阿爸的身影消失了，阿妈很快从打谷场里走进来。她一边拿走我身边的脏衣服，一边低声说："德力格尔要结婚了。"心脏咯噔地颤了一下，颤得我全身的血液一下就凝固了。我用力瞪着阿妈，阿妈的脸上没有任何表情。我了解阿妈，她越是没有表情越是在压抑，用力压抑尽力伪装。我伸手从阿妈的手里夺回了自己的脏衣服大声说我自己能洗。泪水一下就涌出了我的眼眶。阿妈先是吃了一惊，而后狠狠地瞪着我大声说："瞧你那没出息的死样！阿妈能照顾你，咱不需要任何人的照顾。阿妈既然能生你那就肯定能照顾你。如果有一天阿妈要死了，我会带着你一起走。我绝不会扔下你一个人在这世界上为难和伤心。而且为了你我会活到一百岁，一定。你要相信阿妈。"阿妈重新拿走了我手里的脏衣服，像逃命一样快步走出了屋里。阿妈一向是坚强的，嘴硬的。我第一次从她嘴里听到这般温情的话，虽然她的眼神是严厉的。我想哭，眼泪已经涌到了我的眼眶里，但是我马上止住了。瘫痪了这么多年，这点本事我还是有的，不然这会儿我不仅腿瘫痪，眼睛也该瞎了。我吃力地挪到窗边开始望向德力格尔阿哥的家。他在打谷场里收荞麦。一铲子荞麦连叶带土一起被抛向空中，沉沉的荞麦很安分地落在德力格尔阿哥的面前，那些土和叶子却随着风向四处飘散。这种劳作没有间断，似乎也没有失去节奏。我是个多么多情的姑娘啊！我甚至自作多情地认为，那不间断的劳作是德力格尔阿哥为了减轻心中的痛苦。他是用劳动用疲惫来驱散心中的郁闷，因为他说过他会让我后悔。可是他的心里会有郁闷吗？会有痛苦吗？我就是这么天真，我就是不愿意去想那是因为德力格尔阿哥心里高兴，用这样的劳动来诠释着心中的喜悦。如果我是阿茹娜，我会飞快地跑过去，看看他脸上到底在写什么。

中午的时候阿爸回来了，是空手回来的。但是第二天阿爸用那些铁丝做的问号拎来了三只兔子。那些问号紧紧地勒着兔子的脖子。我想象着这三只兔子觅食，或者跟兄弟姐妹们嬉闹的时候不小心闯进了这个问号里面，然后是越勒越紧，一阵垂死挣扎、断气、僵硬……我转过头，不再看那些可怜的兔子，我真不喜欢自己是他的女儿。

德力格尔阿哥的婚礼是在寒冬腊月举行的。那是一个天色灰暗的早晨，空气里似乎也零零散散地飘着几朵孤独的雪花。德力格尔阿哥家来了很多客人。我是在新郎去接新娘的时候看到德力格尔阿哥的。他骑着一匹白马，走在人群的最前面。我们家是去新娘家的必经之路，所以我从窗户里偷看到了德力格尔阿哥。他端坐在马背上，那么英俊那么威武。在经过我家的时候他根本连看都没有看我们家一眼。他的马儿慢慢地走过了我的家。他骑在马背上，用力牵扯着那根从我心头上拴住的绳子，疼得我无法呼吸。阿茹娜看新娘去了，阿妈参加了他的婚礼，阿爸醉醺醺地躺在东屋的炕头上，不时传出呼呼的打鼾声。我从窗台上拿起夏天用来顶窗户的木头，钩住了放在炕头上的旱烟袋。以前看阿爸卷旱烟的时候没有觉得有多难，阿爸即便是在醉醺醺的时候也能轻松自如地卷起干净秀气的烟卷来，可是我弄了半天也没有卷出什么秀气来，不过反正能冒烟就可以，所以我就将就着把烟送到嘴角边，哆嗦着拿起火柴点着了烟。呛人的旱烟被猛地灌进肺里的那一刻我剧烈地咳嗽起来，咳得我直流眼泪。突然门很急促地被撞开了，紧接着德力格尔阿哥像一阵旋风一样跑进来，站到我面前。他的眼睛充满了血丝，脸消瘦了一大圈。是我的眼睛骗了我还是我的心情骗了我？刚刚看到他骑在马背上的时候感觉他很威武健壮，可是眼前的他明明很颓废很无神呀。我睁大眼睛，眼泪更加肆意地流着。慢慢地变成了哽咽。

"阿斯娜，嫁给我！"我屏住呼吸泪眼模糊地看着他，周围的一切在这一刻似乎都冻结了，或者说是被融化了。屋子里只剩下阿爸打鼾的声音。心里的那根绳勒得更紧了，勒得我只想窒息，从此窒息，带着这样的甜蜜和疼痛。德力格尔阿哥忽然一步向前抓住了我的手："阿斯娜，相信我！即便你不能再走路了，但是你还能看着我，我们有那么多美好的回忆，足够让我们回忆到老，回忆到死……"我闭上了眼睛，沉醉促使我沉睡。但是理智很快就回来了，它强迫着我睁开眼睛，而当我睁开眼睛的时候我眼里有的只是冷漠。我用鼻子冷笑着说："你以为我会稀罕吗？你如今已经是别人的新郎，为什么跑到这里来，是在向我炫耀你的幸福吗？你放心，我就算是死也不会嫁给你的。""幸福，幸福？你以为我是幸福的吗？阿斯娜，阿斯娜——你这个没良心的东西，你知道这些年我是怎么过来的吗？就是一个稻草人。我父母逼我，还有我弟弟特尼格尔，他也已经二十三岁了，我已经耽误他了，可你……你连一次机会都不给我。这么多年过去了，我默默地等着你。就算是石头也该化了，可是你……""因为我根本就没有爱过你，从来都没有。以前我那么漂亮，整个葫芦斯台的人都知道，我对你好只是图个新鲜，我只是看村里那么多女孩围着你转，想证明自己的魅力罢了。我怎么会对你动真情呢？如今我瘫痪了，又怎么会去甘心受你的歧视呢，我又不是没有父母……""你在撒谎，纯粹是一派胡言，对不对？你是因为伤心才这样说说，只是想气气我，我知道。""别天真了，我没有撒谎。你问问你现在的新娘就知道我说的是真是假了。当时我跟她打过赌，我说我只要手指一动就能搞定你。我真的做到了。她倒是真心喜欢你的。你每天像我的尾巴一样跟着我转的时候她还哭过不少回呢。"德力格尔阿哥额头上的青筋都暴出来了，喉结不停地上下滚动："好。好。你有种。也许像他们说的那样，你就是狐狸精转世。即便瘫痪了，也能把我折磨得死去活来。算我没来过。算我看错了你！"他铁青着脸咬牙切齿地说完就跑出了屋里。也许外面在地震吧，我坐着的土炕也在震动。震得我头昏耳鸣，眼前冒出无数个金星。

德力格尔阿哥领着他的新娘浩浩荡荡地经过了我们家。他没有回头，连斜视都没有。我望着他的背影，竭尽全力试图解开那根洞穿我心脏的细绳，越想解开越是勒紧，疼得我眼泪直流。

那个冬天格外地漫长。一场场大雪覆盖了葫芦斯台村，覆盖了我所有的视线。窗户已经被阿妈用塑料布钉了一层又一层。阿妈在钉塑料布的时候很艺术地给我留了一块玻璃。我时常把脸贴在那一块玻璃上。外面的世界跟钉了塑料布的窗户差不多，不白不灰的。当然，我的视线里时而也会闯入一些其他颜色，那是德力格尔阿哥新媳妇的蓝色头巾。那条头巾飘动在德力格尔阿哥的屋里屋外，惹得我那赤裸的心跟着那条蓝色头巾在寒冷的雪地里到处流浪。我的德力格尔阿哥呢？也许他跟着青蛙一起冬眠了吧？整个大雪纷飞的冬季我都没有看到他。

村里的孩子们用他们稚嫩的笑声和单纯的思念请来了葫芦斯台村的春天。冬天终究过去了。门前的老榆树翻出了去年的旧绿袍穿上。而我突然在自己的烟圈后面看到了德力格尔阿哥的身影。他正朝我这个方向走来。我赶紧掐灭烟，打开窗户，用扇子扇出烟味，又从身旁拿起香水，在自己的周围喷了喷。等我做完这些的时候衣着鲜艳的德力格尔阿哥已经笑容满面地走进了我的屋子。我看见他用手推着一个亮光闪闪的轮椅。他说他用整个冬天的时间在城里打工给我买下了这个轮椅。他说即便自己不能在我身边照顾我，但是它可以帮我行动自如。我用鼻子哼了一声，算是回应。他这是在干什么呢？是为给自己的内心找平衡吗？他是感觉对我有愧吗？但是一切都不重要了，我已经没有太多的力气跟他感动跟他疼痛跟他较劲跟他吵嘴了。一个漫长的冬天已经耗掉了我不少的能量，而且呛人的旱烟也似乎麻木了我的知觉。接下来的几天里德力格尔阿哥天天来我家，开始大动干戈。他把我们家的院子铲平，又拉土，又铺砖，全部硬化，直到那个亮光闪闪的轮椅能够顺畅地通行。为此飘荡在整个冬天的那条蓝色的头巾消失了几天，不过没过几天她又回来了。是德力格尔阿哥接回来的。他说既然把人家娶进门了，就不能辜负她。说这些话的时候我似乎看到了他眼里的忧伤。我的心似乎又复活了，又开始隐隐作痛，不过那是短暂的疼痛，也许我该是跟这个世界做个了结的时候了。

葫芦斯台淖尔迎来了一年里最具生机的季节。十四岁的阿茹娜开始一放学就往葫芦斯台淖尔跑，那里是不是有一个俊俏的男孩等着她呢？是不是像当初的德力格尔阿哥在湖边静静地等着一个美丽健康的姑娘般等着她呢？

昨晚又做梦了，不过不是噩梦。紧紧追随了我八年的那双眼睛无比

深情地盯着我。我紧跟着那双眼睛走出屋子，走出葫芦斯台村，走进了
葫芦斯台淖尔边那茂密的墨绿的芦苇荡里。那里我看到了我的阿爸。他
站在微弱的绿光下，全身的血都被吸干了，只剩下干瘪又毫无生气的
绿影……

遥　望

　　哈达张大嘴巴贪婪地咬了一口手里的冰棍。他松动的牙齿受不了这突如其来的冰凉，眉头不禁紧皱了一下，但是当这股冰凉经过喉咙，顺溜溜地流进胃里的时候，他像被催眠的孩子般轻轻地闭上了眼睛，眉宇间的皱纹也慢慢舒展了。他闭着眼睛就那么一动不动地坐在那块跟他的肤色差不多的红褐色的大石头上，乍一看像一尊雕塑：他额头上的皱纹像一道道新开的田垄般深刻又清晰地显出来；颧骨高高地耸起，似乎能划破碰到的任何柔软的东西；脸上的皮好像跟肉没什么关联似的干枯又单薄；鸟爪子般枯瘦的左手安静地待在膝盖上，一条条血管像一条条黑蓝色的长虫般蠕动着……不知谁家烙馅饼，一股烧焦了的油烟味随着晚风飘过来，哈达猛地睁开眼睛"呕——"的一声干呕。这一干呕似乎搅翻了他的五脏六腑，一阵剧烈的疼痛使他像秋风中的落叶般颤抖。他用粗糙的手背使劲擦了擦眼泪，泪水滋润过的眼皮变得有点红润。他再次用力张开嘴咬了一口冰棍。汗水已经爬满了他满是皱纹的额头和棕色的鼻尖。他皱紧眉头，头向前倾，喉头吃力地上下鼓动了几下，那块冰一路划出一道冰冷的直线溜进了他的胃里。他像喝水的骆驼般抬起头伸长脖子，眯着眼睛望向村头的老槐树。

　　一条细长的土路从他脚下一直延伸到那棵老槐树。太阳耗尽了浑身的热量和能量，照在布尔顿村子时不再那么耀眼和炽热，残存的最后几道光有点疲惫却又迷恋地停留在那棵老槐树的枝头上。几只喜鹊站在枝头披着霞光喳喳叫。一片片洁白的荞麦花在夕阳下静静地绽放。今年种小田的时候老天爷还算慈悲，没有吝啬雨水，所以村里人在这片荒漠的沙地上种下了荞麦。一头花白色的小牛犊沿着土路东张西望，不紧不慢地走着，不时还奶声奶气地哞哞叫两声，蹄子扬起的尘土在夕阳下嚣张地舞一会儿，然后消沉地落下。

　　突然刮起一阵旋风。"带领正午的旋风的是神，带领早晚的旋风的是鬼"，哈达想躲开，但是已经来不及，等旋风过后他的冰棍上落满了尘土。他低下头看了看冰棍，像一个慈父般微微一笑，笑着笑着竟然笑出了眼泪。他抬起左手使劲擦掉了眼泪，然后呵呵呵地笑出了声。在他的有生之年能多吃一口生养他的家乡的沙土也是好的。时间好像也苍老了，走不动了，在老人周围慢悠悠地挪动着步子。一只归巢的麻雀从巢里发出几声压低的叫唤。冰棍在老人粗糙的手中悄悄地融化着。哈达并不着急吃，目光重新盯住小路的尽头。年过六旬的奥特跟拿着一把镰刀一颠一跛地走来。她的身后是七十来岁的瘦如干柴的巴利吉。巴利吉的驼背上背着一捆草，三十公分左右长的烟杆含在他嘴里，一缕青色的烟雾妖娆地缓缓升腾。太阳从他们身后悄悄往下坠。奥特跟回头说了句什么，巴利吉没听见，问了一次还是没听见，于是两个人不再说话，一前一后地往家里走去。

　　晚风有点凉了。哈达打了个冷颤。应该添一件外套，他回头看了看。他身后是他的三间土房。屋顶上长满了狗尾巴草，烟筒被熏得里外都黑了，四面墙上都出现了大小不一的裂缝。屋檐下住满了麻雀。自从儿子进城后这座房子就再也没有修过了。一想起儿子，老人的心就无来由地疼。其实老人无时无刻不在挂念着儿子，尤其是得知自己病入膏肓来日不长的时候。所以老人的心像被什么东西紧紧拴住了一样不停地疼痛。

"三年了……"老人自言自语。

"三年了……"老人轻轻地叹了口气。

那是三年前的事情了。因为老人总惦记着这件事儿，所以想起来好像在昨天又好像是很久很久以前。

那天早上，哈达给儿子包璐德的内衣上用黑粗布缝了个大补丁似的衣兜，里面装进了卖掉唯一的一头牛换来的钱。儿子快要结婚了，要领着未婚妻乌日汗进城买结婚用品。

那是一个寒冷的冬天的早晨。布尔顿村还在迷迷糊糊地打盹的时候，哈达从邻居宝音老人那里借来了毛驴车，送两个孩子到苏木的车站。毛驴一路小跑着过村间的土路，又一路颠簸着到了苏木。包璐德和乌日汗手拉着手欢欢喜喜地上了进城的客车。上车后包璐德回头对父亲笑着挥手，另一只手不自主地摁了一下那个缝了好几层的装着一头牛钱的口袋。

冬天的原野冷冷清清，但是哈达心里暖滋滋的。媳妇用生命为他换来了这个儿子，他不仅拉扯大了儿子，如今儿子都要成家了。他总算没有辜负她。

回家后，哈达特意买一瓶酒去宝音家里。宝音咧开没有牙齿的嘴巴，眨巴着一双老眼笑眯眯地迎接他。宝音的老伴海棠是个笑容满面、不善言语的腿脚轻便的老人。看到酒，她识趣地溜下炕，从柜子里拿出一些干豆角，剁了几块排骨，在火盆上炖了。不一会儿排骨炖干豆角的香味飘满了整间屋子。

那天晚上，宝音和哈达喝酒喝到很晚。两位年过半百的男人喝到一半儿后用沙哑的声音唱起了歌儿，最后唱着唱着就开始擦眼泪。宝音是因为进城打工的儿子而哭，担心儿子在城里过得不好。哈达却不一样，烈酒使他的脸色看起来红润了许多，他在擦眼泪的时候嘴角总是上扬着，还带着哈哈哈的笑声。哈达不想刺激眼前这位老朋友，但是没办法，心里就是满满的喜悦，都快溢出来了。

布尔顿村是个老人们的村庄。村里一共三十几户人家，除了他的包璐德、嘎日玛的乌日汗、村东头都仍的傻儿子和朝鲁的两个哑巴儿子以外，整个村里就没有其他的年轻人。年轻人都进城了，多数是打工的，只有个别一两个在城里念书。谁知道城市的门是往哪儿开的？但是他儿子包璐德就是懂事儿，不肯撇下老父亲独自进城，更幸运的是包璐德还讨到了媳妇，还是村里的呢。这是多么值得炫耀和高兴的事情啊。

他们喝到很晚，海棠坐在一旁打盹，花白的头在微弱的烛光下像风中成熟的谷穗般轻轻摇晃。

喝完酒，哈达跌跌撞撞地走出来。一阵冷意立刻包围住了他。他打了个冷颤，扶着墙撒泡尿，然后踉踉跄跄地走出去。

走出宝音的篱笆院子，他醉眼蒙眬看见了嘎日玛家窗户上的烛光。那朵微弱的烛光在漫无边际的夜色中像一只孤独的萤火虫。哈达像一个迷路的幽灵般朝那一朵光芒走去。他在门前停住脚步。屋子里静悄悄的，鸡窝里传来几声母鸡低低的吱嘎声。嘎日玛孤单的身影投在冰冷的窗户上，感觉有点悲凉。哈达望着窗户上的影子有片刻的发呆。一阵夜风吹来，凉飕飕的，吹得哈达的发根都竖起来了。哈达缩了缩脖子，但还是不住地颤抖，酒也醒了一半。他没有敲门，而是静静地转身，轻轻地挪脚往自己家走去。走了几步，他又回头望了望窗户上的孤影，心里突然涌出痛哭的冲动："这个苦命的寡妇……"嘎日玛把唯一的女儿许配给了他的包璐德，他从心里感激她。

接下来的几天里，哈达逢人就笑，逢人就想诉说，一次又一次地告诉遇见的每一个村里人，儿子要结婚了。宝音是真心为他高兴，不厌其烦地听哈达诉说，然后每次都眯着眼睛，咧着只有牙龈的嘴呵呵呵地傻笑；海棠却不以为然，表面上听着笑着，但是回过头时嘴角就不由自主地撇下去了。

嘎日玛手里拿着针线缝缝补补的时候，或者是做饭的时候，总是突然就无声地笑一下，笑过了不好意思地收住笑，有点心不在焉地继续干活。跛脚的奥特跟和干柴般清瘦的巴利吉夫妇俩像商量好了似的，并不理会哈达的这份喜悦，想方设法把话题扯到别的什么地方去。不过这并不影响哈达的好心情。村里好久没有举行过婚礼了。哈达想过，他就是倾家荡产，或者挨家挨户地借钱，也一定要把儿子的婚礼办得喜庆和隆重，让嘎日玛体体面面地嫁女儿，也让村里的老朋友们高兴高兴。

墙上的老皇历一页页地翻过。一页、两页、三页……哈达在第五天早上用唾沫沾湿食指翻掉日历的时候，心跳有点慢了，动作迟缓了，同时眉头也皱紧了：儿子应该回来了呀……

日子突然就变成了蜗牛。哈达高涨的心情被寒风吹乱了。他开始忐忑不安，一个人吃着晚饭，突然就放下筷子跑出来，伸长脖子望望连接着脚下和外界的那一条细长的土路。

那是一个天色阴沉的傍晚，空气中夹杂着几朵孤零零的雪花。村头那棵老槐树枯败的枝丫在寒风中瑟瑟发抖。几只乌鸦淡漠地站在枝头上，偶尔发出几声难听的嘶叫。哈达在房子和土路间陀螺般踱步。

两个模糊的小黑点儿出现在老槐树那边。哈达立刻跑到土路正中间。两个黑点儿慢慢变大变清晰。哈达踮起脚，伸长脖子，还睁大了眼睛：是包璐德和乌日汗。哈达脸上出现了笑容，但马上消失了。两个孩子并没有手牵着手，也没有谈论着什么，一副无精打采的样子，更奇怪的是他们两手空空。哈达满脸疑惑，已经有一丝一缕的担忧撕扯起他的心脏。他大步往前走几步，用力伸长脖子，两个孩子后面除了西北风的呼啸什么也没有，而且他已经清楚地看见了包璐德的脸色煞白、脚步踉跄，一副筋疲力尽的样子。乌日汗也满脸狼狈相。

儿子并不看他，耷拉着脑袋从他旁边走过去。

嘎日玛正在自己的院子里弄柴火。她直起腰看到自己的女儿后跌跌撞撞地跑过来了："这是怎么了？什么都没买吗？你们不是进城了吗？怎么这副模样？"乌日汗趴在她妈妈的肩膀上哇地一声哭了。嘎日玛的脸色从慌张变得难看，眼神跟着锐利起来："包璐德欺负你了？是吗？告诉我。这臭小子，我要打断他的狗腿……"乌日汗呜呜大哭，一个劲儿地摇头。"告诉我，别怕，我找包璐德去。"嘎日玛推开女儿向哈达家迈步。乌日汗一把抓住了妈妈的袖子，有点气愤地喊道：

"没有，我们的钱被偷了，我们什么也没有了，连回家的车费都没有了，后来在街上遇到了我们村的贺喜格，是他给我们车费……"乌日汗说不出话来，一个劲儿地哽咽。包璐德已经跑进屋子，鞋都没有脱就钻进了黑乎乎的被子里。哈达一头雾水，跟着儿子跑进屋，一把掀开包璐德的被子。儿子已经泪流满面。乌日汗说的话全是真的了。哈达软软地倒在炕上，一头牛没了，就这么消失在了进城的路上。

两个孩子似乎把魂儿丢失在了城里，他们整天无精打采地待在家里，不说话，不嬉闹，也不提结婚的事情，结婚的事情就拖延了。

嘎日玛生平第一次喝了酒，然后醉醺醺地来到哈达家，竖起食指数落了一顿包璐德。哈达不作声。包璐德咬住牙关不服气，但也不好发作，任气愤憋青了他年轻的脸庞。嘎日玛平时寡言少语，但是醉酒后话非常多，每一句话还都带着锋利的刺儿。嘎日玛越说越起劲儿，声音越说越高。乌日汗红着脸跑来拉走了嘎日玛。

哈达的话语少了，走路时头也抬不起来了，见到邻里的时候他能躲就躲开，实在躲不开的时候含糊搭讪几句就赶紧离开。宝音吃完晚饭就背着手眨巴着眼睛过来默默地陪他抽烟。奥特跟和巴利吉夫妇似乎对这次进城的事儿很上心，遇见哈达就站着不走，想方设法把话题扯到进城买结婚物品的事情上。

日子随着村庄的炊烟一天天地消散。布尔顿村迎来了冬季最寒冷的腊月。

那是一个清冷的早晨。吸一口空气，一阵寒意就会跟着呼吸沁人肺腑。太阳刚刚露出半边脸就躲进了一小片棉花般的云朵后面，像戴上了彩色的口罩。哈达打扫着院子，包璐德还在被窝里打鼾。嘎日玛高举着一张小学课本上撕下来的带铅字的纸，气喘吁吁地出现在了哈达跟前："包璐德，包璐德，快起来。乌日汗不见了。看看这张纸上都写了些什么？"

嘎日玛的喊叫在这宁静的早晨像突然爆炸的炸弹。包璐德嗖地从被子里跳起来，从嘎日玛手里夺过来那张纸："妈，对不起！这些天我想了很久，最后还是决定进城了。等我赚点钱回来我们就结婚。"虽然乌日汗的字迹不怎么清秀，但似乎每一个字都是反复认真地描过几遍，看起来特别清晰。包璐德棉裤都不穿，只套上一条单裤就跑向嘎日玛家。

乌日汗的小屋子干干净净，被子叠得整整齐齐。"她平时穿的衣服都不见了。"嘎日玛的声音带着哭腔，眼里弥漫着一层浓浓的雾气。包璐德跑出来。门前的土路上清晰地印着乌日汗的脚印，白色的晨霜轻轻地盖住了那一串熟悉的脚印。看来乌日汗很早就走了。

包璐德沿着那条小路疯狂地跑着，跑过村庄、跑过老槐树、跑过了一片片田野。最后他无法喘息了，四肢像灌了铅似的无法动弹了。他停住脚步，直挺挺地跪在原地，开始猛烈地咳嗽，没有咳出痰，却咳出了几滴泪。嘎日玛呆呆地望着那条路，久久不说话，不流泪，只是眼神变得越来越绝望。

　　乌日汗进城了，这个村庄最终未能留住这个女儿。嘎日玛慢慢地拖着沉重的步子走进屋子，顺手插上了门。

　　这一整天没有人见嘎日玛出来。黄昏时，醉醺醺的她歪歪扭扭地走出来，径直走进了哈达家。她就乌日汗这么一个女儿，女儿走了，她心里满是恐慌。她逼近包璐德，像看一个仇人般盯着他。突然，她跳起来，左手一把揪起包璐德的头发，右手甩出去左右来了两个响亮的巴掌。包璐德先是一愣，紧接着跳起来，眼里冒着怒火。他紧紧地咬着牙关，拳头也握紧了。

　　"坐下！畜生，你要干什么？"哈达大声呵斥。包璐德用那冒火的眼神看了看阿爸，又看了看嘎日玛。他使劲咬住牙，牙齿啾啾地响，许久后拳头慢慢地松开。接着哈达家传出噼里啪啦的锅碗瓢盆摔碎声和嘎日玛歇斯底里的哭喊声。

　　包璐德在被窝里不吃不喝地睡了三天三夜后突然爬起来，让阿爸给自己压饸饹，狼吞虎咽地吃了两大碗，又给自己灌了一碗烈酒，然后失声痛哭起来。过了几天包璐德背着简单的行李，沿着那条路走了……

　　哈达张开嘴巴皱着眉头又咬了一大口。融化了的冰块离开棍子掉到了地上。哈达低头看着，脸上没有表情。他重新抬头望向了小路尽头的老槐树。太阳已经完全落山了。一切都在朦胧中。哈达没有移开视线。他不知道城里是个什么样的繁荣景象，他更猜不透现在的年轻人怎么就那么喜欢往城里钻。想到这里，他的恼怒又上来了，抬起头时眼睛不知不觉落到了路对面的窗口。

　　嘎日玛的破土房在一片朦胧中小心翼翼地支撑着。一扇用木头做的小窗户陷在黑褐色的土墙上，像年迈的大娘的眼睛。老旧的一扇木门吱吱呀呀地被拉开，嘎日玛踉跄着从门缝里挤出来。她头发蓬松，一脸睡相。由于长期酗酒，她的脸色变得像锈铁。她的眼皮松散地耷拉在眼睛上面，盖住了眼神。几根大葱在她那篱笆院子里寂寞地长着。一只老灰猫跟着主人从门缝里挤出来，用头蹭着嘎日玛的裤腿。一只老母鸡莽莽撞撞地钻进了一半坍塌了的鸡窝里。

嘎日玛走出篱笆院子，下意识地顺着土路望了一眼，回过头看到了正在厌恶地看着自己的哈达。嘎日玛有点慌张地躲开了视线。她心虚。她理直气壮地去哈达家发过脾气，哈达都是强忍着，让着，可是后来包璐德走了，哈达就把一切愤怒和罪责推给了嘎日玛，一直用冷漠和厌恶来回敬她。嘎日玛低着头折回来，从院子里拔几根葱后进了屋。不一会儿一股烈酒的醇香从这间破旧的土屋里飘出来。

哈达一手扶着石头，一手捂着胸口站起来。手触到怀里的患食道癌晚期的诊断书时心脏像要窒息般地抽痛了几下，随着这剧烈的疼痛，他的腿脚开始剧烈地颤抖起来。他用力捂住胸口，站着休息。土路已经模糊不清了。他眼前清晰地出现了一个蹒跚学步的小孩儿，张开两只胖嘟嘟的沾满尘土的小手，张着小嘴急切地叫着爸爸扑进他怀里……哈达像看一场电影一样入迷地看着，嘴角边带着幸福的微笑。当他回过神时，那个小孩突然就长大了，长得高大强壮，没有了儿时的亲昵，更没有了儿时的依赖……最后，哈达眼前一片空白。一钩弯弯的月儿从高耸的沙丘里静悄悄地升起来，几颗星星像捉迷藏似的不知从哪里突然就冒出来了。村里每户人家的窗户上跳出来一个个微弱的烛光。哈达缓缓地走两步，腿有点僵硬："老了……"他自言自语："能不老吗？儿子都那么大了，翅膀硬了，留不住了……"他有点自嘲地嘟哝着。

走进黑灯瞎火的屋子里，一阵暖烘烘的气流迎面扑来。哈达摸索着找到火柴点上了蜡烛。一个瘦骨嶙峋的女人突然就闯进了他的脑海里。

……哈达鞭策着牛车，疾步走着。他的额头上满是汗珠，似乎拉车的不是牛，而是他自己。牛车上是他将要生产的妻子赛罕。赛罕满脸痛苦地躺在牛车上，大大的肚子像一个圆鼓鼓的牛皮鼓。赛罕已经疼了两天两夜了，村里的接生婆摇头晃脑地告诉他们，胎位不正不好接生。赛罕咬住嘴唇，下嘴唇上已经沁出了鲜红的血迹。她的额头、鼻尖、头发都被汗水浸泡了，但是她固执地不出声。灰褐色的牛瞪着眼睛扑哧扑哧地往前赶，哈达拉着牛边跑边不停地挥舞着鞭子。牛的脚步放快了，车就颠得更厉害，赛罕就睁着眼睛更加使劲咬住下嘴唇。一阵阵剧烈的疼痛像一股股激流般冲击着赛罕，一种本能的力量促使她用力，用力，再用力……哈达在漫无边际的恐惧、焦急、慌乱中听见了婴儿的哭啼声。血已经染红了铺在牛车上的被子和褥子，还在不停地流着。哈达不时地回头看，每次回头都是一阵昏眩：一个女人身体里到底有多少血？正是秋收季节，天气还不算太凉。沿途的庄稼地里，人们在收割着谷子。

儿子出世了，但是赛罕大出血。苏木医院的白大夫看到赛罕后把头摇得像拨浪鼓。哈达赶着牛车，载着赛罕赶往城里。他没有进过城，据说离这里很远。他们走了一个小时，两个小时……血不停地流着，浸透了被子褥子，一路滴漏着，赛罕的脸色越来越白，感觉越来越冷。刚出世的儿子在一旁不停啼哭。天黑的时候赛罕没等到去城里，而是去了一个没有痛苦没有疼痛没有贫穷的世界……

哈达打开碗橱，从里面拿出一袋烈酒，用剪子剪开，倒进酒壶，也不热一下，直接就倒进了炕桌上的那个小酒盅，啾的一声喝进去。一阵热辣辣的感觉划过了喉头，划进了胃。喝完酒壶里的酒，他直接钻进了被窝里。嘎日玛有只老灰猫陪着，他这里什么也没有。酒劲儿开始发作，睡意像强力胶一样摆弄着他的眼皮，但是他舍不得入睡。他清醒的时间不多了，很快就会永远地沉睡下去了，所以在有生之年，他不想把时间浪费在睡觉这件事儿上。他拼命地回想。儿子跟自己什么时候开始疏远了呢？脑子里一片空白。回忆起当年他有点后悔，也许自己不该让老婆怀孕，生孩子有什么好呢？想到这儿他马上抬起头在枕头上呸呸呸地吐了三下。都有这么大的儿子了，这是当爸爸的人说的话吗？不吉利。他强迫自己不再胡思乱想，但是转来转去思想还是转到了老伴的身上。有个老伴多好啊。至少能在这么个黑暗的夜里说几句话，不至于自己在生死关头也孤苦伶仃地在这儿胡思乱想。

太阳透过狭窄的窗户照到哈达脸上的时候，他才皱一下眉头，睁开了眼睛。头晕沉沉的，胃里一阵翻腾，引起一阵剧烈的疼痛。他吃力地坐起来穿好衣服，上衣口袋里的诊断书被他那粗糙的手碰到的时候他胸口的疼痛变得更加撕心裂肺了。哈达用手掌紧紧地捂住胸口，这一捂，捂出了眼泪。

哈达低着头走出了矮小的房子。阳光温柔得像小情人的脸蛋。夏末的田野像即将临产的孕妇般幸福又恬静。哈达坐在那块石头上，有点憎恨和厌恶地盯着眼前的这条把儿子送往城里的土路。他在心里诅咒，但是他还是希望这条路把儿子领回来。

哈达回屋躺了一会儿，再次走出来的时候腰间多了一条绿色的带子。那不是皮带也不是腰带，而是他媳妇在世的时候经常戴的一条绿色的围巾。赛罕像高原上的女人一样有着红扑扑的脸蛋，当初戴上这条围巾的时候哈达还曾取笑说像个长着翠绿叶子的红萝卜。想起瘦小的媳妇，哈达的心窝子扎针般地疼。这个倔强的女人，用自己的生命给他换来了传宗接代的种子。哈达勒紧带子，总要为儿子干点儿什么吧。城里再怎么好，归根结底没有根。这儿才是生养他的地方，总有一天包璐德会回来的。哈达用整个夏天的时间切草坯，拉草坯，然后用那些草坯垒好了猪圈的墙，接下来的活儿就是上棚了。他开始动手和泥。一阵风吹过，沙子灌进了哈达的眼睛，随着风飘来的还有一股烈酒的醇香。一阵虚汗爬满了哈达的脊背。哈达直起腰，一边喘着粗气，一边像欣赏一件艺术品般欣赏自己的劳动果实。他甚至看见几头胖乎乎的小猪在他面前跑来跑去，细声嘶叫。

傍晚的时候，哈达重新坐在了那块石头上。一天的劳动夺走了他眼里仅存的一点光亮。太阳已经偏西，将他眼前的土路染成瑰丽的粉红。哈达手里拿着一根冰棍。屋里，他为自己准备的一大碗灰褐色的荞麦面饸饹已经完全坨了。饸饹是哈达最喜欢的主食。以前，他必须每天吃上一碗热腾腾的饸饹，哪天吃不上就感觉心里怪怪的，感觉浑身无力。可是现在吃不了了，咽不下去了，喉头挤得滴水难进。

嘎日玛歪歪扭扭地向他走来，两条腿互相交叉着，像一对打架的孩子。酒精胀大了她那红褐色的脸，脸肿了，耷拉的眼皮倒是撑起了一点，一双本来就不大的眼睛像一条线一样眯着。

哈达用眼角瞥了她一眼后，站起身往屋子里走。

"喂……等一下。"嘎日玛的嘴唇已经被酒精麻木了。

"等一下……"嘎日玛走到了哈达跟前，"我知道……你恨我。"

嘎日玛叽叽呱呱地说着，像是自言自语，又像是掏心掏肺的倾诉。哈达满脸反感。在他看来，她这只是酒后发疯，没什么值得同情的。一阵剧烈的疼痛袭向哈达，他褐色的脸立刻变得灰白。他捂住胸口，踉踉跄跄地走进屋。嘎日玛还在不停地说。她坐到哈达刚刚坐过的那块石头上，目光不经意地落在村头的老槐树上。每家每户的烟筒都冒着青青的炊烟。是啊，这正是炊烟最欢腾活跃的时刻。西北边是苏荣的家，嘎日玛平时最羡慕他。虽然苏荣家也只剩下了两位老人，但是人家的孩子是在城里上大学。

　　哈达老人盖完猪圈的那天，天空像被浑水浸泡过似的。一阵阵东南风吹来潮乎乎的空气。哈达从墙根拖来一个年头很长的木质梯子，把它放在猪圈的墙上慢慢地爬上去。木梯发出一声声呻吟，没爬几级哈达老人的呼吸就开始急促起来，手脚开始发抖。爬到第四节他停下来，往下看一眼，一阵头晕脑涨，偏偏这个时候咳嗽洪水般涌过来。他用鸟爪子般干枯的手死死地抓住梯子，开始声嘶力竭地咳嗽起来。一摊血马上就把一小块地染红了。哈达闭上眼睛休息一小会儿后重新往上爬。他这一天的活儿是辛苦的。和泥，然后装进小铁桶里。铁桶上系着一条绳。他拿着绳子爬上棚顶，然后用绳子把泥拉上去。眼看着自己的劳动果实有模有样了，对包璐德也算有所帮助了，他心里非常踏实。突然，一阵风吹过来，哈达一个趔趄，脚下没有踩稳，直挺挺地从棚顶上摔了下去。这一摔摔得很结实，他趴在地上一动不动。

　　……似乎有人在摇晃着他。

　　"哈达——哈达——"似乎有个声音在他耳边不停地呼唤。是赛罕？他迷迷糊糊地想。好了，见到老伴了。就算见不着儿子，但老伴可以跟他说话跟他聊天跟他谈心了，管它那是天堂还是人间，或者是地狱呢。

　　有人还是在不停地摇晃着他。那个声音还在他耳畔不停地回旋。哈达用力睁开眼睛，眼前一片模糊，头一阵昏眩。他重新闭上眼睛休息一会儿，当他再次睁开眼睛时，看到了嘎日玛那张臃肿的生锈了的红褐色的脸。一道道深浅不一的皱纹爬满了嘎日玛的额头，一丝丝银白的头发稀稀拉拉地散落在她额头上。哈达想转过头去，但是没有那个力气。他闭上眼睛，用力地抬起手，把嘎日玛的手甩开了。嘎日玛看着哈达，眼泪突兀地掉下来，滴在了哈达手上。哈达睁开眼睛看到了滴在手上的眼泪。他挣扎着爬起来，嘎日玛重新抓起他的手臂，小心翼翼地搀扶他站起来。系在腰间的赛罕的头巾救了哈达，不然这一摔可能会提前断送他的老命。哈达看看猪圈，再有几桶泥就可以完工了。他拿起铁锹开始往铁桶里装泥，嘎日玛走过去帮他。

猪圈终于盖起来了。哈达有点得意地抬起头直起腰，一阵翻天覆地般的昏眩袭过来。他摸摸胸前的衣兜，几枚硬币冷冷地躺在那里。他走向了小卖部。"爷爷，您要冰棍吧？"商店主人六岁的儿子抬起胖嘟嘟的小脸，嫩声嫩气地问。哈达出神地望着小男孩。他又看到了张开两只胖嘟嘟的沾满尘土的小手，张着小嘴急切地叫着爸爸扑进他怀里的包璐德。"爷爷，爷爷——"小男孩儿叫着。哈达回过神来，微笑着点头时嗓子生疼。他买了一根冰棍走出来。这是布尔顿村唯一的一个小卖部。小卖部的男主人长年累月在外打工，只有过年的时候才回来住几天。女主人是个身材高挑，脸蛋白皙的女人。足不出户使她的脸蛋白白净净，但是没有光彩没有红晕，望向窗外的眼神里也都是一种漠然。

哈达坐在那块红褐色的石头上啃冰棍，眼睛漠然地望着从脚下开始的土路的尽头。模模糊糊中，一个身影从土路的尽头缓缓走来。夕阳照在他身上，使他的影子无限拉长。一阵风吹来，吹动了沙土。哈达闭上眼睛，等他睁开眼睛时，那个身影消失了，只有那一棵老槐树在原地寂寞地耸立着。

向阳的等待

　　夏天这个偏心的后妈总让草原等待很长时间。日历上立夏已经过了好些日子，羊群迫不及待地从村庄搬到了水草丰美、人烟稀少的敖特尔。天气开始暖和了，也下过了几场冷雨。捺不住性子的阿妈让达古拉捎来些菜籽儿。

　　阿妈像捧着新生的婴儿般小心翼翼地将菜籽儿捧在手心里，眼睛凑过去盯着包装看了许久后缓缓地将包装打开，将它种在早已准备好的一小片向阳的菜池里。将菜籽儿种进地里的时候阿妈的小指头竟然是翘着的。没见过阿妈也会那么优雅地翘小指头，就是她在给最爱的母牛挤奶的时候也没见过她翘起小指头。阿妈培好土，浇完水，一小片灰褐色的新翻的泥土在一片翠绿的草地上像一块新鲜的牛粪般在阿妈面前喷发出了自己的清香。阿妈抬起头、直起腰、挺起胸，望着东边的道路笑了："今年不必给达古拉那么多买菜的冤枉钱了。"这是促使阿妈微笑的如意小算盘。

　　菜籽儿没有辜负她的期望，生根了、发芽了，一株株鲜嫩的小菜苗胆怯又新奇地探出头，伸伸腰，长势喜人。阿妈像多心的小媳妇一样整天守护在菜池旁。鼻子灵敏、活泼好动的馋嘴羊儿动了歪脑筋，时不时三三两两地跑过来向稚嫩的小菜苗探头探脑。阿妈捡起手边的土坷垃或者是小石子儿向羊儿们毫不留情地扔过去。做贼的羊儿一哄而散后并不死心，站在不远的地方，立起耳朵回头看，琢磨更适当的机会。

草原的夜是个喜欢恶作剧的淘气鬼，预测不到哪一夜，气温神不知鬼不觉地下降了。阿妈早上一起床就有点神经质地跑到菜池边，看到绿得有点过火的菜苗时，她脸色会突然变得苍白，眉宇间细小的皱纹好像更深了。她挤奶的时候也总是心不在焉，牛犊子挣脱了绳子她都浑然不觉。她是在等着日出。

太阳若无其事地高高升起，把光线毫无保留地拨给昨夜受过严重创伤的小菜苗身上，那些骄傲的娇嫩的小生命啊，受不了烈日的宠爱，蔫巴了萎缩了。阿妈揉揉眼睛，看一眼、再看一眼。她心疼地看着、抚弄着那满载希望的菜苗，往事突然就讽刺性地闯进她的脑海里，好像去年、前年她也曾这么怜惜地、心痛地站在蔫巴了的小菜苗跟前伤心过。唉，阿妈就是健忘，就是性子太急。

塔布嘎山上，阿爸的羊群像朵朵飘动的棉花，山顶上的阿爸像一座移动的山峰，一匹棕色的马儿向阿爸摇晃着美丽的头，高大的牧羊犬静静地跟在阿爸身后。因为远，听不到羊儿的叫唤、听不到草儿的呼吸、听不到阿爸和大地的对话、听不到马儿和牧羊犬的低语，整个草原似乎是静悄悄的。所以阿妈的伤心总是多了一份孤独和惆怅。

我记事那天起阿爸就在放羊。早上，阿爸迎着朝阳，骑着马儿，赶着羊群，领着牧羊犬，跨过塔布嘎山上山。他们的足迹没到的地方草叶上的露珠在阳光下闪呀闪。黄昏，阿爸迎着夕阳，牵着马儿，领着羊群，跟着牧羊犬，跨过塔布嘎山牧归。他们的足迹所过之处一阵细尘在夕阳下缓缓消散。阿爸总是行走在太阳下，脸被晒得像去了皮的桦树。他不爱说话，脸上通常也没有太多的表情，谈不上严肃，也说不上温柔。回到包里后，他盘腿坐在方桌后面开始吃肉饮酒。看到远远围坐的我们时，他嘴里抿着烈酒，也不下咽，就那样含在嘴里，眼睛看着我们，头点几下，手招呼一下，示意坐过来。这时候他的嘴角边会荡起一个跟他的肤色很不相称的小酒窝。我总是担心，他把一些原先知道的话语都忘掉了。我甚至怀疑阿爸还会不会讲话。他会不会一不小心就成了山上的桦树，只有迎着风才呼啸几声。

总是在阿妈看着幼菜苗伤心的时候，达古拉那除了喇叭什么都响的破三轮车吧嗒吧嗒地喷着黑烟驶过东边的道路。那条道路离我们包有三四里地。因为平坦，道路上行驶的所有车辆都逃不过我们的眼睛。达古拉尽管把不厌其烦地喊"卖菜了，卖菜了"的喇叭关掉了，但是我们总能发现他们，我们的耳目多。阿妈立刻站起来，拽掉头上的蓝色纱巾，使劲挥舞，像在跳一场独人的安代舞。

达古拉的车上总是载着满满的一车蔬菜水果和羊皮，还有一些草原人家捎带的米面油等日常必需物品。沿途生意好的时候她车子上的蔬菜水果会少一些，但还是有很多乱七八糟的东西在车厢里拥挤喧闹，像一个乱糟糟的集市的缩影。

达古拉的三轮车几乎无孔不入，弯弯曲曲地绕过土坑啊、水塘啊、羊粪堆等，最终总能到达并停在她想去的每家每户的门前，确定主人没有买菜的样子时还会放几声喇叭，然后吧嗒吧嗒地离去。

达古拉夫妇跟我们这一带的人很熟。村里人，家里没有米了就让达古拉从霍林郭勒捎过来。阿妈也会让她捎米捎油。卸下米时阿妈满脸堆积着感激，对达古拉连声道谢，把米拖进屋里后她脸上的表情突然就松弛了，原先爬满感激的地方被怀疑取代："这米这么贵吗？指不定达古拉加了多少钱呢。"但是很快阿妈脸上只剩下欣慰和喜悦。有米心里就踏实，菜嘛，虽然很重要，但是哪有米重要啊。在这人烟稀少的敖特尔，有米就有保障。

达古拉的车每次停在我家门口时我阿妈尽量不让她空手而归。阿妈不知道达古拉下次是十天之内，还是半个月之内再来，像我们这样偏远的敖特尔没有人愿意来的。所以即便家里还有一些耐放的蔬菜，阿妈还是会象征性地买一些。每次阿妈都不买那么多东西，车上有新鲜的土豆、黄瓜、豆角、茄子等蔬菜，还有水果，但是阿妈偏偏就愿意买又辣又臭的大葱，就因为大葱价钱便宜，而且能放挺长时间。阿爸只喜欢吃手把肉，不喜欢吃羊肉炒大葱，所以阿妈买来大葱不给我们炒。她或者是把大葱切成丝儿腌在盐里当菜吃，或者是直接蘸在酱里吃，辣得我们直流眼泪。阿妈踮着脚往车厢里看很久，问一下价钱，"土豆多少钱？""茄子多少钱？""西红柿呢？黄瓜呢？哦，还有水果啊？苹果多少钱？葡萄呢？"她都挨个儿问一遍，有时候还会重复一两次已经问过的蔬菜。

达古拉是个肥胖的女人，有着一张鹅蛋型的脸蛋，并不只是说她的下巴像鹅蛋那么尖，而是她的额头也跟下巴差不多尖。她的颧骨很高，额头很窄，稀疏淡黄的头发剪得短短的，总体看起来就像鹅蛋。这鹅蛋形的脸上有一双细长的眼睛和厚厚的嘴唇。达古拉总是戴着一条从远处看来近似白色的纱巾，但是一到跟前就会发现她戴的那条纱巾哪里是白色啊，近乎黑色，脏兮兮、黑不溜秋的。一般不见她站起来，她愿意坐着，只有买家买的东西实在挺多，拿不动的时候，她才站起来帮着拎东西。她身材很高很胖很结实。卖菜的时候，达古拉都坐在三轮车的箱子里，车篷里是她的男人。她男人话很多，好像有点懒，总是从车篷里探出那张枣红色的脸，跟人东拉西扯，就是不肯出来。他们一般五天来一次村里，遇上下雨天的话会延迟几天。

一天下午，草原骤然变了脸，天空中乌云密布，电闪雷鸣，下起了暴雨。那时候，达古拉的车正好停在我们家门口。雨，是在我妈挨个儿问着蔬菜价钱，还没来得及问水果的价钱时下的。阿妈赶紧请达古拉他们进屋。达古拉用苦布盖好车厢，下车时，随手从蔬菜堆里挑了几个样子丑陋的土豆和干瘪的茄子。

这场雨来得凶猛，下了一阵后，凶猛劲儿过了，但是并没有停，下了整个晚上。达古拉的车也就在我们家门前停了一个晚上。附近几个敖特尔的人接二连三地披着雨衣，骑着马儿来我们家买菜。达古拉索性把车上的蔬菜都搬了进来。草原漫长的雨季就要来临了，所以人们买菜买得很积极。一夜间，达古拉的蔬菜卖得差不多了。

第二天下午的时候雨停了，但是云还是迟迟不散。达古拉夫妇看着——空出来的蔬菜的袋子满脸欢喜。达古拉把小半袋茄子（其实就几个快烂了的茄子）往车上拖了一会儿，转过头看到了堆在看门狗面前的昨晚啃过的一大堆羊骨头时放下了，送给了阿妈。趁着天歇息的空儿，他们开车走了。阿妈很高兴。以后每到云雨天气，她巴不得达古拉的破三轮车停在我们家门前时就下暴雨。阿妈的希望始终没有再实现，后来达古拉在我们村子买了一个破屋，阿妈的希望就彻底落空了。

达古拉的车子是进霍林郭勒市里的。霍林郭勒是离我们最近的城市，听达古拉说他们那三轮车走五个小时就到了。我们向往那座什么都有的城市，好像那是坐落在草原尽头的一个天堂。渴望归渴望，我们去不了那儿。我们要帮阿妈清扫羊圈、牛圈，还要帮阿妈做奶食品，我们有很多活儿。再说，我们没有可以开进城里的车。达古拉的车子从霍林郭勒出来，一路叫卖，有村子就进，有时候来我们这儿的时候，很多蔬菜都卖没了，就剩那些贵得吓人的水果。所以阿妈恨不得达古拉沿途的生意不好。

哥哥打水饮羊的时候，或者是清扫羊圈的时候都会不经意地喊出一声："卖菜了，卖菜了！"惹来阿妈一阵白眼和取笑。

达古拉的车每次来门前时，我们都会赶集似的跟着阿妈跑出去。阿妈像一只领着鸡仔的老母鸡一样匆忙地走在最前面，最小的妹妹乌兰跟不上我们，会大声哭泣，阿妈连回头看都不肯。阿妈踮着脚往车厢看，挨个儿问价钱。我则踩在车轮上往车厢里看个够。我哥对这些不感兴趣，他把头伸进车篷里，跟枣红色脸庞的男人聊天。霍林郭勒多远？沿途有哪些村庄？菜是从哪里进的……我总是怀疑那个枣红色脸庞的男人不会跟我哥说实话。

就在我哥天天喊着"卖菜了，卖菜了"的那年秋天，哈布尔戴着口罩闯进了我哥的心里。

那天我们家的马车坏了。阿爸一个人出去打草，哥哥留在家修车。他坐在车子跟前，手不停地动，嘴里也不忘喊几声："卖菜了，卖菜了。"哈布尔就在哥哥喊完第三声"卖菜了"的时候出现在他的面前。她戴着一个雪白的口罩，露出一双聪慧明亮的大眼睛。雪白的口罩跟她暗紫色的肤色形成了鲜明的对比。尽管她戴着口罩，但还是用手掩着嘴嘻嘻嘻地笑了，手上同样戴着一双白色的手套。手套是不怕麻烦的女人们打草时戴的，不足为怪，奇怪的是哈布尔的手套是洁白的，没有沾上一滴绿色的草汁，就像跟她的口罩一样洁白。哥哥的脸突然红到了脖子根。他放下手里的零件，突兀地站起来，把手藏在背后，在屁股上使劲蹭。哈布尔又嘻嘻嘻地笑了，还是用手捂着戴着口罩的嘴。我哥一时不知所措，也跟着呵呵呵地笑了几声。哈布尔却不笑了："我的四轮车没气了，你有气罐吗？"告诉你，我们家没有。而我哥像噎着的公鸡一样怔了怔后说："有，有。哦，对了，额尔顿家借走了，你等会儿，我去拿过来。"哥哥借来了额尔顿家的气罐，自己去给哈布尔的车子打气。谁知道那么大的一个四轮，他打了多长时间，反正他回来的时候都快筋疲力尽了。

哥哥突然不喊"卖菜了"这三个字了，因为打草很忙很累，更重要的原因是他在约会。阿爸和哥哥打草回来时月儿一般都跳上了蒙古包的天窗。哥哥一进屋顾不上吃饭，先脱掉上衣光着膀子开始洗漱，洗脸盆里的水四处乱溅，弄得地上湿漉漉的。接着他拿起墙上挂着的小镜子，借着微弱的烛光，左右前后照个遍，然后骑马跑出去，无论多晚他都出去一趟。

那年冬天的一个下雪的晚上，哥哥约会回来后叫醒了熟睡中的阿爸和阿妈："我要结婚！"哥哥的声音被幸福淹没了，在漆黑的夜晚感觉飘忽不定，只有他那被激情涨红的脸在烛光下忽闪忽闪着。阿妈睡意蒙眬的眼睛突然就睁大了，变成了蒙古包天窗里探进来的那一颗最明亮的星星。"不行！"阿妈的声音在寂静的夜晚显得斩钉截铁。阿爸缓缓地抬起眼睛盯着哥哥看了许久，他没有说话，脸却拉长了。他顺手从枕头底下拿起了烟。屋里顿时就升腾起苦涩的烟雾。"我一定要跟哈布尔结婚！"哥哥的脸从通红变得铁青，声音从刚才没有根基的飘渺变得掷地有声。

连续几天家里弥漫着一种一触即发的战争的硝烟味。哥哥不吃不喝，整天铁青着脸咬着腮帮子，他的决定果断且没有任何回旋的余地。阿妈背地里骂哈布尔是个小狐狸精，把她儿子的魂儿都勾走了。阿爸牧归后坐在炕桌后面抿着酒，默默地看着哥哥，自始至终没有表态。

后来，哥哥如愿以偿地和比自己大两岁的哈布尔结了婚。婚礼不算很隆重，但是草原婚礼的一切规矩和礼数一个都没有省略。

我们村庄里的房子是东西两间，中间是灶房。哥哥和哈布尔住在东间。结婚不久这两个小年轻夫妇开始闹别扭，不知是因为害羞还是什么，我们总是在第二天早上发现哥哥和哈布尔的褥子被子一个在炕的东边，一个在西边，中间腾出了那么大个空儿。我就暗暗嫉妒，凭什么呀？我们四五个人挤在西屋的一间炕上，都快挤成饺子了，他们倒好，只有两个人还东边一个西边一个，是不是向我们炫耀自己的空间呢？

骨子里，我哥就是个不太安分的主儿。阿爸嘴上不说，但是看哥哥的眼神里总是有种不可置信和不太喜欢的样子，哥哥的性格实在没有随阿爸一点点。哥哥不敌诱惑结婚了，撇开所有人的反对举行了一场正宗的草原蒙古式婚礼；半年后哥哥撇开所有人的反对离婚了。在二十年前的草原上，离婚绝对是个无人踏进的冷门，但是哥哥就是离婚了，固执得没有半句解释。

哥哥的离婚给家里人带来了不小变故。阿爸突然开始说些话了，逢人就骂自己的儿子，好像这样就能减轻对哈布尔家的愧疚。阿妈呢，好像突然间就老了，变得健忘了，眼泪变得随便了，一不小心就流出来。她对于达古拉的菜车也没有了多大的兴趣。倒是喜欢盯紧和打听每个和哥哥年龄相仿的女孩。

达古拉卖菜后的第六年夏天，把破烂三轮车换成了崭新的白色半截子。于是，我哥在下一个夏天到来之前卖掉三十多只羊，买了一辆二手三轮车，开始往霍林郭勒跑。

每次哥不在家，阿妈就提心吊胆。她整天皱着眉头、心神不宁，完全没有等待达古拉的菜车时的那股满不在乎的劲儿。她不说几句话就把话题扯到哥哥身上。

我哥很多时候都能载回来大半车厢蔬菜水果，那是卖不出去剩下的。阿妈瞥一眼车厢里剩下的蔬菜，再偷看一眼哥哥阴沉的脸色，眉头间的皱纹深深地陷进那不再光滑的额头里。剩下的蔬菜太多了，我们自己吃不完，扔了实在太可惜了。阿妈从车上一一卸下来那些剩菜，盘腿坐在门前的空地上，仔细地挑选新鲜的、没有腐烂的蔬菜。对于左邻右舍买达古拉的菜，不买我哥的菜，阿妈是愤愤不平的，但她还是会把那些挑好的菜送到左邻右舍。达古拉的半截子不再停在我们门前了，但是一听到"卖菜了，卖菜了"的喇叭声，阿妈就浑身不舒服，好像抢走我哥生意的人就是她。

有一次，哥哥去霍林郭勒回来时没有拉蔬菜水果，而是拉了一车大米。大米是赊来的。阿妈傻了眼，额头上的皱纹迅速地、整齐地聚集在了她的眉宇间。我们也跟着大呼小叫，大惊小怪。那可不少钱啊！五十多袋大米像一座小山一样堆在我们西屋的炕上，根本没人买。村里人习惯了让达古拉捎过来，这是这些年养成的习惯，习惯是个固执的东西，不易改变。

那些大米躺在我们家炕上后的第二十七天，达古拉带来的米面价格突然暴涨了，让那些习惯了的人也接受不了。于是，我们家炕上的米，一下子被哄抢而空。我们不知道米价上涨的消息。阿妈脸上堆满笑容，眼里放射热情的火焰。她大声地招呼他们，为他们鞍前马后地跑，恨不得自己背着米送货上门。突然阿妈察觉出了不对劲，赶紧上前去护住四袋米，自己留下来了。西屋的炕一下子就开阔了、宽敞了。我只想上去肆无忌惮地打滚。

黄昏时分，哥哥比平时提前赶回来了。阿妈迫不及待地跑出去报喜报功。那些米面不只压着炕头，还压在阿妈的心头上呢。阿妈一直担心米卖不出去，担心哥哥亏本。哥哥听后脸色青一阵白一阵，咬紧了牙关从齿缝里蹦出来几个字："我还是晚了一步。"后来阿妈听说一袋米至少卖了四十元钱时，她当着我们的面毫不客气地打了自己的耳光。

阿妈一连几天心情不好，她甚至想去找那些买家讨回那些少付的钱，被我们拉回来了。那些天阿妈看到那些趁她不知道米价上涨的情况下买米的街坊邻居时脸上总是很难看。不过从那以后村里人对我哥哥卖的蔬菜也感兴趣了。他们认为米便宜，蔬菜也可能比达古拉的便宜。就在这时候，我哥哥厌倦了这个整天待在车上跟那些斤斤计较的妇女打交道的生意。他觉得达古拉夫妇太抠门了，卖菜换新车，简直是一般抠门的人做不到。我哥对达古拉夫妇有佩服，但更多的是鄙夷。佩服他们能坚持这么长时间，鄙夷他们在这么个小生意上付出这么惊人的耐心，为何不去做大生意呢？于是我哥又一次说服阿爸，卖掉一百多只羊、卖掉那辆二手三轮车，在霍林郭勒市里租房卖起了兽药。说实话我哥哥的办事能力还是挺强的。他找到了一个卖兽药的老商户，跟他们打听好途径，然后自己在霍林郭勒办妥了一切手续，接下来就是赚钱的事儿了。

我哥哥在药店里待了几个月，见收入并不像他想的那么可观，而且一个大老爷们整天待在那个小房间里憋得慌，于是干脆趁着秋天打草的晃儿，关门回来打草了。

哥哥关掉兽药店，从霍林郭勒回来时带来的还有我的录取通知书。

在那个忙碌的金色的早晨我离开了草原。阿爸站在塔布嘎山顶，披着朝阳向我张望；羊群静静地散布在他的周围；一匹棕色的马儿、一条高大的牧羊犬依偎在他的两旁。达古拉崭新的半截子沿着东边的道路呼啸而过。阿妈站在蒙古包跟前，朝阳把她孤独的影子拉得很长很长。风吹乱了她鬓角的白发。她眯起眼睛，一条条皱纹安静地爬上了她的额头，一串串晶莹剔透的露珠在她的眼角闪呀闪……

云在搬家

清晨五点钟的信息铃声总是不会让人太愉悦。阿迪亚的信息就是五点钟发来的。青格尔迷迷糊糊地从枕头底下摸出手机，拿到眼前，用意志把眼睛撬开了一条缝。下一秒，青格尔弹簧般腾地坐了起来。这个突然的、剧烈的动作使青格尔的脸色煞白，浑身的汗毛都竖起来了。青格尔只感到耳朵突突突响，好像心脏闯进了耳朵里。他直挺挺地坐着，眼睛直愣愣地盯着手机，但是他根本没在看手机，他什么也没在看。

阿迪亚是青格尔的初中同学，在白音杭盖苏木派出所工作。两人平时联系得不多，上次见面还是在两年前，青格尔回白音杭盖苏木萨拉嘎查过年的路上偶遇的。

青格尔重重地倒回床上。他眼睛盯着天花板，手在身旁摸索。当手指尖触摸到手机的时候，青格尔还是战栗了一下，好像他触摸到的是一块寒冰。青格尔把踢到一旁的夏凉被抓过来，严严实实地裹住了自己。他的脸依然煞白，耳朵还在嗡嗡响。

手机提示音又响了。

"你来吗？"又是阿迪亚。

"不，我今天有拍摄任务。"青格尔蜷缩在被子里给阿迪亚回复道。

　　青格尔确实有拍摄任务。他在拍摄《最美草原》系列片。七八九月份是草原最美的季节。他计划用这三个月，把系列片拍完。他已经拍过崐蒂草原、阿尔山草原、荟藤西丽草原、乌珠穆沁草原。今天，他要去达尔罕草原，这是他在接到阿迪亚的信息后决定的。

　　蓝色的越野车疾驰在黝黑的柏油路上。越靠近通往白音杭盖苏木的路口，青格尔越紧张。他紧紧地抿着嘴唇，用力直视着前方，不让眼睛的余光看到主路以外的任何旁枝末节。他的眼睛瞪得干涩生疼，眼珠子就要凸出来了。他紧握方向盘的手背反射着阳光。黝黑的柏油路、湛蓝的天空向青格尔飞奔而来。迈速表上的针指着一百四十。青格尔的脚仍在油门上加大力度。他今天没有关车窗，没有放音乐、没有开空调，风从四面八方灌进来，"呼——呼——"地到处乱窜。

　　"吱嘎——"车轮和柏油路撕扯出刺耳的刹车声。车子急速滑行了几十米后尖叫着停了。青格尔的身子猛地往前倾，又被安全带拉回靠背上。后座上的照相机滚下了车座，发出沉闷的碰撞声。同照相机一起掉落的还有青格尔的手机。青格尔皱着眉头无助地看向柏油路的东侧——一条苍白的水泥路岔道无比清晰地出现在他眼前。有些事儿就是这么恼人。你千方百计寻找它的时候它捉迷藏似的躲开你，而你竭尽全力想躲开它时，它却恶作剧一样不偏不倚地找到你。要知道青格尔以前不下十次错过这个岔道口，不得不绕一大段路重新转回来。

　　这条苍白的水泥路只有 3.5 米宽，车技不好的人很害怕在这里交会错车。狭窄的水泥路周围没有任何路标。水泥路两旁有很多条模糊不清的土路，那是修水泥路以前车马走的路，现在是牛羊穿行的便路，牛蹄印在土路上形成了杂乱的坑坑洼洼，昨晚下过雨，落在牛蹄印里的水还没干。

沿着这条水泥路向前，几分钟的车程就能到白音杭盖苏木。阿迪亚就在那儿的派出所工作。五点钟给青格尔发的照片可能是阿迪亚从现场给他拍过来的。从白音杭盖苏木再行驶二十公里就会到达萨拉嘎查。青格尔的阿爸尕日蒂老人在那里，老人的牛羊、毡房、草牧场，青格尔的童年，以及……哈莉娜，都在那里。

青格尔感觉，脖子承受不了脑袋的重量。他一头趴在方向盘上，车笛声长久地响起。青格尔抬起头，长舒了一口气，狠狠地踩油门。车子像被攻击的牤牛一样咆哮着，向前冲去。路边的一切飞快地后退。

青格尔在完全看不到白音杭盖的地方刹住了车。掉在车里的照相机再次与车座碰撞出沉闷的声音。青格尔把车子停在路边，自己跟跟跄跄地下车，走下柏油路。这里除了柏油路就是草地。青格尔瘫倒在草地上。

白云们在这荒无人烟的草地上无拘无束地玩捉迷藏。青格尔看见一匹洁白的小马驹奔跑几步就藏到了一个绵软的小雪山后面去了。那座小雪山掩护着小马驹快速移动。青格尔看着那座小雪山跟另一个云团会合、融入，最后完全失去了自己。"不要看云搬家，你会变得健忘。"小时候，阿妈总是这样跟他说。青格尔盯着云朵，看着它们拉拉扯扯地搬家，他希望阿妈的话是真的，这样他就能忘掉一切烦心事儿了。

青格尔最终还是把目光从云朵上收了回来。一对蜻蜓在他的头顶上飞来飞去，透明的翅膀扇动空气的"嘶—嘶—嘶"声在周围萦绕。青格尔从T恤的口袋里掏出钱夹，拉开里面的一个拉链抽出了一张泛黄的照片。照片是十五年前拍的。照片上的女孩羞涩、清秀、美丽。

女孩叫哈莉娜，跟青格尔一起长大，从小学到高中都是同班同学。青格尔接到大学录取通知书后第一时间去找哈莉娜。正是羊群回圈时分，哈莉娜在数羊。青格尔也不管什么礼节、规矩，举着通知书闯过羊群，一路奔向哈莉娜。青格尔边跑边问她的通知书来没来，青格尔还说如果不是因为下暴雨山洪冲毁了路，通知书早就到了。哈莉娜的手虽然点在羊身上，但是眼睛已经盯在青格尔的通知书上了。羊儿们已经陆陆续续地进了羊圈，哈莉娜却不知道自己数到几个了。最后一只羊也进入了羊圈。哈莉娜用力关上羊圈的门，同时发出一声尖叫。她的左手无名指被沉重的木门夹破了，暗红的血从夹破的皮肤里渗出来，小小的、圆圆的，像镶嵌在戒指里的红宝石。哈莉娜赶紧把手藏到了背后。夕阳把金色的余晖铺在草原上，一切都是金灿灿的。哈莉娜看着青格尔，想挤出一丝微笑，但是两滴金色的泪珠从她明媚的眼眸里滚落了下来。在那一刻，青格尔觉得，哈莉娜身上散发着坚强的美、柔弱的美。哈莉娜抬头望了一会儿天空，转脸对青格尔微笑着说："也许在路上呢。明天就会到了。"美好的向往让她美得超凡脱俗。之后的很多天里，哈莉娜每到下午都会早早地去路边等待，急切地拦住从旗里回来的大客。第一天，大客司机刹住车，从窗户里探出头大声问："去哪儿？""邮递有没有捎来信件、文件、通知书之类的？"哈莉娜仰着头问。"没有。"司机说完扬长而去。第二天，司机没有停下车，只是放慢车速从窗户里喊道："没有。"后来，司机不停车，不减速，按一下短促的喇叭远去。

青格尔的开学时间越来越近，哈莉娜变得越来越自卑，越沉默寡言。她不再去找青格尔了，青格尔来找她的时候，她也能躲就躲。早上，哈莉娜等青格尔的羊群上山后才把自己的羊群赶向相反的方向。

青格尔在大学校园里经历了新学期的喜悦和新奇后，总想起哈莉娜，想起哈莉娜把受伤的手藏在背后的样子，想起她微笑着掉下的眼泪，想起她奔向大客的背影。青格尔知道，哈莉娜后来故意疏远和躲避他，这一点让青格尔更加思念起这个青梅竹马的朋友来。青格尔开始给哈莉娜写信。一张张彩色的、精致的信纸，让他写得满满当当。写得满满当当的信，青格尔一次也没放进邮箱里，但是他也从来没有停止写信。越接近暑假，青格尔越发现，自己是在期盼着放暑假，期盼着回草原，期盼着见到哈莉娜。暑假的前几天，班里同学倒卖傻瓜相机，青格尔把相机和胶卷都买了下来。

青格尔在一个玫瑰色的黄昏回到了草原。他把包塞给前来接他的阿爸，自己跑向了哈莉娜家。

哈莉娜正在羊圈里用奶瓶给小羊羔喂奶。青格尔站在门口，屏住呼吸，静静地欣赏哈莉娜的一举一动。几个月不见，哈莉娜看起来更结实了，她那裸露在袖子外的胳膊圆润又结实，拿着奶瓶的手指灵巧又有力。她看小羊羔的眼神柔和而专注。草原的风刮掉哈莉娜脸上的白嫩，赋予她大地的坚韧的颜色。这种颜色让青格尔着迷。哈莉娜喂完小羊羔，回头就看见了青格尔。一朵红晕飘上了她的脸，喜悦溢满了她的眼眶，但是很快自卑、落寞从她的眉梢压下来。当青格尔一步一步走到她面前的时候，哈莉娜已经调整好了自己。两个人四目相视，感觉陌生又熟悉。从第二天开始，青格尔每天拿着相机，上山放羊。羊群投入嫩草后他就带着相机去找哈莉娜。哈莉娜远远地看着青格尔骑着马奔向自己。压在她眉梢的自卑渐渐地消退，淤在她眼里的雾霾渐渐地消散，红晕静悄悄地飘上她的脸颊。以往的岁月似乎回来了，但是两个人都知道一切都不一样了。

青格尔钱夹里的那张照片就是那个时候拍的。青格尔只洗了一张。胶卷儿还珍藏在他的抽屉里。青格尔一直看着照片。照片里的姑娘多么纯洁啊！椭圆的脸上泛着红晕，清澈的大眼睛里透着羞涩；白色的短袖衬着湛蓝的天空，蓝色的牛仔裤托着洁白的云朵，草原又是那么翠绿，一切都是那么干净、纯洁、完美。完美！对，哈莉娜本来就是青格尔心目中完美的存在。

青格尔把照片凑近眼前，端详了一会儿，突然翻过身，面朝土地，啜泣起来。温润的土地接纳了他的泪水。柏油路上没有车子路过，草原静得只有青格尔的啜泣声。那对蜻蜓又飞过来了，把小小的影子投在了草地上。青格尔终于止住啜泣坐了起来。他紧紧地攥着手，那张照片就在他攥着的手心里。

青格尔走回车旁，把座位下的照相机捡起放好。后座上还有长焦镜头、短焦镜头、三脚架、帐篷、食物。他看着掉在座位下边的手机犹豫了片刻，最后还是捡起来放在了后座上。车子重新启动了。青格尔有点茫然地直视着前方。这个方向，能到达珠日赫草原，也能到达达尔罕草原。走吧，反正草原无边无际。

青格尔到了珠日赫草原。"珠日赫"是心脏的意思，珠日赫草原就是心爱的草原，曾经是萨拉嘎查的草场，现在是热闹的旅游区。这个季节，旅客很多。宽敞的停车场里停着各种轿车、越野车、房车。旅客们在出租蒙古袍的店里穿上廉价的蒙古袍，在特意为他们建的蒙古包前摆拍、拍照。会做生意的牧人牵着配有漂亮马鞍的马在旅客中间穿梭，用笨拙的语言推荐骑马项目。青格尔在"珠日赫草原欢迎您"字样的牌子旁下了车。这个牌子拒青格尔于千里之外，他甚至记不起他家曾经的牧场。在操着各种口音的旅客中间青格尔没有目的地晃悠。他撞到了一个人，没有道歉，对方却清脆地说了两声对不起。青格尔才知道自己撞到的是一个女孩。女孩的声音很干净、甜美，就像……哈莉娜的声音。青格尔情不自禁地回头看了一眼。女孩有一双清澈的眼睛。两声对不起已经把她的脸羞红了。青格尔怔了怔，接着深深地鞠了一躬，转身走向车。上了车，青格尔张开手掌，那个被他攥成一团的照片已经无力恢复原来的样子。来珠日赫这一路，足足有半个小时，他一直攥着拳头，没有松开。青格尔用颤抖的手一次次地将照片铺展、抚平。照片里，哈莉娜的脸、体态、背景的草原已经模糊不清，像一段久远的往事……

大三那年暑假，青格尔下了客车照常往哈莉娜家里跑。哈莉娜正在挤牛奶。夕阳给哈莉娜、牛、牛奶镀上了一层金。事实上，整个草原都金灿灿的。青格尔远远地放慢脚步，轻轻地走过去。他已经听到了匀速的挤奶声，闻到了香甜的奶香。他看见哈莉娜脖颈上的汗毛金灿灿的。青格尔停住了脚步，一时不知道该靠近她还是远离她。他甚至有点后悔不早一点大声叫她。哈莉娜显然感觉到了什么，不经意地回头看。两个人就那么对视着，牛奶已经洒了一地。

那是一段快乐的时光，短暂又长久。哈莉娜虽然总有担忧和忧伤，但最终被难得的欢聚冲淡，毕竟当下比明天更实际些。

青格尔开学那天早上，天下着绵绵细雨。哈莉娜来送他。她穿了件纯白色的连衣裙，没有打伞。雨丝飘落在她的头发上、睫毛上，像飘落在一朵刚开苞的百合上。两个人互相看着，不说话，无声的细雨绵长了离别的忧伤。青格尔从口袋里拿出纸，蹲下来，静静地擦拭沾染在哈莉娜裙角上的草汁。

客车停在他们面前，哗啦一声打开了门。哈莉娜抬起雾蒙蒙的眼睛看着青格尔低低地说："咱们毕竟不是一路人。"青格尔皱了皱眉，凑近哈莉娜耳边低沉却有力地说："等着我。"青格尔跳上了车。车门哗啦一声关上，客车呼啸着走了。一对晶莹的珍珠从哈莉娜的眼睛里滚落下来。

青格尔把车座往后放下来，把那张已经不再光滑的照片轻轻地放在嘴唇上。

车子向前行驶了三个小时后到达了达尔罕草原。夕阳像亿万支细细的金箭，齐刷刷地射向达尔罕草原。青格尔把车开到了罕乌拉山半山

腰。罕乌拉山是这附近最高的一座山，罕乌拉敖包就耸立在山顶。青格
尔下车，先爬上山顶，给敖包添石头，顺着太阳的方向转了三圈。

　　站在罕乌拉山顶俯瞰达尔罕草原，青格尔感到快要窒息了。方圆
几百里草原毫无障碍地呈现在他的脚下。一只小鸟在空中飞翔也许就是
这种感觉吧。如果忽略那些被挖过煤的丑陋的坑坑洼洼，目之所及，都
是绿色，这会儿被夕阳渲染得异常绚丽。白云是这里真正的居民。它们
也披上了绚丽的薄纱，飘逸、潇洒、梦幻、多情，演绎着一场场美好的
邂逅。

　　青格尔环顾四周，寻找最完美的拍摄角度。他再次回到车旁，把三
脚架、相机、帐篷都拿来了。青格尔把三脚架支好后坐在山顶等待。他
需要等待，等待最好的光线。美景、角度、光线，所有这些拍摄的因素
必须完美地结合才能拍摄出最美的照片。

　　青格尔感到疲惫。这漫山遍野的绿色、这方圆几百里的空旷突然
变成淹没整个宇宙的孤独向他袭来。他坐不住了，站起来回到车里。手
机还在后座上，一直是静音状态。他不知道有没有人给他打过电话或发
过信息，他也不想知道，事实上，他不敢打开手机。阿迪亚大清早地发
来的那个图片信息，让他太吃惊、太意外、太悲伤，又让他太……失望
了。那真不是他想象中的哈莉娜的样子。她可是这些年他一直珍藏着的
最纯洁、最完美的女人啊。青格尔点着了一根烟。缭绕的烟雾能撩动心
灵最深处的往事。

　　大四那年暑假回来时，青格尔买了一件纯白色的连衣裙。他放下包
裹行李拿着那件洁白的连衣裙迫不及待地要出门。孕日蒂老人白了他一
眼，面无表情地说："她出嫁了。"青格尔感到一阵霹雳响过他的头顶，
使他的脑子空白，耳朵嗡嗡疼。第二天，青格尔就见到了哈莉娜。哈莉
娜穿着一件宽松的灰色袍子，赶着牛犊从他门前走过。哈莉娜走路有点

笨拙，她那曾经光滑的额头上、精致的鼻梁上长满了雀斑。看到青格尔时，哈莉娜的眼睛里没有太大的波澜。她的脸上只有当母亲的人才有的那种平静和安详。这刺痛了青格尔。青格尔不得不承认，即将当母亲的哈莉娜依然美丽。

青格尔掐灭了烟头，登上山顶。太阳快要落山了，光线柔和了很多。两只蓑羽鹤领着两只雏仔散步在山脚下。远处，一群牧归的羊群慢悠悠地移向一个蒙古包。一群白云仙游在羊群上空。一条弯弯曲曲的小河静静地流向天际。蓝天已经恢复了湛蓝色。青格尔一下就跳到了照相机旁。这是他等待的时刻。青格尔转动着相机，寻找着最美的角度。他的脸上掠过一丝微笑，但很快被愤怒取代了。就在他最满意的那个角度，一处挖掘过的煤矿袒露着，像头发浓密的头顶上的一块癞子。青格尔有点气愤，他恨不得把它从这个世界上消除，或者填平，再栽上树木。怎样才能绕过那个丑陋的地方呢？青格尔在山顶上走来走去。太阳像回光返照般，把最后的光辉一股脑儿燃烧起来了。青格尔在这回光返照般的光线里转动着相机，仍在寻找最美的角度。角度稍微变动就能躲过那片丑陋的伤疤。虽然没有刚才的角度好，但是至少是错开了那片丑陋的伤疤。他还会做一些后期制作，使这张带着丑陋的伤疤的草原变成完美无瑕的最美的草原。青格尔按下了快门："咔嚓，咔嚓，咔嚓……"

青格尔没有收起三脚架。这是日落时的草原，也许日出的时候另有一番惊喜呢。夕阳已经落山了。草原一派柔和的景象。一切都像镜子里似的，明净、柔和。那丑陋的伤疤静静地，也无情地宣示着它的存在。青格尔不再看向那里。他默默地支着帐篷。

青格尔回到车子旁，从车后座位上拿出食物，有香肠、牛肉干、奶酪、瓶装鲜奶，在关上车门的那一刹那，他又看见了手机。手机仍在车子的后座上。他害怕拿手机，也不是害怕，他是有点嫌弃自己的手机。

好像手机里有毒物、脏物，他的胃里一阵翻腾，完全没有了食欲。青格尔有点愤恨阿迪亚，他不该把那张血淋淋的照片发给他看。青格尔重新把食物放回了后座位。

黑夜慢慢地吸净了所有的光。星星零零散散地出现了。青格尔枕着手躺在帐篷旁边。蛐蛐们开始吱吱吱地传话。

静，主宰了整个世界。孤独像一堵堵墙一样坍塌，发出决裂的声音。青格尔想哭，想唱。当一轮明月静悄悄地升起时，青格尔哼哼悠悠地唱起来：

> "十五的月亮，
>
> 升上了天空哟，
>
> 为什么旁边，
>
> 没有云彩哟，
>
> 我等待着美丽的姑娘哟，
>
> 你为什么还不跑过来哟？"

他唱完一首，屏住呼吸听着。世界一片寂静，他的心脏在这一片寂静中茫然地跳动。"呜呜——"青格尔像一条狼一样嚎叫。声音从他喉咙里出去后不久就迷失了，连个回音都没有。啊，这是一个让人绝望的地方，也能让人痊愈的地方。青格尔站起身，对着月亮喊起来："哈莉娜——"哈莉娜在青格尔心里是完美的。即便，在她选择了一个牧区男孩，给他生儿育女的时候，青格尔仍然觉得哈莉娜是美丽的、纯洁的、完美无瑕的。"哈莉娜——"青格尔不停地喊。草原空旷无垠，多少悲伤都能容纳。

青格尔重新躺下来。白天被他揉皱的照片还在他的T恤口袋里，刺痛着他的心脏。他带着这种刺痛沉沉地睡去。

青格尔是被冻醒的。天亮了，但是太阳还没出来。

青格尔独自一人站在山顶上。晨风用它冰凉的手抚摸他的头、他的脸。天空空旷得让人绝望。草原空旷得让人迷失。在这无边无际的空旷中，寂静是无可否认的统治者。孤独再次排山倒海般地压过来。青格尔突然想看看手机，就看一眼也好。他跑到车旁，手机还在原来的位置上。他伸出手，拿了手机。他盯着手机的黑屏，看了许久，还是没有打开。

太阳慢慢地升起来了，把全部的光亮洒向草原。整片草原血一样红。青格尔把手机放回车上，跑到三脚架边一顿乱拍。那个伤疤太大了，早晨的阳光根本遮挡不了它丑陋的一面。青格尔可恨地望着它。青格尔感到饿。他收起相机，收起帐篷，收起能收拾的一切。总是要回家的。

返回的路上，青格尔走走停停。在白音杭盖的岔道口，青格尔徘徊了很久。

日落西山的时候，青格尔还是来到了萨拉嘎查。尕日蒂老人的羊群已经回到了羊圈周围。赶了一天的路，吃了一天的青草，它们此刻正躺在松软的地方微闭着眼睛惬意地咀嚼。牧羊马懒得吃草，正望着夕阳沉思。尕日蒂老人在水槽边打水。

"阿爸，我回来了。"

"嗯，好，回来就好。"

青格尔去帮着阿爸打水。尕日蒂老人就去圈羊。两个人不知不觉中送走了白天。

尕日蒂老人点亮了蜡烛。已经有蚊子、飞蛾循着微弱的光闯进了屋子里。草原上的蚊子又大又狠，你再怎么提防，也躲不掉它的攻击，第二天早上，总能在脸上、额头上摸到花生粒大小的包。

"那个可怜的孩子……"尕日蒂老人一看青格尔就知道，青格尔已经知道了哈莉娜的事儿。

"阿爸，你看，是不是很完美？看这个山脉，看这条河流，还有这绿……"青格尔忙拿出相机给老人看。青格尔的声音高得有点颤抖。他只想把老人的话题引开。

青格尔的拍摄技术不赖。他拍摄的照片被很多大媒体刊发过。青格尔镜头下的草原都是完美无缺的，像一幅幅精美的油画。青格尔镜头下的草原生活都是唯美的、富有诗意的：老额吉总是穿着干净的蒙古袍站在牧铺周围手搭帐篷眯眼张望，小情侣总是骑着一对漂亮的烈马漫步在草原上……

"你那都是骗人的。"被岔开话题的尕日蒂老人没好气地说。青格尔的脸突然就耷拉下来了，没有了任何生气，他又饿又累。从昨天早上到现在，他的舌尖还没有碰到过食物。一股莫名的怒火涌上青格尔的心头。老人其实正好戳中了他的要害，让他疼得呻吟声都不敢发出来。

"我哪里骗人了？"青格尔尽量提高声音说。

"你拍到的只是百分之一，万分之一的草原，加上你的一顿加工，看起来是很美，但那都是假的。"老人一点也不留情面。青格尔满脸通红，他有哭出来的冲动。这个瘦弱的老人，这个倔强的老人，这个无情的老人。青格尔上衣口袋里被揉皱的照片再次刺痛了他。青格尔站起来，拿起行李就要走。

"你爱草原吗？怎么爱？你爱草原的哪一点？爱就得接受她的缺点和不足。你那不是爱，你那只是虚荣。"烛光微弱，老人自己给自己投下了阴影。随着一声长叹，老人的肩膀缓缓地、软软地垮下去。周围突然寂静了，飞蛾绕着微弱的烛光没完没了地飞着。一老一少沉浸在一片深邃的孤独的海中。

"不要逃避，你也逃避不掉。"过了许久，老人抬起了他苍老的头，"正视你的内心，对着你的良心，接受她的真实，拍出最真实的生活，拍出最真实的草原。"

青格尔走出了屋子。他独自一人在车子里待了许久。

摇下车窗，青格尔看见烛光下的阿爸仰起头，喝光了一杯烈酒。月亮已经升起来了，圆圆的、黄黄的。草原静悄悄的，酝酿着一场漫长的梦。

青格尔从后座上拿起了手机。他打开了手机：那是一张血肉模糊的图片，图片里哈莉娜躺在一处松软的地上，血沾满了她的胸部、腹部，她的脸上已没有了任何生气，图片的下方写着：不排除情杀。

手机里还有几个未读信息，都是阿迪亚的。青格尔回复："你在哪儿？我马上去找你。"

越野车在黑夜里咆哮了一声，走远了。

头羊的葬礼

炉子里的火焰跟外边的暴风雪较劲似的呼呼地燃烧着。羊肉在铁炉子上噗噗地响得欢腾。沸腾的羊肉汤用蛮劲顶着盖严的铁盖子，放走了馋人的、鲜嫩的羊肉味。阿妈从门缝里挤进来，把一阵寒冷的强风拒之门外，但还是有一股强烈的冷意和不少剧烈哆嗦的雪花躲进了包里。她把衣襟里的干牛粪曜的一声倒在地上，又顺手扒拉一下灌进脖子里的雪："哎，又是谁惹怒了腾格尔阿爸？这么大的风暴，羊群能顶着风暴爬过塔布嘎山吗？那只头羊老得快走不动了……"阿妈在炉子上添上牛粪，火红的火焰照亮了阿妈焦急的冻僵的脸。

阿妈出入在包里包外。热气和冷气也随着阿妈进进出出在包里包外。我趴在小窗户旁，哈出热气将玻璃上的冰软化，再用手指甲刮掉上面的冰，睁大眼睛往外看。外面的世界如同小窗户上的冰霜，天和地也似乎都结冰了，都融为一体了，只有阿妈的蓝色头巾在凛冽的寒风中剧烈地颤抖着，飘飞着。

不知过了多久，疯狂的暴风也似乎有点力不从心了，但是夹杂在里面的飞雪还是不减嚣张。站在寒风中的阿妈突然高兴地往包里喊："腾格尔阿爸保佑啊，孩子，快放桌子，给你阿爸热酒，羊群已经出现在塔布嘎山头了。"

我风一样跑出去。一阵刺骨的寒冷立刻包围住了我。西北风还是像个魔鬼般向我袭来。我看见羊群像一团偌大的白云般在暴风中慢慢地移动。它们低着头，竖起坚硬的双角顶着强大的西北风，艰难地坚定地前进。因为羊群知道顶过了这一阵儿的寒冷后就会到达它们安全温暖的避风港。一走近羊圈它们就开始奔跑起来。我最喜欢看奔跑着的羊群。被风梳理了一天的羊毛随着它们的奔跑起伏着，飘飞着，像无数个翻滚的波浪。那有力的、匆忙的、有节奏的脚步声践踏着飞雪，镇压着暴风，惊扰着暴风以外的宁静……

阿妈已经从桑森房拿来小半盆玉米准备犒赏头羊。这么大的风暴要是没有头羊的带领，羊群是绝对不会顶着暴风越过塔布嘎山头的。一看到阿妈手里的盆子，羊群就掉转方向更加疯狂地跑起来。一阵狂野的、奔放的、生命的潮流向阿妈涌来。阿妈把盆高高地举在头顶。羊群拥挤半天后见没什么希望，就索性跑进羊圈里开始啃干草。羊群都回到了羊圈，但是没见到头羊。阿妈把小盆放在了包里，眼睛若有疑问地看了看我，然后又走了出去。

阿爸回来了。脸色比今天的天色还凝重。他什么也没说，自己给勒勒车套上牛后径直向塔布嘎山顶驶去。阿妈的脸色也开始沉重了，进出的次数也更多了起来。

阿爸回来的时候，勒勒车上躺着那只头羊。头羊那稀疏了的毛在寒风中起起落落。它一动不动地躺在那儿，更有一种不惧怕寒冷不在乎风暴的倔强。坚硬的两只角在寒风中巍然倔强地抵抗着。

阿妈看了勒勒车又诧异地看了看阿爸。阿爸没有说话，自顾自地卸下牛车，自己吃力地推着勒勒车推到了挡风的地方。然后他走过去轻轻地摸了摸头羊的角。那天晚上阿爸盘腿坐在方桌旁，没有吃一口肉，只是一个劲儿地喝酒。当他的脖子变得跟脸色一样通红的时候，他的眼角终于流出了两行泪。

阿妈轻声叹了口气，始终不敢出大气。阿妈知道阿爸有多难过。那只头羊的年龄比我还大，已经有十几岁了。草原的冬天总是出奇地寒冷，冬天的风暴更是少见地残酷。羊群如果没有带领的头羊，即便它们知道越过了这个山脉就是它们安全的归宿，不跨过这个山脉可能就面临着冻死，它们也不会有勇气和胆识迈开步子顶着猛烈的暴风雪跨过山头的。自从出现了这只头羊，阿爸就没有惧怕过冬天。十几年的暴风雪中，这只头羊一直在用它的勇敢和责任、倔强和灵性带领着羊群走过每一个风雪呼啸的冬天的傍晚。如今它用它的生命带领着这支队伍，自己却倒下了……

阿爸连续几天没有说话，按照我们这一带的习俗，头羊是神羊、是大功臣，牧人是不会杀头羊的。头羊是每一个牧民引以为傲的话题。头羊好，羊倌就遭罪得少，羊群就能找到更好的草源。所以自己的羊群里有一头了不起的头羊是令很多羊倌骄傲的事情。

然而在一个灰色的黄昏，阿爸把头羊从勒勒车上卸下来拖进包里，拿出蒙古刀，给头羊扒了皮。把皮练好后，阿爸用那头羊的皮做了一件羊皮袄。尽管那只头羊的个头很大很有来头，但是由于阿爸的身材也高大，所以做出的羊皮袄穿在阿爸的身上也显得小。穿上那件羊皮袄以后，阿爸的脸色从沉闷变成了伤感。

草原的秋天短得像兔子尾巴。牧人在不见天日的一阵忙碌后又迎来一个漫长而寒冷的冬天。

头羊死后的那年冬天特别寒冷。整个草原总是蒙着一层阴森森的冷意。远处的山脉近处的敖包把自己伪装得很是不近人情的冷漠。我们住的蒙古包在漫山遍野的寒冷中显得孤独和无助。

那天，阿妈照常煮好了羊肉背完了草，等着阿爸回来。一到冬天，只要阿爸还在跟着羊群在山上，阿妈的脸总是忐忑不安，双眉间总被紧张和担忧侵占着。所以我更希望阿爸早点回来。只要阿爸回来了，阿妈的脸上就会飘满欣慰满足的红晕，我就会为所欲为地开心幸福。整个包里像草原的夏天般温馨美丽。

羊群早早地越过了塔布嘎山脉，又慢慢地移到了自己的羊圈。可是阿爸还是没回来。当浅紫色的太阳哆嗦着躲到山的那一边，当灰褐色的月牙儿轻轻升出来时阿爸回来了。阿爸走在前边，一只母羊跟在阿爸后面边跑边热切地咩咩叫着。阿妈把那只母羊圈进接羔羊的羊圈里。阿爸径直走进包里。他的帽子上、眉毛上、胡须上结了一层厚厚的冰霜。但是在微弱的烛光下，我看见阿爸的眼里有一丝浅浅的兴奋的痕迹。阿爸甚至有点神秘地看了我一眼后微笑着，慢慢地解开了羊皮袄的扣子，像变魔术似的从怀里拿出了一个毛茸茸的小东西。我顺手去摸它。那小东西温热的身体顿时在我的掌心下轻轻一动。心里竟有种莫名的感动。

"哈哈，幸亏我的羊皮袄。不然它早冻死了。"阿爸骄傲地说着脱下毡靴，在桌前盘腿而坐。

"好香的羊肉。"阿爸用手抓着吃了一大口，然后将面前的酒一饮而尽。阿妈走进来，在地上铺好了羊皮，然后轻轻地抱着把那只脆弱的却温热的小生命，放在羊皮上。不知是因为外边的寒冷还是因为什么，阿妈的脸上竟泛着一层浅浅的红晕。她第一次主动走到桌子旁给自己倒了半碗奶酒。阿爸用双手举起羊皮袄把它放在包西北角的佛龛旁边，那种表情就像是它给予了这种温馨，是它赋予了生命一般。

那场暴风雪是我童年的一场噩梦。

那天早晨天气灰暗。阿爸看了看天色哀怨地说："腾格尔又要变脸了……"

"要不，今天别把羊群放出去了。头羊也没了……就在羊圈里养着吧。反正我们的草也够多。"阿妈看着阿爸的脸色担心地说。

阿爸看了一眼阿妈没有说话，但是非常干脆地推开了羊圈的门。阿爸太自信了。或者说是太自负了。阿爸一边想念着那只头羊，但是另一方面他心存不甘，或者不相信没有了那只头羊，他就无法征服或跨越这草原的暴风雪。

我看见阿爸赶着羊群，在那灰色阴暗的天气里渐行渐远。那稍小的羊皮袄紧紧地裹着阿爸。阿爸高大矫健的身材慢慢地融进了灰色的沉默的大地。

午后，天气骤然变了。起初有几朵雪花在空中懒散地飞舞着，但是当雪花薄薄地铺上地面的时候雪停了，西北风却疯狂地刮起来。风卷起刚刚落下的雪花，无情地撕咬着、狠狠地鞭挞着。风力越来越猛烈，几乎要把蒙古包连同整个草原都吞进肚子里。我蜷缩在包里，从小窗户里胆怯地望着窗外。阿妈如坐针毡。一会儿跳起来敞开一下门，一会儿又跑过去动一动铁炉里的火焰，嘴里不住地嘀咕着什么。阿妈脸上的表情让我更加恐惧和不安。不知过了多长时间，天色已经完全黑了，阿妈点上了蜡烛。包里和包外边，风暴在铺天盖地地咆哮着。阿爸始终没有回来。

恐惧、疲惫袭向了我。我不知不觉就睡着了。

当我醒来的时候外面还在刮着大风。但是比起昨天显然收敛了很多。阿妈已经煮好了奶茶。我看到阿妈时不禁吓了一跳。阿妈一夜之间变得那么苍老和衰弱。她那消瘦的脸像一张被水浸透了的纸，一戳就破。阿妈给我盛完奶茶后，包上她那蓝色的头巾匆匆忙忙地出去了。

阿爸阿妈回来时已经是午后，他们俩是互相搀扶着回来的。阿爸像个打了败仗全军覆没的将军，脸色比昨天的天色还阴沉。他孱弱地走进包里，一屁股坐在炉子西侧。我赶紧下去给阿爸热酒。阿妈生起炉子给阿爸热羊肉热奶茶。她无声地啜泣着，不停地用消瘦干枯的手背擦着眼泪。那样哭过一阵后阿妈低声对阿爸说："一二百只羊冻死也没什么，好在腾格尔阿爸保佑，你平安无事……"

"要是我们那个头羊在的话就不会出这种事儿，不过这次也多亏了它，不然我自己都会成冰雕了。"阿爸指了指放在旁边的羊皮袄，声音低沉。

尽管每年的冬天，阿妈总会给我们每个人准备一张羊皮褥子，但是阿爸总会把自己那件羊皮袄给我披上。那件羊皮袄沉沉地压在我身上，使每一个冬夜都是那么温暖那么踏实。

之后的几年中，羊群里也出了几只头羊，但是阿爸没有像以前那样特别看重哪一只头羊。也许人都是这样吧：过去的总是美好的，失去的总是最好的。在阿爸的心里哪只头羊都无法替代伴随在他身上的那只头羊。

阿爸还是那样早早地赶着羊群出去，傍晚时分跟着羊群回来。身上也都是那件羊皮袄，没有缝补、没有洗涮。久而久之身上竟渗进了那只头羊的味道。

我渐渐长大了。我走出了草原，走进了城市。每当想起草原的冬天，草原的风暴，心中仍旧涌出寒冷和恐惧，但似乎还夹杂着一种淡淡的向往和静静的思念。

去年我回家。家里的羊肉味依旧，阿妈的忐忑依旧，但是阿爸的世界已经从草原上的牧场转到了包里的热炕，伴随着他的也不再是那件羊皮袄，而是草原上的烧酒。阿爸的眼睛被烧酒的烈劲打垮了，眼皮松弛地耷拉着，眼睛无神地凝视着我，好久后突然放出了一阵迷路一样的苍茫又醉意的蒙古长调。

包外，天空依旧那么苍茫辽远，天底下辽阔的草原上立起了无数个守兵，他们用铁丝网互相捆绑着，互相拉扯着，在风中呼啸着、呻吟着。铁丝网里面，三百多只黑不溜秋的羊在拥挤着啃着坚硬的草根。阿爸的羊皮袄挂在被铁丝网围住的拴马杆上，迎着寒风哆嗦着，似乎在为谁举行着一场风葬……

乌尼根燃

一

那条狐狸像捡垃圾的人一样埋着头弓着背在垃圾堆里翻东西。它脑
袋顶着厚厚的灰尘，站在一堆黏稠的东西中，几片黑色的塑料碎末儿沾
在它毛糙的皮毛上，它的毛还没脱完呢。我比它光彩不了多少。自从离
开哈扎噶尔草原，我就没刮过胡子，没理过发，甚至很少洗脸，昨夜的
雨浇得我浑身散发出羊毛淋雨后的那种气味。

狐狸从垃圾堆里抬起头。我以为它一摇尾巴就会逃跑。我在哈扎噶
尔草原上看到的狐狸都会那样做的。有一回，我放羊看见一条红色的狐
狸像一团火一样从我和羊群旁边闪过，羊儿们惊得本能地躲闪。等我和
羊儿们回过神来的时候，那团火早已窜过一座翠绿的小山丘消失得无影
无踪。但是，这条狐狸没有逃跑。它缩起脖子，背着耳朵，龇牙咧嘴，
使劲露出一副凶相。它的嘴巴上有几处红色，不知是翻垃圾的时候碰伤
了，还是被什么东西染红了。它咧嘴的时候下巴在抖动。它在悄悄地往
后退。我盯着它，一步步地逼近，它耸起的脊骨就要戳破它背部的皮毛
了。它转动了几下眼珠子后，把耳朵竖回来了，把脖子伸开了，把嘴巴

也合上了。它的眼神变得深邃，似乎在思考下一步的行动。我依然以强者的傲慢俯视着它。过了五秒钟，它突然歪起那满是灰尘的脑袋，眯着眼睛，扬着嘴角讨好地看我。我从来不知道野狐狸会讨好人，事实上，我从来没有这么近距离地看一只野狐狸。

没有一丝风。垃圾场的恶臭沉积在空气中，让人喘不上气来。我感到胃里一阵翻腾。我捂着鼻子慢慢后退。我昨天才领着牧羊犬，赶着黑头羊们来到这片土地，这里可不像哈扎噶尔草原，我的黑头羊们正在寻找一片绿油油的牧场。我后退的时候，狐狸却悄悄地往前挪步。

拉开与狐狸的距离后，我转身快速走了几步。我再次回头的时候，狐狸不见了，只有来自千家万户的五颜六色的垃圾在闷热的空气中萎缩、挣扎。

突然，我感到后背凉飕飕的。

二

在哈扎噶尔草原，我是个有文化的人。我学的是兽医，医术不错。有一阵儿，我开着三轮车，走遍每个村庄每座牧铺，收购得回旋病的黑头羊。萨日盖戴着墨镜，穿着短裙，蹬着高跟鞋，坐在我旁边。三轮车在草原上啪嗒啪嗒地行驶，把灰尘和浓烟抛到脑后。萨日盖跟我说话的时候需靠近我双手兜在嘴边亮开嗓门大声喊，不然她的声音压不住三轮车的啪嗒啪嗒声。

"等我们有了一群黑头羊就买越野车。"每收购一只黑头羊萨日盖就跟我说一遍。她打了粉底的脸像下了霜的马粪蛋，抹了口红的嘴唇被草原的烈日晒成了芥菜疙瘩。

"咱们买越野车后你来开。"我说。我害怕一个人在宽阔得没边的草原上行驶。天空蓝得无边无际，草原宽得无边无际，空气静得无边无际，这无边无际中我像一只蚂蚁坐在一个玩具般的小三轮车上啪嗒啪嗒爬行，那种孤独、虚无和无助足以让我崩溃。所以，我需要萨日盖的陪伴，只要她陪在我身边大声跟我说话我愿意天天给她洗脚，事事都顺着她。

"我来开。咱们一直开出哈扎噶尔草原。"萨日盖兴奋地喊，似乎就要展翅高飞。萨日盖就是这么简单快乐的女人。一句话能让她伤心欲绝，一句话也能让她欢天喜地。

那些得回旋病的羊，不吃不喝整天转圈，硬把自己转瘦了，转晕了，转死了。生病的羊在牧人眼皮子底下不停地转圈，不停地消瘦，不停地摔倒，弄得牧人心烦意乱，于是，牧人给钱就卖，哪怕给一袋盐也行，有时候甚至白送。

我只收购纯种黑头羊。我等待合适的时机给生病的羊做手术，取出它脑袋里作祟作恶的脑包虫，消毒，包扎。得回旋病的一般都是年轻的羊，所以康复得快，过十天半月就能活蹦乱跳了，只是更多数的羊熬不过手术。

我和萨日盖每天数十几遍我们的黑头羊，萨日盖给每一只康复的羊起名字。我不让萨日盖数那些熬不过手术死去的黑头羊，看都不让她看。

那天上午，卖菜的呼日乐开着他的半截子停在我家门前，那长着一张马脸的家伙最近总来我家门口。萨日盖用羊皮换了几个茄子和大蒜。呼日乐指着低头站在羊粪堆上的刚做完手术的黑头羊说："把那只也装上车吧，反正早晚的事儿，现在装的话还能多换几样菜。"呼日乐说完张开洞口一样的大嘴哈哈笑起来，他那枣红色的长脸被挤出了很多生硬的褶子。萨日盖狠狠地瞪了他一眼，回屋了。

那天，萨日盖没再数羊。中午，萨日盖叹气说这些黑头羊成群，可能要等到白头。下午萨日盖面无表情地说，等这些康复的黑头羊成群时，我肯定牙齿掉落说话跑风，骨头疏松走路都费劲，还开什么越野车？

不管我们买不买菜，呼日乐每次来村里都会来我家门口停一会儿。萨日盖有时候买几个土豆、茄子、大蒜，有时候什么也不买，戴着墨镜，踩着高跟鞋，倚着车栏听呼日乐天南海北地瞎吹。

萨日盖不再跟我去收购得回旋病的黑头羊。她讨厌去牧铺途中手机断信号，也讨厌高跟鞋陷进牧铺的牛羊粪里变得面目全非。不管有没有太阳，她出门总戴一顶宽檐的帽子。她看见我用吸管从羊的脑袋里吸出那些作祟作恶的东西就呕吐。她整天愁眉苦脸，唉声叹气。

终于有一天，她搭呼日乐的半截子离开草原飞走了。萨日盖给我发来一张飞机的照片，还发来飘浮在飞机机翼下的云朵群，但是没有发自己在飞机上的照片。

萨日盖走的第一天，我以为她进城买几件廉价衣服逛几家墨镜店就会回来。她脱掉的紫色袜子还压在我的床尾，她掉落的染成金黄的发丝还依附在木梳上呢。第二天早上，我在黎明前醒来伸手摸了摸旁边，一片冰冷。没有萨日盖的呼吸，没有萨日盖的气息，甚至没有别的任何声音。屋里黑乎乎的，屋外也是。整个哈扎噶尔村，整个哈扎噶尔草原，似乎只有我一个人，孤独像洪水般漫过我的身心。我突然害怕极了。我蜷缩着身子，蜷缩成娘胎里的样子，任孤独浸透我。我熬到天亮，开着三轮车出去。我竟然迷路了，四处都是一模一样的山丘和草地。草还没有全绿，太阳还没出来，到处都是暗淡的土黄色。这暗淡的土黄色不顾一切地向四处延伸，也向我体内延伸。我很恐惧，赶紧原路返回。我害怕一个人面对漫长的黑夜，所以天黑时我往胃里灌了半瓶草原白。我是疼醒的。头可能要裂了，嘴里要冒烟。我赤脚下地找水。每走一步，头震得生疼，我恨不得把脑袋拔下来扔掉。这一天的疼痛多少减轻了我的空虚。我每天浑浑噩噩。我的胸膛里是空的，比哈扎噶尔草原还空，我的脑袋却是沉重的，而且总嗡嗡响，我的心跟着萨日盖飞上了云朵。我曾走家串户医治了很多牲畜。我用挣到的钱买那些生病的黑头羊。我和萨日盖等待黑头羊成群。但是萨日盖走了。看着那些康复的黑头羊，我不知道我要它们干什么。我对萨日盖说我去找她。你疯了？萨日盖回复，城里那么好混呐？

我真的疯了。我领着牧羊犬，赶着我的三十二只黑头羊，带上所有的积蓄，锁上门离开了哈扎噶尔草原。哈喇晋在寻找萨日盖的路上生下一只小黑头羊。我给萨日盖看新生的小羊羔。我说，你给起个名字吧。过了很久萨日盖回复我说，你真疯了，赶着一帮用纱布裹着头的羊满世界乱跑。她说卖菜的呼日乐的妹妹也在她去的城里，她在给她找各种工作。萨日盖没给小羊羔起名字。新生的小黑头羊，眼睛像极了稠李子。我给它起名叫沐伊勒（稠李子的意思）。

我领着牧羊犬赶着羊儿们沿着有水草的地方走了十六天。一个蒙蒙细雨的午后，我终于在一个城郊看到了那座草原般宽广的飞机场。萨日盖就是从那里起飞的，如果她的飞行是真的话（不知为什么，看到飞机场的那一刻我突然有点怀疑萨日盖没有飞）。我们停下脚步，找到一座荒废的院落租下来。我站在雨中拍下雨中的飞机场发给萨日盖。"等你回来的时候，即便下着鸡蛋大的冰雹我也去接你。"我说。萨日盖给我发了一个大哭的表情。我满心欢喜，我以为她被我感动了。

三

我发誓我就走了三步，回头时那条狐狸就不见了。如果是哈扎噶尔草原上的狐狸，我相信它们能在一瞬间跑没影，但是刚才那条狐狸完全没有那份灵气和矫健，它在跟我对视的时候甚至显出听天由命的倦怠。

我心里瘆得慌。从小到大，我听过狐狸的各种传闻。刚才那条狐狸再瘦弱再狼狈，它毕竟是条狐狸。我一步三回头地走到羊儿们的旁边。羊儿们有点慌乱地往前走着。草原上的羊群有个习惯，走到牧场后才肯停下脚步安心地吃回头草。今天，它们走了这么长的路，还闻不到牧场的气息，我能理解它们的慌乱，但是我没理会。我自顾自地走到一座地势较高的土丘上。

站在土丘上，我四处观望。这是一片宽广的平原，被分割成了很多块儿。比如，我的正北边是一片片玉米地，玉米苗已经长到脚踝高。羊儿们就是挨着玉米地边沿走过的。翠绿鲜嫩的玉米苗绊住了羊儿们的脚步，牧羊犬费了很大的劲儿才让贪吃的羊儿们远离玉米地。我的住处像一峰瘦弱的老骆驼一样蹲在我西边方向。越过那峰老骆驼就能看见密密麻麻的高楼大厦。因为远，那些高楼大厦看起来像小孩的乐高玩具。谁知道呢，也许它们就是造物主的玩具。飞机场在我住处的西南方向。飞机场很大，机场里的滑行道间有着绿油油的草地。几架飞机在滑行道上作秀般来来回回滑行。一架架飞机从滑行道上腾空而起，留下一阵阵嘈杂声。也有一架架飞机呼啸着从天而降，在滑行道上急速滑行。我的心被揪起来了，如果哪一架飞机载回我的萨日盖，我一定用我的衣袖，用我的手掌，用我的额头擦净整个机身，擦得光亮光亮的，还会每天为它祈福。我费很大的劲才把目光从飞机场移开。突然，我浑身的鸡皮疙瘩都起来了。

——坟场。密密麻麻的坟墓，就在我南边。我能看见很多石头砌成的或是土堆成的坟墓。有的坟墓旁长着呈伞型的榆树、柳树。被大树保护的坟墓既完好又威严。有的坟墓旁却什么也没有，萧条又寒酸。有些土坟可能常年不添土，被风吹得光秃秃的。坟墓与坟墓间长满了各种杂草。垃圾场就在坟场的东边。

羊儿们还在慌乱地往东走着。一条车来车往的宽敞的柏油路在等着它们。那条柏油路通向飞机场。

我想把羊儿们赶回来，但是脚却在地里生根了一样动不了了。我看见了它——那条翻垃圾的狐狸。它小跑着从垃圾场跑出来。我看不见它嘴里叼着什么东西，想必是从垃圾堆里翻到的垃圾。它一路小跑着，径直跑到坟场，绕过一座光秃秃的土坟，钻进茂密的杂草中不见了。难道，它住在坟场？翻垃圾为生？我再次环顾四周，玉米地、村落、高楼大厦、飞机场、坟场、垃圾场、柏油路。我自己回答了自己的疑问：它住在坟场，吃垃圾为生。难怪它碰到我没有逃跑，难怪它试图向我这个闯入者发出恐吓把我吓退，知道力量悬殊后改为讨好。这是它的生存空间，它可以没有尊严，却没有退路。

羊儿们看到柏油路停住，伸长脖子咩咩咩地齐声叫起来，叫得响亮又绝望。

四

我赶着羊群走到玉米地边沿就看到了它。它还在垃圾堆上埋头苦干。我把羊群交给牧羊犬，悄悄绕过土丘走向坟场。引领我走向坟场的也许是好奇心，也许是某个魂灵吧。

太阳显示着它的威力，狠狠地晒着我的额头。我的影子耷拉着脑袋默默地走着。我心疼我的影子，我总是失眠，弄得我的影子无精打采。

昨晚，我听着飞机的轰隆声想了一会儿萨日盖。我总是想着想着就想不起来她长啥样了。萨日盖的面容很模糊，我必须回忆有萨日盖的某件具体事儿时才清晰地记起她那时候的样子。我很想给她发个信息，但是时间太晚了，她被微信吵醒了会失眠，会跟我发脾气。萨日盖最近可不耐烦了。呼日乐的妹妹给她找了饭店服务员的工作，萨日盖点菜时不推店里特色菜净推一些实惠的菜，于是老板请她另谋高就了。呼日乐的妹妹又领她去一家服装店当店员，店里没顾客时她偷偷给我回微信被店长逮住当场解雇了。"那你回来吧。咱们回哈扎嘎尔草原。黑眉也快生小羊羔了。"我说。"得了吧，我再也不想拿羊皮换茄子大蒜了……"我看不见萨日盖的脸，也想象不出她现在的样子，事实上，离开哈扎嘎尔草原后我总觉得我和萨日盖、牧羊犬还有我的羊儿们就像风中漂泊的飞蓬，没有根，没有落脚点，没有存在感。不知为什么，我想到了捡垃圾的狐狸。黑暗中，它缩起脖子，背着耳朵，龇着牙使劲装出凶相。黑暗中，它歪起满是灰尘的脑袋，眯着眼睛，扬着嘴角讨好地看我。黑暗中，它叼着垃圾场里翻出来的东西向坟地小跑。我的心隐隐作痛，这种痛楚在这虚空的夜里让我感到充实。如果它愿意，我真想把它带到哈扎嘎尔草原。哈扎嘎尔草原上有的是野兔、跳兔、大眼贼供它享用。草原的风能把它的毛发梳理得跟绸缎一样光滑。在哈扎嘎尔草原，它可以像一条真正的野狐般有尊严地生活。

走近坟地，我不自主地放轻了脚步。我怕惊到什么。虽然只是些土堆或石头，但是那下面却躺着曾和我一样爱过、恨过、迷茫过、挣扎过的生命，他们也曾孤独、苦恼、快乐、悲伤，如今与世无争地躺在这里。

远远地观望一片坟场和置身其中是不一样的。我轻轻地、蹑手蹑脚地往前走着，好像我踩的不是土地，而是尸骨。这里的杂草比我昨天看到的更凌乱。植物是很会拉帮结派的，或者它们也是害怕孤独的吧。矮小的鸡爪子草们凑一起，扎人的蝎子草扎一堆，低调的小黄花聚到一处，狗尾巴草有点特殊，到处都能看见它们摇摆的影子。坟前的大树随风摆动，像无数只手在向我索要什么。我的腿脚有点发软，感觉有一双眼睛从某个高处窥视着我。我缩着脖子悄悄地走着，不敢东张西望。突然，风向转了，垃圾场的味道随风而至。垃圾场的臭味让我镇定，凭着记忆我走向狐狸昨天消失的地方。

走到那座光秃秃的土坟旁我停下脚步屏住呼吸观察。几朵翠雀花静静地绽放在土坟前，给土坟增添了肃穆。我在杂草间看到了狐狸的脚印。沿着脚印望过去，我看到了五十米外的几团毛糙糙的东西——狐狸崽子，有土黄色的，有土灰色的，一共六只。它们彼此紧紧地挨着，伸长脖子望着垃圾场的方向。我悄悄地走向它们。它们听到了动静，转眼间不见了。我猜到了那条捡垃圾的瘦弱的狐狸住在这里，但没想到那么瘦弱的一条狐狸还养着六只崽子。我看见了一个隐蔽的小洞口。几棵枝繁叶茂的黄芩巧妙地掩护了洞口。

我走到洞口边蹲下。我隐约能看见洞里瑟瑟发抖的小东西。洞里静悄悄的，连呼吸的声音都听不见。我冒出跟它们恶作剧的念头，但是立刻压住了这个念头。大地恶作剧摇晃一下人类就遭殃，海水恶作剧翻腾几下船只就遭殃，我们是这么卑微的存在，从哪儿来要去哪里都搞不清，何必伤害彼此呢？我蹲了一会儿站起来，感觉头有点晕。

我绕开垃圾场走向羊群。我不想让狐狸知道我发现了它致命的软肋，我跟它无冤无仇。它对我心存戒备，曾想吓退我，后来又讨好我，它无非是想跟我和平相处，保护它的孩子们。它弱得可怜，我不跟它计较。我也没想伤害它，去找它的窝只是好奇，如果它肯我还愿意把它和它的孩子带到哈扎嘎尔草原，让它们有享不尽的美味佳肴。我远远地观察垃圾场寻找那条狐狸。我没有在我通常看到的地方看到狐狸的影子。它不在那儿，我如释重负，但一抬头我就惊呆了。它站在垃圾堆顶端直勾勾地看着我。那双从高处窥视我的眼睛就是它了。它什么都知道了。

它那么瘦小，比垃圾场的任何一个瓶瓶罐罐大不了多少，但是它让我感到心悸。我有点心虚，想了想，我没做什么亏心事。我朝垃圾场走去。一阵风吹来，把一股臭味灌进我的鼻孔里。狐狸慢慢地走下垃圾山，像迎接一个知己或者是劲敌一样向我走来。我们在相距十米外处停住脚步，它嘴里叼着一个长了毛的鸡腿。它不再缩脖子背耳朵，也不再歪脑袋眯眼睛，它只是放下嘴里的鸡腿，从它的高度用微弱的眼神无助地仰视着我。它又瘦了。它呼哧呼哧地喘息，凸起的肋骨跟着喘息起伏着。

我的羊群向垃圾场这边走来。羊这个东西适应力很强，它们不再找绿油油的牧场，不再吃回头草，也不再挑剔，碰到绿草就吃，管它硬的软的香的臭的，先吃了再说。

狐狸叼着长毛的鸡腿小跑着走开了。

羊儿们爬上垃圾堆闻闻这个，舔舔那个。沐伊勒在各种盒子罐子袋子之间又蹦又跳很是开心。小羊羔喜欢淘气。草原上，沐伊勒这么大的小羊羔不会跟着羊群走，它们吃得饱饱的，有时候跟同伴们一起赛跑，有时候懒懒地躺在羊圈的阴凉处，如果找到好玩的土丘，它们就乐此不疲地跳上跳下，没有好玩的东西时它们跟自己的影子玩得也照样很开心。牧羊犬吐着舌头跑到我身边，看了看我的脸色，背对着我蹲下了。一架飞机呼啸着向飞机场俯冲而下。

五

即便没有飞机轰隆隆地俯冲而下，我也睡不着了。萨日盖又找到了工作，呼日乐的妹妹给她找的（唉，谁知道有没有所谓的呼日乐的妹妹呢）。我问她找到了什么工作？她没有回复。我问她啥时候回来？她说工作忙。我说，这里有一条奇怪的狐狸，瘦骨嶙峋，捡垃圾为生。她没

有回复。我说，咱们回家的时候把狐狸也带到哈扎噶尔草原吧。她还是
没有回复。在漆黑的夜里，陪伴我的只有手机屏幕那鬼火般的蓝光。我
打开与萨日盖的微信聊天记录，从上滑到下，又从下滑到上，反反复复
地听，反反复复地看。我有点沮丧，更多的时候都是我在自言自语。她
偶尔回复我也总是答非所问，心不在焉。更让我沮丧的是，我有时候很
努力也想不起她的面容，但我真的很想她。我求她给我拍个近照，她也
没有回复，于是，我只能独自面对黑夜和孤独。

我耷拉着脑袋打开羊圈的门。牧羊犬当着羊儿们的面露出利爪伸个
懒腰，龇着尖锐的牙齿打个哈欠才放它们出去。羊儿们每次过玉米地边
沿的时候都心怀鬼胎，蠢蠢欲动，一有机会就往玉米苗前跑，让牧羊犬
又忙又累。牧羊犬这是在示威，好让羊儿们认清它的厉害。

我径直走向坟场。我的内心忐忑得很，我怕狐狸挪窝了。一条野狐
狸是不会让人发现它的老窝和崽子们的。我在哈扎噶尔草原见到过很多
成年狐狸，却从来没有见到过它们的老窝和幼崽。

再次走进坟场，内心不再恐慌。我没有犹豫，直接走到了狐狸窝
边。几个毛糙糙的东西在晒太阳。我查了一下，一共五只。再查，还是
五只。昨天明明有六只，今天少了一只。它们发现了我，懒懒地起身回
到洞里。我在洞口蹲着。那几朵肃穆的翠雀花依然孤独地守着光秃秃的
土坟。过了一会儿，一只狐狸崽子从洞里探出头，蹑手蹑脚地走出来，
接着，又走出来一只，又一只。它们都是大脑袋，走路像抬不动脑袋似
的摇摇晃晃。它们伸长细细的脖子看着垃圾场，发出微弱的呻吟般的
声音。

狐狸没有挪窝，我长舒了口气，但是也感到失望。一条野狐狸的尊
严在它这里已经消失殆尽。

我慢慢地走向羊群，眼睛却一直盯着垃圾场。它在垃圾堆上翻东

西。我知道它知道我去了哪儿。它知道我知道它知道了。

我想去垃圾场看它，但是改变了主意。它够卑微了，我何必再去侮辱它。

六

萨日盖换了手机号，也换了微信号，她硬生生地把自己连根带须地从我心里拔走了。至于拔掉后的千疮百孔，她就不管了，反正伤不在她身上。我不知道自己在这里还有什么意义，甚至，我不知道自己来这里有什么意义。唉，什么叫意义呢？我想回哈扎噶尔草原了。

我蓬头垢面地走向羊圈。走之前，我想去看看它。

我打开羊圈门。黑眉在角落里茫然地看着我。黑眉的眼睛上面有一道弯弯的黑线，所以萨日盖给它起了黑眉这个名字。我的心隐隐作痛。只要想到跟萨日盖有关的事儿，或者不想到跟萨日盖有关的事儿，我的心都在隐隐作痛。

黑眉要当妈妈了，正在承受着分娩前的阵痛。它的这份茫然神情让我无奈，它的疼痛谁也替代不了，我的疼痛也一样。

羊儿们夺门而出，黑眉不甘落后，叉开两条后腿往门口跑。它的乳房胀得跟气球一样。我拦住它，关上了羊圈门。黑眉从未这样被我冷落过。它用乌黑的、温顺的眼神委屈地看着我慌乱地来回跑。

"等你的小羊羔出来，我领你们回家。"我安抚它。

羊儿们争先恐后地寻找每一根青草，并胡乱地吃进胃里。

一架飞机呼啸着从我头顶俯冲而下。我停下脚步目送它降落在滑行道上急速滑行，渐渐慢下来，最后停下。可能看得太用力了，我的眼睛模糊了。

我低头走着，不知不觉来到了狐狸窝边。

我已经好多天没来了。那几朵翠雀花凋谢了。掩护着洞口的黄芩开出了几朵紫色的小花。洞口躺着三只狐狸崽子。它们长高了一些，但毛发仍像被火苗舔过的飞蓬。我观察了一会儿，没找到别的狐狸崽子。那么，它们就剩下三只了。

我跟狐狸崽子保持一定的距离坐下来。羊儿们恋恋不舍地走过玉米地边沿后走向垃圾场。牧羊犬跟在羊儿们的后边。一辆垃圾车轰隆隆地来，倒完垃圾后轰隆隆地去。我没在垃圾场看见狐狸。我是来跟它告别的。这些天，它的不幸多少填补了我的空虚。它的狼狈也填充了我的孤独。至少在那些无眠的夜里，它的样子比萨日盖的面容更清晰。

我站起身环顾四周，没看见狐狸，倒是看见右前方的草丛中趴着一个人。我向那人走去。牧羊犬也发现了，吠叫着跑过来。一听到狗叫声，狐狸崽子们嗖地钻进了洞里。

"走开，该流血的畜生。"趴着的人跳起来粗鲁地吼道，同吼叫一起飞出的是一块土坷垃。我被激怒了，竟然有人当着我的面吼我的狗，还扔土坷垃。

我迈开步子走过去。他身材瘦高，头发披肩，胡子拉碴，穿一身迷彩服，戴了胡乱编织的草帽，手里拿着一个大相机。汗水从他草帽间流下来弄湿了胡子和鬓角的头发。

"可恶的畜生！"他又骂了一句，还瞟我一眼，嘿，这不是挑衅是什么？

我本来就没想息事宁人。

"打狗要看主人。"我大声说。如果有个人陪我摔摔跤打打架，我是很乐意奉陪到底的。

那人瞪着眼睛，从鼓得圆圆的腮帮子里吹出了一股风。他对面就是狐狸洞，洞口的黄芩的叶子还在轻轻摇动。

"较量较量？"我说，"你火气很大。"

他的眼神还在狐狸窝那儿。

"我差一点就拍摄到了。"他气冲冲地说，"我在这儿蹲了两个小时。"

"这里有宝藏吗？"我随手折起一根草嚼在嘴里，晃着脑袋大声问。我的腿也在挑事儿地抖动着。在野外，谁的声音大谁就掌握了主动权。他瞄了我一眼，然后放任眼睛四处游逛了。他用下巴指了指我的羊儿们："全是黑头羊？看着像纯种的。"

我的火气一下就没了。黑头羊。对。还是纯种的。都是我救活的。它们已经全部摘下了纱布，还生下了沐伊勒，黑眉也要生产了。这是我引以为傲的。如果萨日盖没离开我，这可能是我一辈子骄傲的资本。唉，先不说萨日盖。我为遇上一个识货的人而高兴。

他从兜里掏出烟递给我。我接过烟，掏出我的打火机抢着给他点上了。

"你不是本地人？"

我摇摇头。

"我家就在那儿。"他指着飞机场那边的几座高楼说。

我们坐下来抽烟。

他把相机拿给我看。他的相机里全是狐狸，一只沉思的狐狸崽子、两只依偎的狐狸崽子、三只张望的狐狸崽子，还有嘴里叼着东西的狐狸妈妈。

"它嘴里叼着什么？"我问。他放大了画面。狐狸嘴里叼的是个黑乎乎的东西，像塑料，又不像。

"你拍它们干什么？"

"玩玩呗。拍狐狸比拍人有拍头。"

·

"你为什么不拍坟墓?"

"拍坟墓干啥?把一个坟场带回家?"他把烟叨在嘴角,皱着眉头看我。

"为什么不拍垃圾场?"

"那有什么可拍的?臭烘烘脏兮兮的。"

"为什么不拍飞机场?为什么不拍那些从这里看上去像乐高玩具一样的高楼大厦?或者你为什么不全部放在一起拍?"

他叨着烟,摆弄相机,不再搭理我。

"狐狸生了六只崽子。"

"不,只有三只。"他说。

"是。只剩下三只了。其他的都死了,也许是饿死的,也许是中毒死的。"我吸了口烟。

"对我来说,这三只就够了。"他把相机放在膝盖上,低头翻手机。翻了好一会儿后他把手机递给了我。手机里是一张泛黄的照片:一片宽阔的平原,草不是很高,几朵云低低地飘在平原上,一个不大的湖,几只鸟儿在湖面上飞翔,一条狐狸在湖边张望。岁月的沧桑给照片增加了几分荒凉。

"猜猜这是哪儿?"他神秘地问我,他的脸被一种压抑的兴奋憋红了。

我猜不出,反正不是哈扎噶尔草原。我深吸一口烟,沉默不语。

"哼,猜不到吧?你观察一下四周,跟照片里像不像?"这回我瞪着眼睛看他一眼,然后看向四周。这里确实很开阔很平坦,但是很难找出与照片的相似处。

"你知道这儿以前叫什么吗?'乌尼根燩'。听我阿爸说这里以前是狐狸的家园,到处都是狐狸。狐狸家族们世世代代在这里繁衍生息。"

"守护者!"我喃喃地说。我感觉大拇指和二拇指在发烫,烟头在我的两根手指间慢慢熄灭,苦涩的烟雾还在眼前缭绕。

羊群已经往回走了。我没有跟他告辞,机械地走向羊群,机械地跟着羊群回到了租房。我不知道那人是谁,也不知道他走了还是留下来继续拍那些瘦弱的狐狸,我甚至忘了今天出门是为了跟它告别。

七

黑眉在咩咩叫。它的肚子扁下去了,尾巴上沾着血迹,但是没有小羊羔的影子。我扫了一眼羊圈内,又扫了一眼羊圈外,没有小羊羔的影子。这院子就巴掌那么大,别说是小羊羔,就是掉个针头,我也能找到。黑眉是肯定生了,但是小羊羔去哪儿了呢?我不会冤枉一只老鹰,或者一匹狼,虽然这个地方以前叫乌尼根燩……乌尼戈,我想到了那条狐狸。我也想到了它今天没在垃圾场附近。它不在垃圾场附近不代表它拖走了黑眉的小羊羔,我对自己说。弄清这件事很简单,我会码踪,我能在一群马跑过的地方找出一只羊的蹄印。

我在黑眉的咩咩声中进屋躺下。我本想思考一些事情,如萨日盖,如那个愚蠢的摄影师,如乌尼根燩,如哈扎噶尔草原,如黑眉的小羊羔,但我躺下就睡着了。等我醒来的时候太阳已经偏西了。

我胡乱地吃了几口黄油拌炒米就走出去。我不是去兴师问罪,我只是去告个别,郑重地跟它告别,给它足够的尊严(它是个忠诚的守护者,忍辱负重地守护着它们世世代代生存下来的故土。它有足够的尊严接受我的告别),然后离开乌尼根燩,再也不来骚扰它。

我走得很快,几乎小跑。一架飞机轰隆隆地飞过,我没停步,没抬头。一阵风吹来了垃圾场的臭味,我没捂鼻子。我径直走向坟场走向狐狸窝。

　　夕阳的光线刺向坟地。每一座坟墓都与它的阴影相伴着。在那座光秃秃的土坟边，三只狐狸崽子在欢乐地玩耍。它们的肚子滚圆滚圆的，它们的嘴角油亮油亮的，它们的脚步矫健了许多，它们互相追逐的时候发出小狗般的汪汪声。狐狸妈妈静静地躺在它们身边。夕阳的光线刺在它身上，没有激起它任何回应。

　　乌尼根燧突然寂静了。

毡 画

散萨尔翕动一下坍塌的绵羊鼻子就闻到了那股熟悉的味道。那是大地被暴晒后的，或者山脉被燃烧过的味道。味儿是从阿萨噶山传过来的，淡淡的，先是一缕一缕的，然后是千丝万缕，很快就弥漫在整个苏热艾里上空了。

散萨尔知道今夜的自己属于那幅画。他咽了咽口水，那一对水晶球在他喉咙里碰撞发出闷闷的响声。散萨尔的那幅画画了三十年，还没结束，也不会结束。他是瞎子，平时什么也看不见，只有在每年的这一夜，也就是昂格玛吸收所有夕阳光芒的无比漆黑的夜晚，他才能把保存在喉咙里的那一对水晶球抠出来放进眼窝里，在萤火虫微弱的光芒下争分夺秒地画一夜。葱绿色的小羊羔绕着毡房不停地边跑边叫，它的蹄子是金色的，在漆黑的夜发出刺眼的光。黎明的第一缕蓝光从毡房的天窗伸进来的时候，萤火虫们尖叫一声迅速集合飞回地窖躲藏起来，等待来年的作画之夜。散萨尔则张开麻木了的手指，放下画笔，抠出水晶球，保存到喉咙里，然后瘫软在地上，睡上三天三夜。散萨尔的画笔是一个烧焦的桦树枝，顶端有一小片残留的白色桦树皮子，在当作笔尖的那一端抹上一点唾沫，树枝就变得像毛笔一样柔软。画布是毡房的毡子。散萨尔的毡房是一座宽阔的十面墙的大毡房。画是从毡房木门的左侧开始画的，画的都是苏热艾里的人和事儿，每年一幅，三十年过去了，成了长长的画卷。毡房的墙壁总有一天会画满，散萨尔考虑过这个问题，不过还没真正深入考虑，毕竟还早着呢，哪天毡房的墙上画满了，他也许会把整个荟藤西丽草原当成他的画布。

散萨尔那牛油果色的脸暗了下来，额头上的那对小角变得沉重起来。作画前有些事儿必须安排妥当。

他飞快地跑起来，马蹄般的脚踩在地面发出砰砰声。葱绿色的小羊羔在阿萨噶山脚下吃草。这只小羊羔是什么时候、从哪里出现的？散萨尔一点印象都没有。它有可能是在他眼睛瞎的那一刻出现的，也有可能它就是哈日哈利金的化身，总之，它至少有三十岁了。它像被时间定格了似的，三十年来没有长高没有变老。它有它的使命。它有着马头琴般悠扬婉转高亢的声音。每年的这一夜，它会绕着散萨尔的毡房不停地边跑边叫，苏热艾里的人们循着它的叫声，沿着它蹄子发出的光，赶在黎明前回到各自的家。

散萨尔抱着小羊羔径直走进毡房，掀开房子西北角的盖着地窖的木板走下去。一条潮湿阴暗的通道通向地下世界。小羊羔在这里是安全的。散萨尔松了一口气走出地窖，走出毡房。小羊羔不想待在又黑又潮的地窖里跟那些不知名的稀奇古怪的生灵打招呼。它悄悄地跟着散萨尔出来，站在他脚边。散萨尔抬起头伸着脖子，望向阿萨噶山。

"你看不见。"小羊羔提醒。散萨尔突然想起自己看不见。他的记忆力太好了，清清楚楚地记得眼睛没有瞎以前的所有的事儿，所以也经常忘记自己瞎眼的事儿。

"这个季节，翠雀花开满了整个阿萨噶山，远远望去像一片青烟。"

散萨尔跟小羊羔说。

"你说的只是你回忆里的情景。"小羊羔摇头晃脑。

"回忆跟现在没什么区别。"

"瞎子这么安慰自己也没错。"小羊羔突然尖叫起来,"哦,不好了,夕阳开始变化了。"

"你赶快回到地窖里去。"散萨尔没好气地说。

"翻出你的回忆吧,你画过即将出现的景象。"小羊羔缩着身子不肯进地窖。

"我知道,我的第三幅画画的就是这个情景。村里人会从各自的家里出发,走过荟藤西丽草原,绕过阿萨噶山,蹚过阿尔山河,从那里再返回,一路小心翼翼,一心虔诚祈祷,直到他们眼里的火焰完全熄灭才能回到各自的家。三十年来没变过。我的记忆力好得很。"散萨尔突然对缩着身子不肯进地窖的小羊羔不耐烦地大声吼叫起来:"你赶快回地窖里去。"

"没有我的叫声和蹄子的金光,他们会迷路的。你应该把我画得好看一些。"小羊羔嘀咕着。

夕阳像一条哈巴狗一样甩着尾巴钻进阿萨噶山脚下的洞里。天立刻就黑了,没有星星,也没有月亮。平时黑黝黝的山洞却突然明亮起来。光线像一根根细长的针一样从每一朵翠雀花的花瓣里射出来,从每一棵狗尾草的根须里钻出来。一阵阵清脆的歌声也随着光线从翠雀花的花瓣里传出来,从狗尾草的根须里传出来。这是属于昂格玛的时光,她用身体团团圈住光,用积攒了一年的黑暗吞噬它们。昂格玛把这些吞噬掉的光注入新生儿的身体里。这些年她都是这样繁殖后代的。

一群百灵鸟惊叫着从漆黑的空中飞过,其中几只被洞里钻出来的光线射下来，像初生的婴儿般哇哇哇地哭了几声。洞口慢慢封闭，光线突然暗下来，歌声骤然停止了，整个苏热艾里隐没在漆黑中。这一晚又漆黑、又漫长。昂格玛利用这一晚制造梦境，灌进新生儿的脑袋里，这个梦境就是这个新生儿的一生。当最后一束光被黑暗吞没的时候，苏热艾里村民们的眼睛开始变色，从黑变棕、变黄，再变橙，最后变成一朵朵火焰。红红的、小小的，把整个小村子装点得如同繁星闪烁的夜空。

小羊羔慌忙跑进了地窖里。

哈撒从他的羊圈边跑过来。他的眼睛像一对小灯笼，还散发着一种烧灼般的热度。

"散萨尔，我有几只羊？"

"离我远点，你的眼睛快要把我烧焦了。"散萨尔有点不耐烦。哈撒平时一而再再而三地问这个问题也就算了，在这种危险时刻，还拿这个问题烦他。

"我没记错，我一直有七只羊，对吧？"

"傻子，你明天会说，我一直有六只羊。是你自己给自己招来了这种烦恼。"

"你有一幅画是画我的，是吗？"

"走开！你下午才看过那画。事实上你已经看了无数遍了。现在我绝不会让你靠近我的画。你的眼睛会把它烧出洞的。"

"那你给我说说那幅画吧。"

"见鬼！你是个名副其实的扫把星，健忘鬼。关于那幅画，我已经给你和村里人讲了八百遍了。告诉你，这是我最后一次给你讲这幅画，我受不了你那田鼠的记性。哦，不，不只是你，我受不了苏热艾里所有人的记性。"

"好好，你快讲吧，除了我没有人爱听你这个疯子的疯言疯语。"

"我那幅画画的就是你和昂格玛——那个不祥的女人的故事。"散萨尔挠了挠额头上的角，绘声绘色地讲起来。

"昂格玛是荟藤西丽草原最大的百灵鸟。它以前有一身漂亮的羽毛，它能自由飞行在阳光下。那天，它站在树梢上把眼珠抠出来玩耍。周围长满了密密麻麻的白桦树，白色的树根，翠绿的枝叶，风一过发出笛子般动听的声音。突然，它的眼珠仓皇失措地逃回了眼窝里。"散萨尔下意识地咽了咽口水，那对水晶球在他的喉咙里发出闷闷的声音，这声音让他安心。哈撒的眼神很专注，所以那对小灯笼也算平稳。

"昂格玛看见了一群羊，三十多只，雪一样白。"散萨尔继续说，"羊的眼睛都是三角形的，在从树梢间射过来的阳光下闪闪发光。羊儿们只有一只角，锋利得像刀剑。羊的胡须是扇子形的，走路的时候，像孔雀尾巴一样张开来。突然，两束天蓝色的光向它射过来。昂格玛沿着那蓝光看过去，眼珠不由自主地从眼窝里跳了出来，心脏也跳了出来。那两束蓝光出自一双月亮般清澈的大眼睛，下面是一张方方正正的嘴巴。头上长着五颜六色的刺。"散萨尔不说话了，踮着脚四处张望。哈撒摸了摸头上的刺，又摸了摸方方正正的嘴巴，眼睛里的火光稍微暗淡下来。羊圈里他的七只羊正顶着刀剑一样锋利的独角在看着他。

"你张望什么？你又看不见。快说吧，不要停下来。"哈撒催他。他的时间不多。一会儿他就得带领村民出发。去哪儿呢？他不知道。他的记忆里没有往年的路线，甚至没有往年的记忆。他只能靠直觉，或者靠一种本能一直走。这样的夜，他们必须离开村子，离开阿萨噶山，不然每个人眼里的火焰会烧掉他们赖以生存的家乡。

"昂格玛先躲到树叶间屏住呼吸悄悄观察，当这群羊就要路过它所在的树下时它开始轻声唱起歌来。一只百灵鸟最不能停止的就是歌唱，尤其在这样的时刻。蓝眼睛立刻停住脚步，循声望去，无数个萤火虫从它眼睛里飞出来。"散萨尔感到一阵阵热浪在空气中回荡。他舔了舔嘴唇继续讲道：

"昂格玛的声音变得越来越高亢。蓝眼睛举起弓箭，毫不迟疑地射过去。昂格玛身上的五颜六色的羽毛一根根地脱落下来，覆满了地面。当最后一根羽毛飘下来的时候，蓝眼睛张开了臂弯，昂格玛就轻轻地落在了那个臂弯里。一只羊风驰电掣般地飞奔过来，载着它们闯进了阿萨噶山下的洞里。几千只没有毛没有皮的湿淋淋的蝙蝠哇哇叫着从洞里逃窜出来，在苏热艾里上空横冲直撞。蝙蝠有的钻进烟筒里，有的钻进铁炉里，有的直接钻进了人的衣兜或怀里。整个苏热艾里一片乱糟糟。"散萨尔突然闭上嘴，面向哈撒，脸色在哈撒眼里的火光下变成了发光的浅绿色。当他再次开口的时候语气变得生硬起来："你当然不知道这混乱的场面。你像驯服一匹烈马一样驯服了昂格玛。从洞里出来的时候，你的眼睛变成了红色。"

"可是，我不知道什么百灵鸟或者是昂格玛。"哈撒睁着无辜的大眼睛，眼睛里的火焰旺盛起来，"我只记得我一直有七只羊。"

"昂格玛给了你身体，你给了它你和苏热艾里的所有记忆。"

"不可能，我怎么一点记忆都没有？村里所有人都不愿跟你说话，不相信你的疯言疯语是对的。"

"在这样的夜晚，昂格玛把从翠雀花里吮吸的记忆传授给新生儿，所以苏热艾里的人们只有一瞬间的记忆，而这都是因为你。"散萨尔咆哮起来。

"我说了，我不知道什么昂格玛或者是百灵鸟，你那些画纯粹是骗人的，是你凭空臆造的，你这个货真价实的疯子。"哈撒睁着眼睛，发起火来。他一发火，眼里的火星子就四处跳跃，跳到了他七只羊的嘴唇上，它们惨叫一声，嘴唇就变成了畸形。

"傻子，你们一直在重复一件事儿。那个女人，你带来的那个女人毫无创意，制造出的梦境千篇一律。"

"你什么也看不见，瞎子。翠雀花开满了草原，你也看不见。你只会瞎幻想，瞎捏造故事，瞎画。"

"你什么也记不住，傻子。拜那个女人所赐，苏热艾里人必须每年经历一场长途跋涉，而且每个小孩都没有了本能的天真和聪慧。"

"不，你这个疯子又在胡编乱造，我从没有离开过这里。"

"告诉你吧，你曾有过三十七只羊，现在你只剩下了七只。每年的迁徙，你都会失去一只羊。"

"不，我的记忆力很好，我一直有七只羊。"羊圈里确实有七只羊，它们的嘴唇被哈撒的火星烧得牙齿都露在了外面。

散萨尔的记忆力来自一只名叫哈日哈利金的黑头绵羊。

散萨尔把这个故事也画了下来。画这幅画的时候，他的唾沫怎么也弄不湿那烧焦的桦树枝，急得散萨尔直跺脚。他拿着画笔在屋子里走来走去。一只萤火虫突然飞进了他的眼窝，眼泪居然从那干枯的眼窝里吧嗒吧嗒地掉下来，滴在那黑漆漆的桦树枝上。一滴、两滴、三滴，画笔湿了，慢慢地柔化了。他流着眼泪，画起了哈日哈利金。葱绿色的小羊羔绕着毡房叫着跑着。

哈日哈利金是散萨尔亲手接生和养大的一只乌珠穆沁黑头绵羊。它第一口奶是散萨尔给喂的。小羔子扑通跪下来，贪婪地喝着奶瓶里的羊奶，眼睛清澈得如同阿萨噶山脚下的湖水。在小羔子清澈的眼睛里散萨尔照见了自己棕色的浑浊的眼睛。散萨尔每天挤羊奶喂哈日哈利金，哈日哈利金像尾巴一样寸步不离地跟着他。哈日哈利金长到三岁的时候，散萨尔宰了它。散萨尔将一棵狗尾巴草放在哈日哈利金的胸口，嘴里叨咕着："我想把这根狗尾巴草切断，只是不小心切断了你的心脏。"锋利的刀子深深地刺进去，鲜红的血涌出来。哈日哈利金一声不响，还是用那双清澈的眼睛静静地看着他。散萨尔用手把那双睁着的眼睛合上，但是手一拿开，那双眼睛还是那么清澈地望着他。散萨尔在那双清澈的眼睛里看到了一张屠夫的脸。哈日哈利金从出生睁开眼睛开始，跪下来喝下第一口奶开始就信任了散萨尔，这种信任伤害了彼此。哈日哈利金的眼睛慢慢地睁大，睁到最大的时候，灵魂从那里挣脱出来。哈日哈利金终于闭上了眼睛。散萨尔的眼睛突然变红了，眼前全是涌动的血。散萨尔感到天旋地转，被他杀掉的所有的羊在这昏眩中咩咩叫着猛烈地旋转。他抱着头在院子里跑来跑去，耳边的咩咩声愈来愈响。

"养这些畜生本来就是杀的，吃的嘛！"

他喊叫着。散萨尔感到温热的液体从眼睛里往外流，他用食指蘸了一下拿到眼前一看，红红的血。血从他的眼睛里流了一天一夜。睡觉的时候，也没有停止过。第二天，他瞎了，什么也看不见了。散萨尔瞎后没几天，额头开始痒痒，痒痒了好几天，长出了一对绵羊角。散萨尔摸摸这个拇指大的角，真心不喜欢。他就拿一块砖头砸，砖头打碎了，人也晕过去了，但是那对角纹丝不动，气得散萨尔三天不吃不喝。散萨尔感觉到自己身上发生的变化，他想看自己一眼，这种渴望如此强烈。他跑出家门，一口气跑到阿萨噶山脚下的湖边。他在湖边蹲下来，嘴不知不觉地凑向湖水。香甜的湖水浸润了他的五脏六腑，他点着头回味良久。青草的芬芳扑鼻而来，他张开嘴就是一大口，绿绿的草汁沿着他的嘴角流下来。

他瞎了，看不到自己的脸，也看不到新长出来的角。他也不用眼睛了，只要用鼻子嗅嗅就知道哪种草可以吃，哪种草不可以吃。他最喜欢吃的是野苜蓿、蒲公英，还有翠雀花。他记得哈日哈利金也最喜欢吃这些草。

他吃草后苏热艾里的人抛弃了他，只有哈撒隔三差五地跑来问他自己有几只羊。散萨尔并不喜欢这个总记不住自己家羊数的人。

哈撒眼睛里的火越来越旺了。苏热艾里的老老少少男男女女都封住火走出家门，准备开始今晚的长途跋涉。

"你跟我进来。"散萨尔不由分说地把哈撒拉进毡房。哈撒一眼就看见了正对着门的那幅苏热艾里迁徙图。

"你看看这幅画。"散萨尔说，"这就是你们今晚的路程。该死！你们明天早上还是什么也记不住，还会觉得我是疯子。"

"不，散萨尔，这些画只是你自己心里的想象。或者是古人留在石壁上的画而已。对，肯定是壁画。你什么也看不见。你不能这样耽误我的时间，我得出发了。"哈撒匆匆忙忙地走了。

散萨尔对着画喃喃自语。他还没把水晶球拿出来按在眼窝里，所以他什么也看不见，但是他能记住画上所有的细节。哈日哈利金把超强的记忆力强加给了他，这是对他的惩罚。

村民的眼睛已经变成了红色，像每个人点燃着一对小火炉，气温也上升了。哈撒用一丛蒿草封住家门前的火，走出来。苏热艾里六十多人小心翼翼地绕开羊圈，绕开勒勒车，绕开每个有可能点着的东西走过来跟哈撒会合。这样的夜晚，他们必须来一场迁徙，不然他们眼睛里的火焰会烧掉整个荟藤西丽草原。

他们走得很慢，走得小心翼翼，但是风轻轻一吹，火苗就从他们的眼睛里跳出来，烧焦那些紧跟着他们的萤火虫。可怜的萤火虫被烧焦了，咔嗒咔嗒地掉到地上，发出最后一颗亮光，然后完全消失。

散萨尔是瞎子，眼睛里没有火焰，所以不用加入这长途跋涉。村里人不喜欢他也有这个原因。

散萨尔坐在毡房前，等着他们走远。过了一会儿，空气不再那么热了，这支参差不齐的队伍已经走远了。田鼠从洞里探出脑袋，一双眼睛像绿宝石般在漆黑中闪烁着。地窖里等了一年的萤火虫们已聚集在毡房里了。小羊羔从地窖里跑出来："周围黑得像你的眼睛。"

没有一丝风，也没有任何声响，一片大海般的黑色和天空般的寂静。散萨尔起身进屋，从门后拿了那支烧焦的桦树枝，从喉咙里抠出那对水晶球。

散萨尔今晚还想画他们的迁徙之路，这个路线他太熟悉了，但是，他并不想原封不动地把他们的旅途搬到画布上。他要加上自己的想象，比如给他们安排一场惊险的遭遇，是把昂格玛放出去给他们增加点黑暗呢，还是把哈日哈利金复活，给他们匀一点记忆力？反正昂格玛的水晶球在他眼窝里，哈日哈利金的灵魂还藏在他的耳朵里。

夜晚的路是可以有很多种体验的。

散萨尔突然想起哈撒说的话："这一切都是你凭空臆造的——"他怔了怔，又摇了摇头："一群没有记忆力的废物。"

小羊羔绕着毡房跑起来，边跑边唱，声音跟以前完全不一样。散萨尔跑出去，看见绕着毡房跑的不止小羊羔一个，还有昂格玛，歌声是百灵鸟唱出来的，而小羊羔的金色蹄子发出的光芒已被昂格玛吞噬尽了。

太阳慢慢升起来了。苏热艾里的人们从自己的毡房里醒来。牛犊在牛圈里往外挣脱，母牛在牛圈外哞哞叫。羊羔子咩咩叫着跑到羊妈妈的怀里吃奶。男人们准备去放羊了，女人们提着奶桶挤奶，也有人已经跟着马群上山了。一切都跟往常一样。

哈撒从毡房里跑过来："散萨尔，我有六只羊。我一直有六只羊。"

"走开！你这个没有记忆力的可怜虫。"散萨尔没好气地说。

散萨尔翕动着坍塌的绵羊鼻子暗暗下决心，来年的漆黑之夜，一定要在画上加一些新鲜的故事。

放 生

滚烫的开水热情地向杯子里的滇红茶叶奔腾而去，呼德尔把头低下去，在冒着热气的茶水上蒸了一会儿脸。脸，突然扭曲了，昨晚灌进去的酒还在他胃里翻跟斗。

最近，他总是在酗酒，有时候，在冰箱的嗡鸣中，一个人数着花生跟酒瓶攥到深夜，冰箱不响的时候他就一个劲儿地搓花生或敲打酒瓶。他害怕沉甸甸的寂静。他把刚沏的茶水连同周围的空气一并吸进胃里。

呼德尔早已习惯了喝红茶，他阿爸是不习惯喝红茶的。阿妈突然离去后，身材高大的阿爸第一个试着学会的是熬奶茶。灰色的牛粪烟熏出他的眼泪。他也不顾忌儿子的注视，抽出袖子一阵猛擦，擦得眼睛又红又肿。这样流了几次眼泪后，阿爸学会了熬奶茶。三十年过去了，阿爸练就了熬奶茶的好手艺，熬的奶茶又醇又香。每天早上，他盛满两碗飘着黄油的香喷喷的奶茶，一碗放在面前，另一碗放在对面。当对面的奶茶不再冒热气的时候，他的早茶也算喝完了。

刚到七点半，离上班还早着呢。呼德尔把身体托付给黑色的办公椅，拿出手机有点机械地翻开微信，浏览那些带小红点的消息。带红点的消息不少，他从上到下，又从下到上地浏览了几遍。"TMD！"他骂出声来，都是各色各样的群消息。他点开几个群消息，按下删除并退出键，这没什么意义。

他找出托雅的微信，将其设置成置顶聊天。聊天记录里的文字和日期刺痛着他。自从那个血肉模糊的、绒毛状的小东西从她身体里脱落下来的那一天起，托雅变得神经兮兮了。托雅虚弱地从手术台上抬起身盯着那个绒毛状的东西。她哀求医生不要把她带走，她哭着喊着不让任何人靠近她，原来生命就像绒毛，不，生命就像浸在血里的绒毛。她的到来曾让他们无限欢喜，他们甚至准备好了湖蓝色的婴儿服，还有奶瓶、奶嘴、摇车……然而她在她肚子里待了仅仅三个月。医院到家的那段路，托雅蓬头垢面、一言不发。时间慢慢修复着她身心的伤痛。在床上躺了七天七夜后，托雅开始在屋子里慢慢走动。她在卧室、客厅、厨房、洗手间之间来来回回地串，最终停在那张狼皮跟前。那是一张灰色的狼皮，挂在卧室的北墙上。托雅觉得流产跟它有关系，她恐惧它。她不明白呼德尔一定要把一张狼皮挂在墙上的用意。托雅的这种想法和恐惧让呼德尔感到羞耻恼怒，心底深处的仇恨再次升腾起来，如果有可能，他要在整个卧室、整个房间挂满狼皮，他要时时刻刻记住那段仇恨。

呼德尔鼓鼓腮帮子动动手指，把托雅的微信设置成消息免打扰。最近，托雅总在朋友圈里发一些爱啊情啊之类的感慨，难道，有另一个男人唤起她第二次青春了不成？胃里一阵翻腾，呼德尔呕的一声，差点吐出来。他皱着眉头倚在靠背上。过了一会儿，他坐正身子，喝一大口热茶，撤销了刚才设置的消息免打扰。胃舒服了一些。她就在电脑旁，穿着湖蓝色的短袖和牛仔裤，脸上吸足了草原明媚的阳光。托雅有一口洁白的牙齿。那是刚结婚那年回格根塔拉看望老人时拍的照片。本来照片里应该有穿着湖蓝色情侣装的他，可是阿古拉老人不会拍照。呼德尔把照相机挂在老人的脖子上，教老人照相，说得唾沫星子乱飞，老人就是不开窍。刚开始，老人还给儿媳留点面子，耐着性子嗯嗯啊啊地比划，试图咔嚓一声拍出一张美图来，但是能用猎枪指哪儿打哪儿的老人，手里端起相机就哆嗦，像冻透的羔羊一样不停地哆嗦。咔嚓咔嚓是响了，但是哪里有美图啊，两个人不是偏左就是偏右，或偏上偏下，有一张干脆没了脑袋。老人恼羞成怒，干脆罢工，摘下相机，跳上马就走了。

呼德尔点开朋友圈，划火柴一样划过去。朋友圈里的说说笑笑、图片、视频、广告、文章赛跑似的疾驰了一会儿，最终被网速牵绊住，停了。一个视频卡在他面前：狼，一匹后腿被铁丝网挂住的狼。网速终于追上来，视频顺畅地播放了。那是一匹毛色灰白的狼，铁丝网高高地揪住它的一只后腿，使它挣脱不开。它用三只脚支撑着身体，拼命地挣扎。那只丢也丢不开，带也带不走的后腿让它很无奈，它甚至没法咬断那条后腿。它只能向腾格里哀嚎，声音里充满了绝望。这么近距离地看一匹狼绝望地哀嚎真不是舒服的事儿。呼德尔从椅子里站了起来，头发都竖起来了，胃里翻腾着，脸色变得苍白。视频还没有结束。有个伸长的、拿着钳子的手，弄断了挂住狼腿的铁丝网。狼趔趄了一下，但是立刻稳住步子，一阵旋风般跑远了，头也没回。呼德尔的目光被狼吸住了，整个身子都被吸住了。他看着那匹狼飞快地跑过了苏杜拉沟，跑向生命的彼岸。苏杜拉沟？是的，就是苏杜拉沟。视频到这儿就终止了，但是呼德尔知道，那匹狼会跑过苏杜拉沟，蹚过阿尔山河，钻进白音昭茂密的草丛中。呼德尔的心脏狂砸着胸膛，把胸膛里的仇恨都挤压到了嗓子眼。他浑身颤抖，一时不知如何是好。手机冷不丁掉地上了，屏幕开出菊花般的裂纹。视频并没有受到影响，又开始从头播放。这次，呼德尔在绝望的狼嚎间还听见了录像者模仿狼嚎的声音。他站起来，在奔跑的狼身上狠狠地踩下去，再踩下去。手机黑屏了。

那段视频扰得呼德尔心情烦躁，坐立不安。他跑出去，买了新手机，登录微信，在朋友圈里再次看到了那匹狼。事实上，这匹狼称霸了今天的朋友圈。刚看到时的激动和鲁莽消失了，取而代之的是一种悲伤、孤独、无助。呼德尔不知道自己为什么悲伤、孤独、无助？他把视频保存下来，似乎害怕那匹狼就那么跑远了。胃一阵阵痉挛，滚烫的浓茶也无济于事了。他渴望喝一口阿爸熬的奶茶。身材高大的阿爸试着学熬奶茶的情景再次出现在他眼前：灰色的牛粪烟熏出他的眼泪；他抽出袖子一阵猛擦，擦得眼睛又红又肿。

呼德尔想放声痛哭一场。

整个晚上似睡似醒的呼德尔在黎明时分被噩梦惊醒了：三百多只羊横七竖八地倒在血泊里。每只羊的喉咙周围的毛被血浸染，像一朵朵被踩烂的萨日朗。每只羊都睁着眼睛，三百多个惊恐的灵魂从那双双睁大的瞳孔里逃窜出去，躲藏在丝绸般的云层后面瑟瑟发抖。整个羊圈，甚至整个白音昭上空弥漫着羊血的腥味。

呼德尔惊跳起来，对着空气一阵拳打脚踢。冰箱突然嗡地一声长叹。呼德尔回过神来，收住拳脚，喘着粗气，瞪着眼睛发呆。小城的黎明像捉迷藏的孩童，随时准备从某个角落冒出来。冰箱安静了，他听见什么东西在咚咚咚地响，过了半晌，才发现那是自己的心脏砸胸膛的声音。这不是噩梦。他擦着额头上的汗珠喃喃自语。不，这是噩梦。他像跟谁生气似的大声喊道。呼德尔像一袋面一样倒下去。

一辆货车撕扯着黎明的寂静，从小区外的马路上驶过。屋里的空气躁动了一下，很快又恢复了安静。

噌地，他又坐起来，把手伸进枕头底下摸出手机。他需要倾诉，关于为什么一定要把那张狼皮挂在墙上，关于小时候植根在心灵深处的那个噩梦，关于没有阿妈的童年，关于阿爸学会熬奶茶……他翻出托雅的微信，浏览了一遍一个月前的聊天记录。那天晚上，他加班回来时托雅已经睡着了。睡着了的托雅安静得像天使，月光像牛奶一样洒在她裸露的肩膀上。他情不自禁地去抚摸她。托雅没有像之前那样烦躁，也没有推开他，这在她流产后的一年来并不常见。一切都那么美妙。托雅像一只快乐的兔子般在他身上跳跃。然而，她突然看到了那张狼皮，在银色的月光下闪着清冷的光。她惊叫着跳下来钻进被子里。第二天一早，她收拾东西回了娘家。呼德尔盯着手机，怎么开口呢？怎么跟她倾诉呢？先跟她说他会丢掉那张狼皮？他做不到，但是如果不这样开始，托雅根本不会听他的任何话。在别人看来这问题再简单不过，但是对执拗的呼德尔来说，丢掉那张狼皮就丢掉了一直压在他生命中的那份重量。手机已经黑屏了，他再次点开手机，翻出托雅的朋友圈。托雅的朋友圈没有更新。没有更新就好，她总会回来的。他合上手机，心跳渐渐平静下来。总有一样东西有着让人平静的力量。

屋里的一切渐渐清晰起来。挂在墙上的狼皮也从黑暗中显露出来。灰白相间的毛色溜光溜光的。

高一那年冬天，阿古拉骑着马，带着干粮，背着这张狼皮来看呼德尔。阿古拉进了儿子的宿舍。别人家孩子垫的褥子、盖的被子都厚实又好看，一看就是出自女人的手里，只有呼德尔的被子又单薄、又破旧。阿古拉也不管呼德尔愿不愿意，掀起褥单，把背过来的狼皮铺上去："狼皮有灵性。睡在上面，有小偷靠近你的话，毛会扎你。不过，这匹狼不是我杀的，我已经不打狼了。"阿古拉自顾自地说着。他当然知道儿子对这张狼皮的敌视和抵触，但是还有什么比狼皮更暖和呢？呼德尔根本不信阿爸的话，再说他哪儿有什么让小偷偷走的东西呀，但也不敢扔了它。呼德尔不能否定的是，有了这张狼皮后他就没有受过冻。搬到楼房的时候，为什么一定要把它带过来呢？呼德尔还是想不出一个合理的答案。托雅是极力反对把一张狼皮挂在卧室墙上的。托雅是个有主张的女人，但是遇到跟呼德尔僵持不下的情况时总会让步。

床头柜上，水果刀插在切了一半的苹果上。以前，托雅再惯着他也绝不可能允许把水果刀带进卧室的。呼德尔抬了抬嘴角，用鼻子哼了一声，一个人的日子，有的是随意。他抓起水果刀瞄准狼皮扔过去。刀子闪着寒光一路划过孤独的空气刺进狼皮。那一瞬间，呼德尔突然决定了。今天一定要去白音昭。有些事儿，该了结了。

呼德尔胡乱地洗了把脸。脑子浑浑噩噩，手脚沉重得像戴上了镣铐。拿起毛巾擦脸，感觉要吐了，自从托雅走后就没有洗过这条毛巾了。他重新洗脸，撕一块卫生纸擦干了。镜子里是胡子拉碴的自己，耳鼓无所事事地跳动着，这世界上只剩下一个人大概就是这种感觉。

呼德尔打包简单的行李。眼角的余光总是能看到墙壁上的狼皮。视频里的狼比它可大不少呢。他从地下室拿了帐篷，拿了一件油腻腻的羊皮大衣，还拿了那张狼皮。草原的天气不容小觑，翠绿的六月下一场不大不小的雪是草原常干的事儿。

跳上湖蓝色的越野车，呼德尔呆呆地坐了一会儿。清晨的空气一半是清新，一半是困顿。有个小孩眯着惺忪的睡眼，背着沉重的书包，任妈妈牵着从他前面走过。

呼德尔突然刹住车，发现自己来到了希望幼儿园。希望幼儿园离他家不远，当初结婚买楼房的时候，他和托雅就考虑到以后有了孩子上幼儿园的问题。他跳下车，围着幼儿园的铁栏走了一圈。刚才在小区里看到的那个眯着惺忪睡眼的小孩也到了。孩子的妈妈身材清瘦，穿着一身湖蓝色运动服。她蹲下身给儿子整理衣领，在儿子额头上亲了亲。太阳出来了，正好照射在孩子的额头上。呼德尔呆呆地站在那儿看着母子俩，精神有点恍惚，托雅胃不好，所以身材也很清瘦，托雅也喜欢穿湖蓝色运动服。小孩儿挣脱妈妈的手，昂着小脑袋往校园里屁颠屁颠地走去。大大的书包，小小的身影，像一只迎着朝阳爬行的蜗牛。呼德尔感到眼窝发热。他跳上车，启动引擎，拿方向盘的手有点颤抖。

车子的呼啸甩掉城市的沸腾时，眼前一片空旷的草原。连绵的青色的山峦隐现在草原深处，试图要拦住那些迷失的眼睛。呼德尔得先去格根塔拉。他要带走阿爸的猎狗。自从阿妈离他们而去后，阿爸就不打猎了。不打猎的阿爸还一直养着猎狗，他把猎狗完全当成伙伴在养。一首《母亲》在车子里悠扬。

> "在那云雾迷茫的大地上
>
> 我从您怀里来到人间
>
> 在我那幼小的心灵里
>
> 您给我播下了人生的希望
>
> 当我举目望故乡
>
> 远处闪现着您的身影
>
> 当我看到大雁飞远方
>
> 我就想呼唤您
>
> 呼唤您
>
> 我的母亲……"

呼德尔张开嘴想跟着曲子唱一段，但是嗓子发紧，声音发不出。道路拐了一个弯，白音胡硕敖包赫然出现在眼前。呼德尔下车，给敖包添了几块石头。五颜六色的塑料袋子在敖包周围翩翩起舞，似乎要撩拨他心中的孤独。不远处停着一辆黑色的越野车，几个人围着一堆火在忙碌，青青的烟缓缓地上升，把烤肉的味道洒满了草原。

呼德尔在羊群中午饮水的时候赶到了格根塔拉牧场。那只年轻的头羊顶着利剑一样的双角跑在最前面。五百多只羊跟着它，浩浩荡荡地从塔布嘎山脚奔向傲牧仁河。傲牧仁河并不惧怕它们，依旧从容不迫地流向远方。阿古拉老人坐在塔布嘎山顶，观望着山下的一切。枣红色的牧羊马并不吃草，伸着头静静地看着老人。湖蓝色的越野车停了，紧跟其后的灰尘乱了阵脚，一下涌过来把车子团团包围住。老人站起身，眯着眼睛看了一会儿，有点艰难地爬上马背。

呼德尔跳下车，仰望塔布嘎山顶。他希望这次行动得到阿爸的支持，他也找不出阿爸反对的理由。阿古拉是个出色的猎人。小时候（那时候阿妈也在），他经常跟着阿爸出去打猎。那时候狼太多，每到打猎的季节，生产队发枪、发子弹，发奖金来鼓励打狼。每次，阿爸打的狼最多，得到的奖赏也最多。然而，面对群狼，阿爸也有过胆怯的时候。

那年，呼德尔七岁，他们还住在白音昭的老牧铺。阿爸带着他和安达、胡日达两条猎狗去打锦鸡、野兔。他们爬过海日罕山，蹚过傲牧仁河，来到塔布嘎山脚下。正是盛夏季节，草长得又浓又高，一块生肉扔过去是不沾土的。一点风都没有，漫山遍野的花草都成了侧耳打探消息的探子。一条羊肠小径在茂密的草木间艰难地扭捏。跑在前面的两条猎狗突然停住脚步，立起鬃毛，一副蓄势待发的样子。阿爸先踮着脚伸着脖子从草木的缝隙中警觉地扫一眼，然后一个箭步向前，勒住了两条猎狗的脖子。他猫着腰转身，叫呼德尔趴下。说实话，这里的草浓得挤不进来一丝风，高得透不进来一缕阳光，他一个小孩趴下不趴下都一样。但是阿爸的严肃神情很快就感染了呼德尔。他趴下来，睁着好奇又期待的眼睛看着阿爸。若隐若现的小径拉长了呼德尔的视线。他隐隐约约地看到一匹狼夹着尾巴不紧不慢地走过。安达、胡日达竖起鬃毛，龇牙咧嘴，喉咙里发出低吼，一个劲儿地挣脱。安达、胡日达是阿古拉精心调教的猎狗，这种时刻不会胆怯更不会叫唤，汪汪叫个不停的是那些胆小的哈巴狗。呼德尔的眼睛在不断睁大。第一匹狼过去后，第二匹、第三、四、五、六……一共二十一匹狼夹着尾巴踩着前者的脚印，镇静自若、有条不紊地走过。安达、胡日达一个劲儿地挣脱。它们跟着阿古拉猎杀过狼。它们懂得怎样紧紧地咬住狼的喉咙，怎样坚持到主人一枪射死，或者一棒打死狼。在主人面前，猎狗是勇猛无比的。"阿爸，开枪啊！"呼德尔小声说。阿古拉咬紧牙关，右手臂紧紧地夹着安达，手里拿着猎枪，左手紧紧地抱着胡日达，腿紧紧地蹬着地，他身上所有的肌肉都在紧绷。呼德尔知道那把枪能连续打出十多发子弹。早上出来以前，他还亲眼看着阿爸装满子弹的。阿古拉锐利地看一眼呼德尔，成功地让他闭上了嘴。当最后一匹狼过去了好一阵后，阿古拉才松开了两条猎狗。"阿爸，为什么不开枪？"呼德尔抱怨道。阿古拉伸着脖子，看着狼群消失的方向："别说二十多匹，狼超过七匹就打不得，狼会疯狂地反扑，那种速度、凶猛和战术是惊人的。它们能马上布好战术，从后面袭击你。你以为有枪就了不起吗？"

年迈的阿爸骑着老实的牧羊马缓慢地走来，苍翠的塔布嘎山倚着松软的白云缓慢地后退，给孤独和苍老腾出了无限的空间。呼德尔捏紧了鼻子，塔布嘎山一样伟岸的阿爸如今已变成了一个孤独沧桑的老人。阿古拉在呼德尔的注视下下了马。满头白发、满脸皱纹……呼德尔还听见了阿爸双脚落地时发出的一声呻吟。他不再是三十年前那个步履矫健，深思谋略的猎人了。如果阿妈在的话……阿妈多年轻啊……呼德尔有些恍惚，时间真是个摸不透的东西啊。

老人伸着脖子看着车，那里空空荡荡。老人的眼神黯淡下来。他深深地叹了口气，大半辈子独自生活在草原上的人比谁都清楚孤单的滋味，他希望儿子的生命不要太沉重。老人眨眨眼睛，转头看羊群。羊儿们还在咩咩叫着东奔西跑，寻找更好的水源。

"阿爸，我要带走你的猎狗。"

老人转向呼德尔，眼睛发出了疑问。他对即将得到的答案并不十分渴望，或者至少表现得不热切。他回头若无其事地摸着牧羊马枣红色的鬃毛，眼神飘浮在羊群上空。羊儿们已经找到了自以为最好的位置，专心地喝水。

"我看到了一匹狼，就在我们老牧铺那边。"

老人猛地转身看着呼德尔，眼神像一根点燃的火柴一样亮了一下，但是很快，那根火柴灭了。

"不行！"老人并不看儿子，但是语气是斩钉截铁的。他举起赶羊鞭狠狠地抽打着空气。一只绿头苍蝇被打落在他脚边。太阳像烤热的铁片，烫伤着一切绿色。牧羊马无聊地摇晃着脑袋，马嚼子丁零丁零地响着。

"为什么？"呼德尔皱起眉头，满脸疑惑。他从来没有想过阿爸会阻止他打一匹狼，尤其是出入在老牧铺那边的狼。

"你没有工作没有老婆没有家吗？干吗无所事事地去打一匹狼？它碍着你什么了？快回去该干啥干啥去！"老人完全不顾儿子的疑惑，边说边爬上马背，打马而去。呼德尔不明白阿爸为什么生气，在他看来阿爸应该是恨不得所有的狼都灭迹的那个人。猎狗是带不走了，但是阿爸的一句话怎么可能阻止得了呼德尔那执拗的性格。

呼德尔到了老牧铺。

土地比人更能守住伤痛。三十年过去了，牧铺周围长满了各种草，但是房子的遗址像秃顶一样寸草不生，几棵鸡爪子草在秃顶周围左顾右盼。在一片旺盛中，本是一块肥沃的土地，保持这种忠诚守住这份伤痛实属不易。呼德尔在遗址中央位置盘腿坐下来，用眼睛去寻找当初搭炉子的地方，阿妈总是在炉子周围忙得团团转，阿爸初学熬奶茶也是在这里。阿爸的奶茶熬得不怎么样的时候，他们就搬走了。呼德尔站起来，周围有野苜蓿、狗尾巴草，还有几种不知道名字的草。植物真是个奇怪的东西，它们总有办法表达对清净的向往。呼德尔在周围转了一圈。凭着记忆，他能认出当年扔炉灰的地方。那时候，他经常干倒垃圾、扔炉灰等杂活，但是阿妈不允许他在夕阳西下的时候扔垃圾或倒炉灰。阿妈的说教总是很多很多，有的他至今还记得。呼德尔在长满蒲公英的地方停住了脚步，这是羊圈。梦里的情景再次出现在眼前：三百多只羊横七竖八地躺在羊圈里。每只羊都睁着眼睛，三百多个惊恐的灵魂从一双双睁大的眼睛里逃窜出去，躲藏在丝绸般的云层后面瑟瑟发抖。每只羊的喉咙周围的毛被血浸染，像一朵朵被踩烂的萨日朗。阿妈就是在这儿倒下的，软软地、沉沉地倒下去，发出一声沉闷的声响，倒在小呼德尔柔弱的肩膀上。阿爸几天前带着猎狗出去打猎了。

呼德尔像幽灵一样走过羊圈，走向博仁山。阿妈就在博仁山上，从这里能一览无余地看到老牧铺的全貌。没有什么比死亡更忠诚。父子俩搬走了，但是阿妈却一直坚守在这里，从未离去。蓝色的翠雀花陪伴着她，散发出不容侵犯的清香。阿妈的灵魂呢？也许流连徘徊在头顶上的那一朵薄云就是她的灵魂吧。呼德尔跪下来：如果这里住的是自己，会不会有翠雀花陪伴他？那，跪在这儿的又会是谁？托雅身体里脱落下来的绒毛状的小东西出现在他眼前。他的心抽紧了一下，托雅蓬头垢面一语不发的样子涌上来。唉！那张狼皮……呼德尔站起来，脚步踉跄，有点站不稳。阿妈心里肯定没有恨，不然漫山遍野的翠雀花怎么会这么清香、这么轻盈、这么自在？

呼德尔向山顶走去。他边走边打开手机，根本没有信号。甩甩手机，还是没有信号。没有信号和没有托雅的微信是两码事，有信号才有希望收到托雅的微信，虽然他已经空等了很长时间。他右手一直在拿着布鲁，他不会忘记来这里的目的。站在博仁山顶，他和苏杜拉沟之间横着的正是视频里的那个铁丝网。一切都那么熟悉又那么陌生。山是那座山，沟是那条沟，河是那条河，但是早已没有了童年时期的那种茂盛和神秘。

呼德尔在铁丝网跟前停住脚步。那截弄断的、还缠着几根狼毛的铁丝网还没人修。他跨过铁丝网沿着狼跑掉的方向走去。小时候他跟阿爸打过狼，学过码踪，但是这草木繁茂的季节，寻找一匹狼的踪迹可不是简单的事儿。

呼德尔来来回回地走遍了苏杜拉沟，没有发现任何狼的踪迹。

太阳快要下山的时候，呼德尔蹚过阿尔山河，钻进了白音昭。这里曾经是他们的夏牧场。那时候，草长得比房子还高。他跟着阿妈找牛犊，总喜欢躲猫猫，任何一棵树一丛草张开臂膀就能把他藏得严严实实的。刚开始，阿妈很着急，跑来跑去找他，扯着嗓子喊他，上当了几次后阿妈就不惯着他了，自顾自地找她的牛犊，他也就只能乖乖地跑出来哭着喊着追上阿妈。

呼德尔在一棵柳树下坐下来。手机很安静，耳根子清静得嗡嗡响。

他盯着手机屏幕，那儿只有一张空虚的脸。他叹了口气，把手机放回衣兜，眼神没目标地四处闲逛。忽然，他四肢着地爬起来。他看到了狼粪，就在他斜对的一棵芍药下。太阳落山了，把最后一束光芒刺向大地。他趴在那儿，像一只猫盯着老鼠洞似的盯着那灰色的固体。他慢慢地、小心翼翼地扫视狼粪周围的每一株草、每一块土地。他看到了脚印，虽然那些脚印隐隐约约、模模糊糊，甚至只是踩歪了一根小草，但他还是看到了。他慢慢地站起来，沿着脚印一步一步地走着。

天渐渐黑了，看不见任何脚印了。他找个干燥的地方坐下，从怀里拿出牛肉干嚼着。一只蛐蛐吱吱吱地叫个不停。不远处传来几声猫头鹰的怪叫。呼德尔打开手机，没有信号。月亮还没升起来，满天的星星，焦躁不安地眨着眼睛。呼德尔翻出与托雅的聊天记录，反反复复地读了几遍，又反反复复地设置了几遍消息免打扰。他使劲嚼着牛肉干，腮帮子肌肉一块一块地鼓动着。

月亮升起来了，那些焦躁不安的星星像找到了主心骨，安心收起自己的光亮。那只蛐蛐不知什么时候停止了吱吱叫。夜，安静得无边无际。这样的夜，灵魂也是安静的。呼德尔躺下来。再多的往事也有足够宽阔的空间可以铺展开了。他为什么一定要把一张狼皮挂在卧室的墙壁上？面对托雅的恐惧和不安竟不做丝毫的谦让？是为了不忘却那曾经的伤痛？是为了时刻想起那场噩梦？是为了时刻记起阿爸的眼泪？是为了时刻回想阿妈倒下时的那声沉闷？这些又有什么意义呢？忘却本身就是对生命的一种宽容，他却苦苦纠缠着它。那个绒毛状的小东西……她寄托了他和托雅的多少欢乐和希望啊！她的脱落真的跟那张狼皮有关系吗？托雅是真的伤心了。她离开的那天早上，天还下着蒙蒙细雨。她穿着那件湖蓝色的情侣短袖和牛仔裤，拖着跟自己很不相称的大皮箱，慢慢消失在雨中。托雅喜欢湖蓝色。她做饭的时候、刷碗的时候、拖地的时候戴的围裙都是湖蓝色的。她刚刚怀孕，他们就开始逛各个母婴超市，他们买的婴儿服也是湖蓝色的。呼德尔叹了口气，如果人世间的爱啊、情啊、恨啊，像拖地一样简单就好了。他闭上了眼睛。

似睡似梦中，他听见一个声音：悠长、悲伤、孤独……呼德尔一下坐起来了：狼。星星们、草木们、虫儿们也在侧耳倾听。整个夜晚突然变得警觉起来。这个季节，狼不危险。但是呼德尔本能地握紧了布鲁。这是母狼的声音。呼德尔太兴奋了。他站起来，握紧布鲁闯进夜色中。

黎明大摇大摆地来临了白音昭。呼德尔走得浑身是汗。他听到那声音就知道有狼崽。狼崽，狼崽……他的腿脚变得沉甸甸的，手机也是沉甸甸的。他已经走了很长的路。他没有停止，也不会停止。一座山峰突兀地耸立在视线中。呼德尔确定，过了这座山峰会有几座相对矮一些的山、会有很多岩石、很多山洞，狼嚎就是从那里传来的。呼德尔的腿在发抖，他既紧张又兴奋，他会不会正好碰上视频中的那匹狼？

太阳已经升起来了。呼德尔艰难地爬到山顶。映入他眼帘的是一个苍老的背影。

"阿爸——"

呼德尔大声叫起来。

"放过它！"老人并没有回头，声音不高却带着威严。

呼德尔张着嘴，惊讶地看着阿爸，阿爸肯定是疯了。

"还记得吧？那次狼群的大屠杀。"

"怎么可能忘记？"一觉醒来，三百多只活蹦乱跳的羊变成了一具具尸体，有的还没断气，还不停地抽搐发抖。阿妈来不及尖叫就倒下去了。阿妈有心脏病，劳累的时候，或者是生气的时候会晕倒，但是总会醒过来，然而那次她再也没有醒过来。

"怎么可能忘记？"呼德尔歇斯底里地喊起来，似乎这些年的隐忍、疼痛、仇恨、委屈都在这一刻找到了发泄口，"阿妈就在我面前倒下去，你还不在，你带着猎狗出去打猎了，是我独自经历了这一切，你告诉我我怎么能忘记？怎么忘记？"呼德尔的浑身在发抖。

"那都是我的错……"阿古拉低下了头，一头银白色的头发在风中竖起来。

"不，不全是你的错，那些该死的狼早就该灭绝！"呼德尔粗暴地打断了阿爸的话。

"不，你别打断我，听我说。这都是我的错……"阿爸的声音有点哽咽。呼德尔强压着火气，看着阿爸的背影，等待着。阿爸始终低着头，佝偻的肩膀轻轻颤抖着。

一丝风都没有，时间凝固了。

呼德尔慢慢平静下来，但是这个时候他不敢也不能跑到阿爸跟前，一个男人总有不想让人看到的脆弱或羞愧。也不知过了多久，阿爸的声音重新传出来：

"那天，我去你大伯家，喝了酒，喝得醉醺醺的。回来的时候，我抄近路，路过这儿，我远远地看到了一匹狼从洞里出来。我躲在山后，等它走远了就钻进洞里，掏出狼崽摔死了。一共五只。第五个……我把它放进了怀里。小小的、软软的，起初还在不安地动弹，后来不动了，我也没注意。到了博仁山，我才发现那家伙被我闷死了。我喝了太多的酒，不然不会犯那种错误，我居然随手扔掉了它。痛失崽子的母狼沿着气味一路跟踪过来，趁着我和猎狗不在，痛下杀手……"

呼德尔浑身战栗，有点站不稳。他一屁股坐下来。他可以哭、可以闹、可以喊、可以抱怨、可以咆哮，总之有个发泄口就好，可是坐在他面前的是被悔恨和岁月压弯了腰的七十岁的老阿爸。

老人不说话了。过了许久，他突然用粗糙的手蒙着脸呜呜呜地痛哭起来。

"所以……那场屠杀是报复……"呼德尔自言自语。

"所以……放了它！都是生命……生命都是……一样的……"老人站起来，"我用我后半辈子赎罪了。"他驼着背拖着沉重的步子颤颤巍巍地走下山，那背影孤独又决绝。

呼德尔突然像孩子一样哇哇大哭起来。

呼德尔擦着眼泪再次翻出保存起来的视频，那匹狼在挣扎、在求救、在奔跑，跑向生命的彼岸。他动动手指删除了那个视频，心里有点空空荡荡，身体也有点轻飘飘的。他往山顶跑去，只要找到信号，他就会给托雅发微信，求她的原谅，告诉她那张狼皮以后再也不挂在卧室墙上了，不，哪个墙上都不挂狼皮了。只要爱着，一定能再次孕育新的生命。